Todesfessel

Neuhof
Ostheim
THÜRIN
Mellrichstadt
Hildburgh
Schlüchtern
HESSEN
Steinau
Bad Neustadt
Bad Königshofen
im Grabfeld
Bad Kissingen
Hammelburg
Saale
Fränk.
Schweinfurt
Haßfurt
Main
Karlstadt
Zellingen
F
R
A
Würzburg
Tauber
Kitzingen
Ochsenfurt
Tauber-
bischofsheim
Lauda-
Königshofen
Neustad
an der Aisc
Uffenheim
Bad
Mergentheim
Bad
Windsheim
Langenzer
BADEN-
WÜRTTEMBERG
Rothenburg
ob der Tauber
Heilsbro
Künzelsau
Kocher
Jagst
Ansbach
Feuchtwangen
0
10
20
30 km
Kartographie: U. Beha

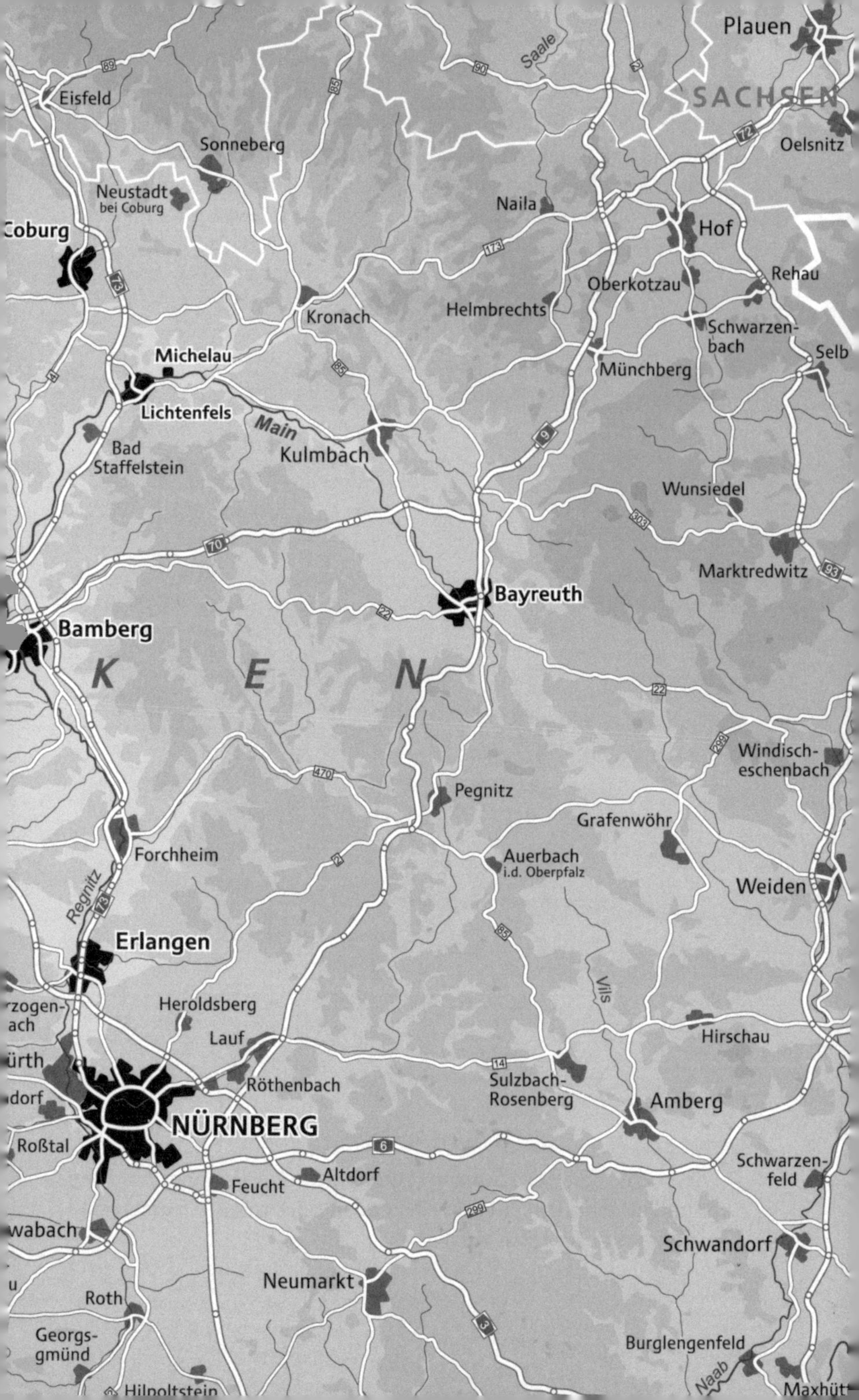
Plauen
SACHSEN
Oelsnitz
Eisfeld
Sonneberg
Neustadt bei Coburg
Coburg
Naila
Hof
Rehau
Oberkotzau
Helmbrechts
Kronach
Schwarzenbach
Selb
Michelau
Münchberg
Lichtenfels
Main
Kulmbach
Bad Staffelstein
Wunsiedel
Marktredwitz
Bayreuth
Bamberg
K
E
N
Windischeschenbach
Pegnitz
Grafenwöhr
Forchheim
Auerbach i.d. Oberpfalz
Weiden
Regnitz
Erlangen
Vils
Heroldsberg
Lauf
Hirschau
Röthenbach
Sulzbach-Rosenberg
Amberg
NÜRNBERG
Roßtal
Schwarzenfeld
Feucht
Altdorf
Schwandorf
Neumarkt
Roth
Georgsgmünd
Burglengenfeld
Naab
89
85
90
72
73
173
4
9
303
70
22
93
299
470
2
14
6
3

Volker Backert, in Coburg geboren, am Obermain aufgewachsen, studierte in München und Bayreuth. In Coburg arbeitet er als städtischer Abteilungsleiter für Öffentliche Sicherheit seit Jahren eng mit der Polizei zusammen. »Todesfessel« ist sein zweiter Krimi rund um die SOKO Franken nach »Das Haus vom Nikolaus«.

Dieses Buch ist ein Roman. Handlungen und Personen sind frei erfunden. Ähnlichkeiten mit lebenden oder toten Personen sind nicht gewollt und rein zufällig.

VOLKER BACKERT

Todesfessel

FRANKEN KRIMI

emons:

Bibliografische Information der Deutschen Nationalbibliothek
Die Deutsche Nationalbibliothek verzeichnet diese Publikation in der Deutschen Nationalbibliografie; detaillierte bibliografische Daten sind im Internet über http://dnb.d-nb.de abrufbar.

FSC
www.fsc.org
MIX
Papier aus verantwortungsvollen Quellen
FSC® C083411

Umschlagmotiv: mauritius images / Trigger Image
Umschlaggestaltung: Tobias Doetsch
Druck und Bindung: CPI – Clausen & Bosse, Leck
Printed in Germany 2012
ISBN 978-3-95451-019-1
Franken Krimi
Originalausgabe

»War, children, it's just a shot away –
Love, sister, it's just a kiss away …«
»Gimme Shelter« – Rolling Stones, 1969

»Franken sind keine Bayern.«
Bundesjustizminister Thomas Dehler, 1966

Prolog

München-Neuperlach, 22:58 Uhr

Ein gellender Schrei zerriss die feuchtkühle Novembernacht.

Sie zappelte und kreischte um ihr nacktes junges Leben; sie raste vor Angst.

Vor blanker Todesangst.

Vierzehn Stockwerke tief.

Bis ihr Leben auf dem regennassen Asphalt zerplatzte.

Ihr Beckenknochen stand klaffend weit auseinander. Zersplitterte Rippen stachen rasiermesserscharf in zarte, weiche Lungenbläschen. Jeder Atemzug jagte irrsinnigen Schmerz durch ihren zerschmetterten Brustkorb. Und unaufhaltsam lief Blut, ihr kostbares, warmes, eigenes Blut aus ihr heraus. Floss aus der Nase. Floss aus dem Mund. Immer größer wurde die klebrig rote Lache rund um ihren Kopf, durch ihr verlöschendes Bewusstsein blitzten allerletzte Gedankenfetzen:

»… nein … nein … nein … Mama … willdochnurtanzen … mussmorgentanzen … wirdalleswiedergut … glissez … élancez … ichflieg …«

In weiter Ferne, aus Richtung Putzbrunner Straße, heulte dünn und verloren eine Polizeisirene durch die kalte Großstadtnacht.

Zwei Jahre später

München, Bayerisches Staatsministerium des Inneren, 11:10 Uhr

Vuollg'frassner Wichtigtuer!

Charly Herrmann kochte vor Wut. Der Coburger Kriminalkommissar saß, äußerlich gefasst, zwischen seinen Vorgesetzten, Polizeidirektor Frank Ritter und EKHK Heinz-Uwe Löhlein. Gegenüber, hinter gefühlten drei Metern blank polierter Edelholztischplatte, der bayerische Staatssekretär des Inneren: Gerd Vöhringer, ein leicht verfetteter Mittvierziger, das teigig-blasse Gesicht hinter einem markanten schwarzen Brillengestell. Sein Sakko hatte er, gleich nach der Begrüßung, anbiedernd abgelegt, die Arme jetzt selbstgefällig hinter dem Kopf verschränkt.

»... und ich betone natürlich ausdrücklich, lieber Studienfreund Frank ...«, Ritter nickte freundlich zurück, sofort grinste Löhlein streberhaft-vertraulich mit, »... dass es sich hier um ein rein informelles Gespräch handelt, sozusagen eine freundschaftliche Privatunterhaltung, aus alter Verbundenheit mit euch Coburgern!«

Erneut gekünstelt heitere Mienen bei Löhlein und Ritter, die den Redefluss des Staatssekretärs erst so richtig befeuerten.

»... denn wenn ihr schon auf Betriebsausflug in unserer schönen Landeshauptstadt seid, warum nicht das Angenehme mit dem Nützlichen verbinden! Gerne komme ich deshalb deiner Bitte nach, lieber Frank, euch drei vor eurem Wiesn-Besuch schnell über den aktuellen Stand in Sachen Personalentwicklung in Coburg zu informieren.«

»Wir wissen dein Vertrauen und deine Unterstützung, lieber Gerd, natürlich außerordentlich zu schätzen ...«

Charly glaubte seinen Ohren nicht zu trauen. Ausgerechnet Ritter, bei den Kollegen beliebt als straighter Kommunikator »erstenszweitensdrittens«, verfiel hier im Ministerium plötzlich in seichtes Gesülze ...?

Der Staatssekretär winkte geschmeichelt ab.

»Kein Thema, liebe Coburger! Natürlich ist Staatsminister Zirngibl und mir keinesfalls entgangen, dass euer schöner Erfolg mit der SOKO Franken, bei der Jagd nach Nik the Ripper, beim ... einen oder anderen ...«, Vöhringers Schweinsäuglein sprangen hinter seiner Designerbrille flink zwischen Löhlein und Charly hin und her, »… gewisse, äh, Erwartungen oder sogar, äh … Begehrlichkeiten geweckt hat in puncto Beförderung oder Versetzung! Leider, leider …«, mit theatralischem Bedauern hob er die Arme, »… der Haushalt, der Haushalt! Für Coburg muss nun mal das Gleiche gelten wie für den übrigen Freistaat, und die Sparzwänge lassen uns bekanntlich keine andere Wahl! Keine außerplanmäßigen Beförderungen in diesem und im nächsten Jahr, lieber Charly Herrmann, und auch keine neue Stelle im Ministerium, lieber Heinz-Uwe Löhlein …«

Das konnte doch nicht wahr sein. Keine zwei Monate alt waren die mündlichen Zusagen Vöhringers und des Innenministers.

Fuck! Wir fangen den brutalsten Serienmörder in der Geschichte des Freistaats, holen dich und deinen Minister aus dem Umfragetief …

»… Beförderungssperre leider zwei Jahre, nicht zu vergessen die landesweite Warteliste; momentan Platz 1465 für Sie, lieber Charly Herrmann …«

… und kriegen dafür jetzt ein müdes Arschrunzeln von dir!?

»… Herr Staatsminister Zirngibl ist ja heute leider kurzfristig verhindert …«

Verhindert! Freitag um halb zwölf! Der sitzt sich doch jetzt schon in der VIP-Box auf der Wiesn seinen Arsch breit …!

»… lässt ausdrücklich Dank und Anerkennung für Ihre großartige Leistung übermitteln. Unser Pilotprojekt SOKO Franken hat sich bewährt und bleibt deshalb im Stand-by-Modus für Nordbayern: Bei Aktivierung treten die besten Kriminaler Frankens und ein Profiler des PP München vor Ort zusammen. Mit Ihnen, Herr Kommissar, als Leiter der SOKO Franken!«

Nur mühsam unterdrückte Charly seinen aufwallenden Zorn.

»Alle Achtung, Herr Staatssekretär – ein Titel ohne Mittel! Mehrarbeit fürs gleiche Geld, also quasi eine Gehaltskürzung bei künftiger SOKO-Arbeit – da haben Sie sich ja mächtig für uns ins Zeug gelegt!« Er nickte ironisch anerkennend mit dem Kopf. »Ist das wirklich alles, Herr Staatssekretär?«

Totenstille.

Nur das leise Ticken der Wanduhr war zu vernehmen.

Ritter saß stocksteif; Löhlein, knallrot angelaufen wie ein Schulbub, rutschte immer tiefer in seine nagelneue ALDI-Trachtenlederhose. Der bayerische Staatssekretär des Inneren geriet völlig aus der Fassung.

»Also das ist doch … also, ich muss doch wirklich sehr bitten, Herr Kommissar!«

Mit finsterer Miene zupfte Vöhringer an seinen Manschetten. »Das ist doch wirklich allerhand! Bitte vergreifen Sie sich da mal nicht im Ton, Herr Haupt-, äh … Herr Kommissar! Wir haben hier in München weiß Gott schon einiges erreicht! Für Coburg – und für eure gesamte Region da oben!«

»Wir auch, Herr Minister, äh … Herr Staatssekretär«, entgegnete Charly sarkastisch, »wir auch. Glauben Sie nicht?«

Zwei Wochen später

16:10 Uhr – Irgendwo in Franken

»Komm rein«, sagte die Frau unwirsch. Unwillig hielt sie ihm die Tür auf. »Ich hatte dich schon früher erwartet.«

»Ging nicht schneller«, murrte er. »Totalsperrung auf der A73, wieder mal ein Geisterfahrer bei Bad Staffelstein.«

Vorsichtig versuchte er, sich mit seinem riesigen Rucksack und einer prall gefüllten, offenen adidas-Sporttasche an ihr vorbeizuschieben.

»Tritt bitte deine Füße ab! Deine Schuhe sind nass.«

Irritiert blieb er stehen und blickte über seine ausgebeulten, dünnen Jeans hinab zu den ausgetretenen schwarzen Slippern. Wütend öffnete er den Mund – und verzichtete im letzten Moment auf eine Antwort. Wortlos, übertrieben sorgfältig streifte er beide Füße über die schwarz-grau karierte Veloursmatte.

Energisch schritt sie voran, an der Treppe vorbei bis ganz ans Ende des Flurs.

»Hier!« Sie öffnete eine Zimmertür und drehte sich mit einer schnellen, fließenden Bewegung wieder zu ihm um. »Dein Zimmer!«

Es war ihre Stimme, wusste er plötzlich. Immer wieder ihre Stimme. Emotionslos, klar und eisig kalt. Keinen Widerspruch duldend. Genau wie damals. Schlagartig verkrampfte sich sein Magen; er schluckte und spürte, wie ein Frösteln seinen Rücken hochkroch.

Es war ein Fehler, ein unverzeihlicher Fehler: Niemals hätte er zurückkommen dürfen!

Freitag

Neustadt bei Coburg, Wildenheid, 17:14 Uhr

Satisfaction. Sein Klingelton. Charly zuckte kurz zusammen, dann sah er die Nummer.

»Hey, Stadträtin … grad wollt ich das Handy ausschalten, hast Glück gehabt … lang nix mehr gehört, stimmt … was, das ganze Wochenende bist du solo?« Er lächelte gequält. »Sorry … wär natürlich schön gewesen, nur wir zwei … nee, aber dieses Wochenende is definitiv dicht, echt schade … ja, freilich, ich melde mich … wie? Morgen Landestheater, große Wiedereröffnung … ›L'Orfeo‹ von Monteverdi, ah ja … Na, dann mach was draus … Ciao-ciao!«

Er schaltete aus und steckte das Nokia zurück an seinen Gürtel. Nachdenklich ging er den schmalen Kiesweg weiter. Er war erst zweimal hier gewesen, aber für dieses spezielle Date hätte er den Weg auch blind gefunden.

Hinter dem Brunnen links, bei diesem exotischen Zierstrauch dann rechts um die Ecke. Kurz vor der Hecke blieb er stehen.

»Hi«, sagte er leise und klopfte sich eine Lucky Strike aus der Packung. Seine Finger zitterten leicht, als er ein kleines schwarzes Plastikfeuerzeug mit einem fast verblassten goldenen Aufdruck aus der Jacke holte: *Oberfrankens größte Laserdiskothek: GALAXIS – 8635 Rödental.*

Endlich, beim sechsten oder siebten Klicken sprang doch noch ein Funke heraus. Sofort ein tiefer Zug, dann vergewisserte er sich rasch, dass niemand in der Nähe war, und setzte sich auf die schmale Steinkante zu ihr.

»Hi, Andrea.«

Seine Hand tastete nach ihr, in hoffnungslos verlorener Sehnsucht.

Sie traf auf kalten weißen Stein.

Andrea Herrmann
** 1966 † 2009*
Ruhe in Frieden

Ich habe Wort gehalten, dachte er melancholisch und inhalierte tief.

Auch ich bin wieder da.

Heute, an unserem Tag.

Heute vor neunundzwanzig Jahren haben wir uns kennengelernt, an diesem heißen Freitagabend im GALAXIS.

Billie Jean … *Blue Monday* … *China Girl* … und unser Lied: *Codo aus der Ferne der leuchtenden Sterne* …

Hab irgendeine Tussi neben dir nach Feuer gefragt – doch du warst schneller. Mit diesem kleinen Feuerzeug, das wir seitdem nur noch einmal im Jahr benutzten …

Er kniff die Augen zusammen und blies Rauch aus. Rauch, der sich am Grabstein vorbei Richtung Südwest verflüchtigte.

Richtung Haarbrücken.

Andrea aus Haarbrücken.

Schwarze Locken, strahlend grüne Augen, ein umwerfendes Lachen – du schlugst ein wie ein Blitz.

Love at first sight. Le coup de foudre.

Unzertrennlich waren wir. Sind übers Wochenende einmal spontan nach Paris gefahren, nur um einen Kaffee auf dem Eiffelturm zu trinken … 1987 dann die Traumhochzeit … 1989 unser Umzug nach München, als ich ans Polizeipräsidium versetzt wurde … im selben Jahr Tim, 1992 Valerie … und dann wird Timmi überfahren, nur weil ich ihn einen Moment von der Hand lasse, um dieser blonden Studentin den Weg zum Hirschgarten zu erklären …

Eine Sekunde meines Lebens, dachte Charly.

Er hörte, wie das eiserne Friedhofstor quietschte.

Eine einzige Sekunde nur – die meinen kleinen Sohn das Leben kostete und meine Frau in den Wahnsinn trieb.

Was hab ich damals gesoffen in München. Nur um mich wegzubeamen. Nur um nicht mehr drüber nachzudenken … und du warst so lang allein, im fünften Stock in Berg am Laim, mit der kleinen Valerie … es war der Anfang vom Ende … mein Entzug und die Versetzung nach Coburg konnten die Scheidung nicht mehr aufhalten … erst recht nicht deinen psychischen Absturz … du warst jahrelang unter starken Medikamenten, vier Selbstmordversuche …

Und dann, nach Jahren, urplötzlich, diese irrsinnige Hoffnung auf ein Happy End … vor zwei Jahren, nach dem »Haus vom Nikolaus« … plötzlich ging es dir immer besser … Nie werde ich den Tag vergessen, an dem wir in Kutzenberg, im Garten der Nervenklinik, unter den alten Apfelbäumen, auf dem Bänkchen in der Septembersonne saßen … du hast meine Hand genommen, hast mich angestrahlt aus deinen meergrünen Augen … wir haben gelacht, haben Pläne geschmiedet, wollten noch mal ganz neu anfangen …

Und in der Nacht darauf gehst du ganz normal ins Bett und wachst einfach nicht mehr auf …

Die Zigarette war erloschen, bis auf den Filter heruntergebrannt.

Charly fuhr sich über die Augen und sah sich dann verstohlen um. Keine Menschenseele war auf dem Wildenheider Friedhof zu sehen.

Behutsam, fast zärtlich, vergrub er mit bloßen Händen die Kippe in der Erde.

Wie jedes Jahr.

Direkt an Andreas Grabstein.

Schloss Hohenstein, Ahorn bei Coburg, 23:37 Uhr

»Stayin' alive, stayin' alive, ah-ah-ah-ah stayin' alive!«, dröhnte der Falsettgesang der Bee Gees aus den Boxen im Gewölbesaal von Schloss Hohenstein. Auf der kleinen Tanzfläche feierte eine kleine, aber feine Gesellschaft sich selbst – und ihre schon ein paar Jährchen zurückliegende Jugend.

Und wir vom Landestheater sind für diese Schickimickis doch nur Staffage, dachte Kim LaYoung. Die Primaballerina des Coburger Landestheaters stand an der Bar und nippte verdrossen an ihrem Tomatensaft. Verächtlich ließ sie ihren Blick über die illustre Gästeschar schweifen.

Zweihundert Geladene bei »Victors Atelierfest«, dem alljährlichen Highlight für die regionale High Society. Vom MdB und MdL über Makler, Unternehmer und Großgastronomen bis hin zu Bankern, Ärzten und einem leibhaftigen Bordellbesitzer samt repräsentativer Mitarbeiterinnenvertretung. Alle kamen, wenn er rief: Victor, der Hofnarr der Coburger Lokalprominenz – Werbefotograf, Visagist und Bodypainter, selbst ein lebendes Gesamtkunstwerk. Vor zwei Jahren erst hatte er seinen Wirkungskreis von München nach Coburg verlegt und war dort in kürzester Zeit zum Shootingstar der überschaubaren lokalen Szene avanciert. Und wir vom Landestheater spielen natürlich mit, grollte Kim, nur weil er uns mit seinem Reinerlös unterstützt …

»… stayin' alive!«, grölte es plötzlich an ihrem Ohr, gierig presste sich ein Mann an sie, *»ah-ah-ah-ah stayin' alive!«* Erschrocken und wütend zugleich versuchte sie, sich aus dem unverschämten Zugriff zu entwinden. »Hey, Kim!« Erst jetzt erkannte sie Dr. Sven Langenau, ihren sichtlich angeheiterten Vermieter, dessen eiserner Griff nicht nachgab.

»Bleib cool, Baby; du weißt doch, ›Stayin' Alive‹ ist der perfekte Rhythmus zur Reanimation«, seine Hände schoben sich höher, versuchten, gegen ihren Widerstand ihre Brust zu erreichen, *»sixty-seven beats per minute!«*

Er lachte, Kim roch seine Alkoholfahne und drehte sich angewidert weg.

»Stop it, you're drunk!«

»Aber hallo, was ist denn mit euch zwei los?« Victor. »Die Coburger Antwort auf David Bowie«, so beschrieb ihn das Szenemagazin »Mohr« in seiner aktuellen Ausgabe; vermutlich hatte er sich die Formulierung selbst ausgedacht. Als »chamäleonesken, extrovertierten Selbstdarsteller mit stündlich wechselnden Outfits« hatte ihn dagegen das Feuilleton der Nürnberger Frankenzeitung »fz« charakterisiert. Was den fz-Redakteur aber nicht daran hinderte, sich auch heute wieder auf Schloss Hohenstein einzufinden und rundum verwöhnen zu lassen.

Victor selbst mimte gerade den Woodstock-Veteranen: rotes Stirnband, Nickelbrille, wallendes Hippie-Gewand, auf der haarlosen Brust die unvermeidliche »PEACE«-Kette.

Was für ein affektiertes Lachen, dachte Kim, nur um seine künstlich weißen Jacketkronen zu entblößen … Sie warf den Kopf in den Nacken, löste sich mit Nachdruck aus Langenaus Umklammerung und eroberte leichtfüßig die Tanzfläche, die jetzt Fleetwood Mac dominierten: *»Don't stop thinking about tomorrow …!«*

***

Morgen … übermorgen … überübermorgen … vielleicht noch Monate und Jahre! Wie soll ich das nur überleben …

Er lag angezogen auf der viel zu kurzen, durchgesessenen Schlafcouch und starrte Löcher in das Dunkel. Wie oft habe ich das früher schon erlebt.

Erleben müssen.

Zimmerarrest im Dunkeln, mit herausgedrehter Sicherung. Und im Wohnzimmer haben sie die Musik aufgedreht und mit der Kleinen getanzt, gespielt und herumgeschäkert.

Und ich hab mir am Schlüsselloch die Augen ausgeheult. Nur weil ich mal bockig war – und nicht so gut wie ihr göttlicher kleiner Engel …

Er zerrte an seinem Hemdkragen. Die Hitze, diese unerträgliche Hitze … plötzlich stieg sie wieder in ihm auf; wie in der bösen alten Zeit … nur allzu gut kannte er sie noch …

Schwerfällig setzte er sich auf, kratzte sich an der Brust und stierte nach draußen. Der wolkengraue Nachthimmel war aufgerissen.

Über den alten Bäumen hing der elfenbeinfarbene Mond wie ein riesiger fetter Lampion.

***

Was für ein unwirklich schönes Licht, dachte Kim. Mutterseelenallein stand sie im mondbeschienenen Schlosshof. Langsam, fast andächtig, dehnte sich die Ballerina, streckte sich sanft und erwartungsvoll immer weiter nach oben, bis auf die Zehenspitzen hinauf.

Endlich wieder frei!

Frei und los von brünstiger, alkoholisierter Anmache und gierigen Umklammerungen.

Nur ganz leise drang das Stampfen der Disco-Beats durch die dicken Schlossmauern. Monotonstes *Four-on-the-floor*, unsäglich primitiv und öde. Wie die ganze Gesellschaft hier: »Victors Atelierfest« – lauter seichte, selbstverliebte Schickimickis, die einmal im Jahr so richtig die Sau rauslassen …

Der große Meister war sehr ungehalten gewesen, als er sie bei ihrem heimlichen Aufbruch ertappt hatte: »Nein, liebe Kim; das ist unverzeihlich. Gerade du, unsere allseits beliebte und verehrte Primaballerina … Nein, das kann ich nicht gutheißen, das sieht bestimmt auch der Intendant nicht gern. Mein Atelierfest ist einmal im Jahr und bringt euch ein erkleckliches Sümmchen ein … Mach bitte keine Sperenzchen und sei noch ein bisschen gesellig hier!«

Egal.

Sie ließ die Arme fallen und löste ihre Körperspannung wieder. Victor würde es verschmerzen und hatte es sicher schon jetzt wieder vergessen. Ihr Blick fiel auf die Turmuhr der Hohensteiner Schlosskapelle.

Null Uhr fünfzig – Zeit, ins Bett zu gehen. Knapp neunzehn Stunden noch bis zur glanzvollen Wiedereröffnung des Landestheaters, bis zum Besuch des Ministerpräsidenten.

Im Schein des Vollmonds kramte sie aus ihrer kleinen weißen Ledertasche den Autoschlüssel heraus und stutzte: Irgendetwas fehlte doch … Schlüssel, Geldbörse, Make-up, Lippenstift, Haarband, Kleenex … das Handy! Kim stöhnte genervt auf. Bloß nicht wieder zurück in Victors »Studio 54«.

Aber dort konnte es gar nicht sein. Sie hatte es den ganzen Abend nicht benutzt – genau, seit der SMS an ihre Mutter in der Künstlergarderobe! Erleichtert öffnete sie die Autotür und ließ sich hinter das Lenkrad ihres Mini Cooper fallen. Im Theater lag das iPhone sicher, dort konnte sie es unbesorgt bis abends liegen lassen.

Oder doch noch auf dem Heimweg schnell mitnehmen?

***

Nervös huschte der Blick des Mannes nach allen Seiten. Keine Autos, keine Fußgänger.

Niemand war zu sehen, nur aus der Kneipenmeile im Steinweg drangen ein paar vereinzelte Gröler und Lacher über den Theaterplatz.

Hastig zog er hinter sich die Tür ins Schloss, drehte zweimal den Schlüssel herum.

Endlich!

Nur noch wenige Schritte bis zur Befreiung, bis zur Erfüllung … Mit weichen Knien stieg er die schummrige Treppe nach oben. Jetzt bloß keinen Lichtschein nach draußen dringen lassen, die Taschenlampe musste sich noch etwas gedulden. Hier, in diesem Gang, ganz hinten, musste es gewesen sein. Die altdeutschen, ehrfurchtgebietenden Messinglettern auf der Holztür verrieten es.

Künstlergarderobe.

Vorsichtig betrat er den dunklen Raum, lehnte sich mit klopfendem Herzen von innen gegen die Tür. Dankbar fühlte er, wie sein Puls sich langsam beruhigte, wie die innere Verkrampfung mit jedem Atemzug nachließ und Ohnmacht und Beklemmung immer schwächer wurden.

Mit geschlossenen Augen sog er die abgestandene Luft ein, roch Schweiß, Parfüm und Puder, roch Anspannung und Emotion … Seine Finger ertasteten weiches Gewebe, freudig erregt fühlte er seidig fließenden Stoff: Ein paar Stunden im Paradies lagen vor ihm, frei und ungestört, allein im Allerheiligsten. Hier würde niemand es wagen, ihn zu stören und zu belehren!

***

Die Reifen quietschten, als Kim kurz entschlossen den Mini Cooper in das Gässchen zwischen Palais Edinburgh und dem Landestheater lenkte und direkt vor dem Künstlereingang abstellte.

Die Uhr im Display zeigte 01:08 Uhr.

Nur schnell das Handy aus der Maske holen – Tür aufschließen, Licht an und rauf zur Garderobe.

Eilig lief sie durch den langen Korridor. Die letzte Leuchtröhre ganz hinten im Gang flackerte nervös. Ihr Surren schien das einzige Geräusch in dem riesigen Gebäude zu sein … aber wie hatte ihr einstiger Choreograf immer geheimnisvoll geraunt: *»A theatre never sleeps!«*

Der gute alte Sam aus New Orleans, damals an der Staatsoper im Schillertheater in Berlin. Kurz darauf fiel er der großen Einsparungswelle zum Opfer und verschwand spurlos. Ein paar Monate später fanden ihn ein paar jugendliche Kiffer im Keller einer alten Fabrikhalle.

Erhängt.

Angeblich war Sams Leiche bereits mumifiziert …
Kims Schritte wurden schneller.
Endlich, die Tür …

***

Alle Arroganz und Gehässigkeit, alles Böse und Feindselige waren Lichtjahre entfernt, hier war ein anderer Planet … *2.000 light years from home!* Genießerisch strich er über das glänzende glatte Gewebe … kühler Satin auf seinem Körper, auf seiner nackten Haut … welche Erlösung aus Zwang und Enge …

Sein Blick fiel in den Spiegel; kritisch beäugte er sein gerade begonnenes Make-up. Die weiße Theaterschminke war vielleicht doch etwas zu dick aufgetragen …

Abwarten – erst mal den burgunderroten Lippenstift … Erwartungsvoll schürzte er seine Lippen, genoss es, den Stift wie in Zeitlupe sinnlich sanft entlanggleiten zu lassen … hin und her … immer wieder …

Endlich schlug er die Augen wieder auf.

Eisiges Entsetzen packte ihn, sprang ihn frontal aus dem großen Spiegel an: Mitten im kalkweißen Gesicht blutrote, wie von Kinderhand verschmierte Lippen – nur eine Fratze, eine gespensterhafte Fratze!

Was machst du hier … DAS wird SIE herausbekommen, unter Garantie …!

Die Tür wurde aufgerissen.

Sein Herzschlag setzte aus.

Samstag

18:29 Uhr – Landestheater Coburg

Monika Jahn, mit achtundfünfzig Jahren die dienstälteste Garderobiere, summte vor Freude. Der heiß ersehnte Premierenabend, endlich war er da! »L'Orfeo« von Claudio Monteverdi, die historische Wiedereröffnung des ehrwürdigen Landestheaters, nach dem längsten Umbau der Coburger Theatergeschichte.

Endlich kehren wir heim: Schluss mit der unwürdigen, jahrelangen Odyssee durch Fabrikgebäude, Theaterzelt und Turnhallen; wir sind wieder zu Hause, in unserem »Großen Haus« am Schlossplatz! Die Premiere war seit über einem Jahr ausverkauft, das ganze Haus auf Hochglanz gebracht.

Jetzt schnell die Garderoben aufschließen, die ersten Künstler mussten jeden Moment eintreffen. Und dann gleich einen guten Platz am Fenster sichern, wenn der bayerische Ministerpräsident samt Gattin und Gefolge zum Festakt um neunzehn Uhr eintraf!

Beschwingt klapperte sie mit dem Schlüsselbund, als sie um die Ecke bog und den engen Gang zu den Garderoben entlanglief. Seltsam: ein, zwei rostrote Flecken vor der Tür, hier noch ein kleinerer – wie konnte die Putzfrau so etwas gestern übersehen haben?

Ärgerlich steckte sie den Schlüssel ins Schloss. Vor den Schminkspiegeln standen doch immer die weichen Kosmetiktücher …

18:30 Uhr – A 9 München–Nürnberg, Höhe Tennenlohe

»Kruzitürken, foahr hoid zua!«, fluchte Herbert Wimmer leise. Der Chauffeur blickte unruhig auf die klassisch-elegante Analoguhr im Armaturenbrett, eine von vielen Sonderanfertigungen für den gepanzerten 7er BMW des Ministerpräsidenten. Achtzehn Uhr einunddreißig, und erst bei Tennenlohe. Um neunzehn Uhr begann der Festakt im Landestheater, und vor ihm, auf der einspurigen Fahrbahnverengung, zuckelte dieser elendigliche Kleintransporter. »Fränkischer Kren aus dem Knoblauchsland.«

Wär alles kein Problem, dachte Wimmer grimmig, wenn die Gemahlin des Chefs rechtzeitig fertig geworden wäre. Über eine

Stunde hatte er noch vor dem Coiffeur in der Brienner Straße warten müssen. Wenn das der Steuerzahler wüsste …

18:31 Uhr – Landestheater Coburg

Würgend erbrach sich Monika Jahn über Bluse und Rock ihres neuen Dienstkostüms. Sie spuckte, hustete, tastete, die Augen weit aufgerissen, hilfesuchend nach dem Türstock – und griff in eine klebrig-rote Masse. Ihre Beine knickten ein, benommen kroch sie auf allen vieren wieder hinaus, nur raus aus dieser roten Hölle, raus aus diesem blutigen Inferno …! Mit leerem Blick saß sie an der Wand, fingerte wie in Trance nach ihrem Handy, drückte 1-1-0, »Polizei-Notruf«, die Stimme eines Mannes, der gerade etwas gegessen und hinuntergeschluckt hatte, sie sah und roch fremdes Blut und eigenes Erbrochenes auf Strümpfen, Rock, Bluse, Hand, ihr Magen hob sich erneut …

18:32 Uhr – PP Oberfranken in Bayreuth, Notrufzentrale

Roland Mayer schluckte rasch den letzten Bissen Banane hinunter, bevor er sich ganz auf die seltsame Anruferin konzentrierte: War die Frau betrunken oder stand sie unter Drogen? Wieder mal ein missbräuchlicher Notruf, der dritte seit Schichtbeginn um achtzehn Uhr?

Er seufzte. Unterdrückte Rufnummer, doch der Anruf kam aus Coburg, so viel stand fest.

Coburg, wo heute das Landestheater feierlich wiedereröffnet wurde. Er hatte um siebzehn Uhr fünfundvierzig den Vorbericht in der Abendschau des Bayerischen Fernsehens gesehen. Alles voll Blut im Theater, ausgerechnet heute … Er schüttelte den Kopf.

Lachhaft.

Wie die Bombendrohungen am Tag der Abschlussprüfungen.

Gar nix machen wir da erst mal, dachte er und sah auf dem Display schon den nächsten Anruf eingehen. Aus Forchheim.

»Notrufzentrale, Mayer …«

18:34 Uhr – A 73 bei Erlangen-Bruck

Herbert Wimmer atmete auf. Endlich wieder freie Fahrt auf der linken Spur, keine Baustelle mehr. In Sekundenschnelle beschleunigte die schwere BMW-Limousine von achtzig auf hundert … hundertvierzig … hundertsechzig … hundertachtzig … Das Tempolimit hundertzwanzig galt für die Dienstlimousine des bayerischen Ministerpräsidenten nicht.

»Wir stellen doch die Schilder auf, Wimmer!«, hatte sein früherer Chef an gleicher Stelle einst gegrunzt. »Des kost mi oan Anruf in der Autobahndirektion, dann stehn diese fränkischen Kas-Manderln, diese beförderungsgeilen, sofort olle stramm. Und des Schild is weg!«

Wenn das die Presse wüsste, dachte Wimmer und lauschte wieder seinem aktuellen Chef, der seit einer gefühlten Viertelstunde, seit Nürnberg-Feucht, mit Klein telefonierte, dem Stabsreferenten, der bereits vor Ort in Coburg weilte.

»Nein, keine Fotos mit Protestlern und irgendwelchen Unterschriftenlisten! Stell die JU an ein malerisches, ruhiges Eck und dann hol kurzfristig die Presse dorthin. Denk an die Lichtverhältnisse … wann sind wir in Coburg, Wimmer?«

»Mhmmm … Neunzehn zehn, Chef.«

»Neunzehn zehn, Lichtverhältnisse; grünes Kleid und dunkler Anzug … nein, keine Protestler, auch nicht gegen den Flugplatz! Ich will dort nur ein paar gute Bilder und nach dem Theater sofort wieder weg, *touch and go!* … Haha, wie damals in Kandahar, *touch and go,* nur schnell ein paar coole Bilder und dann weiter, genau, soll Vöhringer sich um den Rest kümmern …!«

18:38 Uhr – Polizei Coburg

»Hier Notrufzentrale Bayreuth, Mayer. Kollege, wir hatten soeben eine anonyme Anruferin aus Coburg, nur fünf Sekunden lang. Im Theater is eine tot, schnell, alles voll Blut, alles im Theater, ausgerechnet heute … Ich wollt's euch erst gar ned melden, aber jetzt hat mers doch ka Ruh gelassn.«

»Ausgerechnet heute … Des wär natürlich der absolute Super-

GAU! Na ja, wos bleibt uns andres übrig, wir schicken amoll schnell a V-Streife vorbei. Danke, Roland, alles klar!«

18:51 Uhr – Coburg, Am Ölberg

»Gleich in der Sportschau: Die Mutter aller Derbys des deutschen Fußballs, Nürnberg gegen Fürth! Das erste Frankenderby in der höchsten deutschen Liga seit dem 3. Februar 1963 … damals ein furioser Fünf-zu-drei-Auswärtssieg für den Club! Gelingt den Fürthern nach über fünfzig Jahren die Revanche? Bleiben Sie dran! Gleich geht's weiter – mit Krombacher …«

Charly grinste und rekelte sich behaglich auf seinem Sofa. Krombacher … Wie behauptete doch immer Steve Hornung, der Kollege aus der »Korbmachergemeinde« Michelau steif und fest: »Krombacher is fei nur a Druckfehler! Des haßt richtig Korbmacher! Korbmacher-Pils!«

Er schaltete die TV-Werbung stumm und das Radio ein: *»… auf Radio 1 jetzt Sport aus der Region, unsere Schlagzeilen: Der HSC 2000 Coburg sorgt in der Handballbundesliga weiter für Furore, der Aufsteiger gewann heute auch sein zweites Spiel auswärts in Melsungen mit 27:25. Für das Heimspiel nächsten Samstag gegen den THW Kiel wird jetzt in der HUK-Arena ein neuer Zuschauerrekord erwartet … Bamberg. Bosko Djukic, der serbische Superstar der Brose Baskets …«*

Satisfaction hämmerte los. Unwirsch schnappte er sein Handy vom Couchtisch.

»Herrmann.«

»Charly, komm sofort ins Theater!«

Löhlein hielt sich nicht mit langen Vorreden auf. Wahrscheinlich wieder mal hoffnungslos überfordert, weil er irgendwo eine schnelle Entscheidung treffen musste, dachte Charly grimmig.

»Wir brauchen hier schnellstens deine Erfahrung«, quäkte Löhlein weiter, »also schwing deinen Arsch aus dem Fernsehsessel und komm!«

»Leck mich, Heinz-Uwe! Schau mal auf deinen Kalender: Meine Schicht geht Montag los – und keinen Tag früher!«

Löhlein drohte zu hyperventilieren; die Sache schien doch ernster zu sein.

»Theater …«, brachte er endlich heraus, »komm sofort ins Theater! Wir haben eine Tote hier mit einer Riesensauerei drum rum … eine Stunde vor der Wiedereröffnung, jede Minute kommen hier Vöhringer und der Ministerpräsident, die ganze Münchner Clique vorgefahren!«

»Is ja gut«, knurrte Charly, drückte »Aus« und wälzte sich vom Sofa. Urplötzlich war er hellwach. »Hör auf zer greina, ich bin ja gleich dou.«

19:02 Uhr – Landestheater Coburg

Es schüttete jetzt wie aus Kübeln, die filigranen Scheibenwischer verrichteten Schwerstarbeit. Im Schritttempo ließ Charly den schwarzen Alfa Spider durch die Grafengasse rollen.

Rechts, auf dem Schlossplatz, herrschte unter dem sanften Licht der klassischen Laternen heilloses Chaos: Mit vier BMW-Kombis standen die Kollegen vor der klassizistischen Sandsteinfront des Theaters.

Sichtlich verwirrte und erregte Besucher wurden über die große Treppe aus dem Theater herauskomplimentiert, die Räumung des Hauses war in vollem Gang. Zwischen den Autos auf dem Schlossplatz drängten sich festlich gewandete Premierengäste aufgeregt unter Regenschirmen zusammen, immer wieder gestört und zur Seite gescheucht vom ärgerlichen Gehupe der Wegfahrenden.

Selbst vor dem unbenutzten kleinen Treppenaufgang an der Westseite, direkt gegenüber dem Reisebüro Gevers mit einer überdimensionierten AIDA im Schaufenster, war ein Kollege postiert. Charly erkannte ihn sofort an seiner Leibesfülle unter dem Regenponcho: PHM Welsch, genannt »Fässla«. Den kapuzengeschützten Kopf tief zwischen die Schultern gezogen, starrte er missmutig hinüber zur Bushaltestelle. Armer Richard, dachte Charly, erst verlieren seine Bayern drei null und jetzt steht er selbst im Wolkenbruch …

Er verkniff sich einen ironischen Zuruf durchs Beifahrerfenster. Immer noch im ersten Gang fuhr er langsam weiter über das vietnamesische Straßenpflaster des Theaterplatzes und blinkte schließlich rechts, um in die Sackgasse an der Ostseite des Theaters abzubiegen. Dort war der Teufel los. Drei Streifenwagen hintereinander, ein Rettungswagen, der gerade zu wenden und wieder auszufahren versuchte, zwei junge Beamte, die Charly deshalb nicht passieren ließen. Sprechfunk krächzte, zuckende Blaulichter wischten über die gelbe Fassade des Bürglaß-Schlösschens direkt gegenüber.

Plötzlich kreischten Bremsen, Zentimeter hinter Charlys Alfa kam ein schwarzer Audi Q7 gerade noch zum Stehen. CO-J 1111. Die Nummer eins der Coburger Justiz, Leitender Oberstaatsanwalt Dr. Axel Stein, mit gewohnt verkniffenem Mund und gefurchter Stirn. Charly konnte der Versuchung nicht widerstehen und drohte ihm aus dem Autofenster mit scherzhaft erhobenem Zeigefinger.

»Bemerkenswert, Herr Kommissar, in der Tat bemerkenswert!«, knurrte Stein.

»Bitte?« Charly ärgerte sich immer wieder neu über den für Stein typischen, herablassenden Ton gleich zur Begrüßung.

»Na, Ihr putziges Zeigefingerchen eben! Wir befinden uns schließlich am Tatort eines Mordes, etwas mehr Seriosität bitte! … Tag, Herr Löhlein!«

EKHK Heinz-Uwe Löhlein, hektisch gerötete Wangen, Schweißperlen auf der Stirn, empfing beide am Nebeneingang und führte sie durch das Gewusel von Uniformierten und halb umgezogenen Spurensicherern ins Theater. Charly nahm die schwarze Baseballkappe in die Hand, strich sich über das kurz geschorene Haar und lauschte Löhleins Ausführungen.

»Achtzehn achtunddreißig, Anruf der Notrufzentrale, angeblich weibliche Leiche im Landestheater. Erster Angriff achtzehn dreiundvierzig; die Garderobiere, die den Alarm ausgelöst hat, war schon nicht mehr ansprechbar. Schwerer Schockzustand, Weinkrämpfe und heftigstes Erbrechen, die Sanis haben sie gerade mitgenommen …«

»Voorsicht!«

Beinahe wäre der Oberstaatsanwalt mit seinen handgenähten Budapestern auf ein Spurenschild getreten, ein weiß gewandeter Spurensicherer raunzte ihn mürrisch an. Charly erkannte neben dem Schild ein paar große Bluttropfen auf den Fliesen, die zur letzten Tür ganz hinten führten.

Gerade kam Heisler mit dem Camcorder heraus, sein unrasiertes Gesicht heute ungewohnt blass. Mit leerem Blick nickte er Charly wortlos zu. Sofort spürte Charly die altbekannte Faust im Magen; den verzweifelten Abwehrreflex seines Körpers, wenn der Anblick der Leiche bevorstand.

Tief durchatmen.

Entschlossen ging er voraus und trat vor Dr. Stein und Löhlein über die Schwelle der kleinen Garderobe.

Blutspritzer auf dem Gesicht des Ministerpräsidenten: »185 Jahre Landestheater Coburg«; ein schon etwas älteres, jetzt blutbesudeltes Plakat, im Todeskampf halb von der Wand gerissen.

Blut an der Wand, Blutspuren auf dem Boden, Blutspritzer am Spiegel.

Ein blutiges Inferno.

Spurensicherung ohne gleichzeitige Spurenzerstörung war in diesem kleinen Raum fast unmöglich, dachte Charly noch einen seltsam sachlich-nüchternen Moment lang.

Dann erst sah er die Tote.

Auf dem Stuhl hinter der Tür.

»Kim LaYoung, Koreanerin, achtundzwanzig Jahre …« Löhleins Stimme klang plötzlich seltsam kloßig.

»Kim LaYoung? Der Coburger Publikumsliebling der letzten zwei Jahre?«

Splitternackt, blutverschmiert und mit gespreizten Beinen.

Rittlings auf den Stuhl gefesselt.

Der Mörder hatte sie vom Hals bis zu den Hüften dekorativ verschnürt und an die Lehne gebunden. Ihr Kopf war nach hinten übergekippt, von vorn sah man nur ihren langen weißen Hals. Grässlich entstellt durch eine klaffende Wunde. Ihr sehniger weißer Körper war blutig rot verklebt.

»Wer macht denn so was …!« Der Oberstaatsanwalt flüsterte vor Entsetzen, begann zu würgen und verließ fluchtartig die Garderobe, dicht gefolgt von Löhlein.

Charly registrierte es nur noch am Rande.

Er wusste um seine Stärke, sich nicht vom allerersten Tatort-

Schock lähmen zu lassen. Keiner konnte so schnell wie er den Schalter umlegen und sich, in instinktiver Verdrängung einerseits und spontaner Wut auf den Täter andererseits, sofort vom Tatort inspirieren lassen. Hellwach und intensiv nachspüren, was sich vor Ort ereignet, was sich im Kopf des Täters abgespielt haben mochte. Die wichtigsten und wertvollsten Momente jeder Mordermittlung. Sie würde ihn auch diesmal wieder schlaflose, erschöpfte Nächte kosten …

Der Ministerpräsident echauffierte sich. »Das ist ja wohl nicht Ihr Ernst, dass Sie uns hier nicht ranfahren lassen, junger Mann!«, blökte er aus dem Seitenfenster hinaus in die regnerische Nacht auf dem Schlossplatz. »Bei dem Mistwetter kann doch keiner aussteigen, das ist ja schon die reinste Seenlandschaft hier! Und die Premiere fällt aus? Ich will sofort Ihren Vorgesetzten sprechen!«

Ärgerlich zischte er in sein Handy.

»Vöhringer … steigen Sie mal aus und kommen kurz Sie rüber … Kümmern Sie sich drum, dass wir hier ganz rankommen! Ich will sofort den ranghöchsten Ermittler sprechen, der am Tatort ist, und anschließend ein gemeinsames Foto mit Polizeichef und ein paar Uniformierten … aber nicht diese Null da, die uns grad aufhält, der wird extra verarztet! … Und lassen Sie sich bloß nicht auf irgendeine Pressekonferenz oder so was vertrösten … Allez, hopp, Vöhringer!«

Der Gerichtsmediziner war eingetroffen und streifte sich vor der Garderobe gerade seinen weißen Schutzanzug über. Es war ein alter Bekannter, stellte Charly überrascht fest: Dr. Christof Siebenkind, unter seinem Spitznamen »Seven« in den späten Achtzigern ein erbitterter Squash-Gegner in der Hobby-Liga des »Mohren-Squash« am Vorderen Floßanger. Jetzt seit Jahren in Erlangen am Institut für Rechtsmedizin in der Universitätsstraße.

»Seven, alter Junge! Wie kommst denn du so schnell hierher?«

Siebenkind schloss die Klettabdeckung seines Reißverschlusses und zwinkerte ihm müde zu.

»Stell dir vor, ich hatte nach zwanzig Jahren endlich wieder mal Theaterkarten in Coburg, hier für die Premiere!« Sorgfältig streifte er die Handschuhe über und schnappte seinen Tatortkoffer.

»Und jetzt Ruhe, Charly … denk an die Regel Nummer eins am Tatort!«

»Augen auf, Mund zu, Hände in die Hosentasche …«

Auf Zehenspitzen, um keine Blutspuren zu verwischen, näherten sie sich in ihren Überschuhen dem Stuhl mit der toten Ballerina. Ihre mandelförmigen Augen starrten puppenhaft leer zur Decke. Im Weiß der Augenbindehaut zeigten sich feine rote Pünktchen. Ebenso auf Stirn und Wangen. Wortlos deutete Siebenkind auf ihren Hals: Zwei Fingerbreit oberhalb ihrer offen stehenden Kehle zogen sich ringartige Abschürfungen um ihren Hals. Hatte der Mörder sie erst noch stranguliert?

Charlys Blick fiel auf die Schnur, mit der die Tote gefesselt war. Unter dem vielen geronnenen Blut auf ihrem nackten Körper eine zeitaufwendige, fast kunstvolle Verschnürung: symmetrisch angelegt, mehrfach überkreuzt, zwischen Achselhöhlen und Scham ein breites, fast rautenförmiges Muster bildend. Eine perverse Ästhetik des Grauens …

Was hatte sich der Killer dabei gedacht, grübelte Charly, während Siebenkind gelassen das elektronische Thermometer auspackte, um Kims Rektaltemperatur zu messen und dadurch den Zeitpunkt ihres Todes zu bestimmen.

Welche Rückschlüsse auf den Täter konnte man allein schon aufgrund der exotischen Fesselung ziehen? Ein wichtiger Ansatzpunkt für die nächsten Tage.

»Charly … Charly!« Heinz-Uwe Löhlein stand in der offenen Tür der Künstlergarderobe und winkte aufgeregt.

»Was denn?«, grummelte er unwirsch.

»Vöhringer will dich sprechen! Jetzt, dringend, sofort!«

»Vöhringer?« Charly winkte müde ab. »Sag ihm, er steht auf meiner Warteliste. Platzziffer 1465.«

Löhlein starrte ihn ungläubig an. »Spinnst du? Er will mit dir ein kurzes Briefing machen, für den MP! Der MP will gleich mit dir reden!«

»Jetzt? Ein Briefing mit Vöhringer? Der hat sie doch nicht mehr alle! Sag ihm, der MP hat Platzziffer 1466 … die sollen uns hier erst mal unseren Job machen lassen!« Gebieterisch kommandierte Charly den Pressesprecher herbei, der gerade hinten im

Gang auftauchte. »Quax? Pressekonferenz Punkt neun im Spiegelsaal!«

Quax hob den Daumen und machte auf dem Absatz kehrt, das Handy weiter fest ans Ohr gepresst.

Siebenkind, mit der Linken immer noch das Rektalthermometer fixierend, grinste Löhlein zu.

»Sag dem MP, wir sind grad acht Zentimeter tief in Kim LaYoung … Des dauert halt noch a weng!«

Zwanzig Minuten später hatte Dr. Christof Siebenkind seinen Einsatz beendet, auch Charly kehrte aus seiner meditativen Tatort-Trance langsam wieder zurück. Er spürte wachsenden Widerwillen gegen den immer schlimmer werdenden, metallisch anmutenden Gestank des geronnenen Bluts und registrierte wieder bewusst das Stimmengewirr im Flur und vor der Tür.

Ein dröhnender Bass, mit unverkennbar holländischem Akzent: »Lassen Sie mich gefälligst durch, ich bin der Intendant!«

»… ist ja unerhört, was Sie sich hier leisten!«, unterstützte ihn eine glasklare, metallisch klingende Frauenstimme.

Charly stöhnte leise.

Inspiration und Intuition waren endgültig zum Teufel. Vorsichtig bewegte er sich vom Stuhl weg nach hinten und schlüpfte durch die angelehnte Garderobentür wieder auf den Gang hinaus.

Ein wild mit den Armen fuchtelnder Hüne in braunem Anzug, mit Halstuch und silbergrauen Kräusellöckchen – für jeden Coburger unverkennbar der Theaterintendant, René van Houten. Neben ihm eine alterslose, drahtige Frau mit schwarzem, straff nach hinten gebundenem Pferdeschwanz.

»Sind Sie der Kommissar?«

Der Leichenwagen war bis an die unterste Treppenstufe herangefahren. Im Dauerregen trugen ein schwergewichtiger Glatzkopf und sein milchgesichtiger Helfer, in dunklen Konfektionsanzügen und erstaunlich abgetragenen schwarzen Halbschuhen, den Blechsarg aus dem Landestheater heraus. Unter den aufgeregten Blitzlichtern der Lokalpresse verstauten sie Kim LaYoungs sterbliche Überreste mit schwarzen Lederhandschuhen routiniert in der geöffneten Heckklappe ihres Mercedes.

Charly komplimentierte den Intendanten samt Begleiterin – »Sie kennen mich nicht? Ich bin Nora Henderson, die Ballettchoreografin des Hauses!« – in eine ruhige Ecke am Fenster und versorgte sie rasch mit den nötigsten Informationen, während er, über ihre Schultern hinweg, verstohlen den Abtransport der Leiche verfolgte.

Zuvor hatte Nora Henderson die Tote, als diese im Sarg lag und bis zum Kinn abgedeckt war, eindeutig als Kim LaYoung identifiziert.

Lange hatte sie das Gesicht der toten Ballerina gemustert, bevor sie, kaum hörbar, bestätigte: »Das ist Kim.« Einen Wimpernschlag später korrigierte sie sich, etwas lauter, mit belegter Stimme: »Nein, das war Kim … das ist sie ja nicht mehr …«

Während der Intendant es vorzog, in sicherer Entfernung abzuwarten, drehte sich Nora noch einmal zurück und verharrte unter den fragenden Blicken der Bestatter regungslos am Sarg.

Keine Tränen, kein Schluchzen – nichts. Erstaunlich gefasst und willensstark, dachte Charly. Ob sie was eingeworfen hat? Sie haben doch jahrelang, Tag für Tag, zusammengearbeitet.

Endlich drehte sich Nora Henderson wieder um und kam direkt auf ihn zu. Scheinbar völlig unbeirrt. Neben ihrem rechten Auge schillerte ein sternförmiger kleiner Blutschwamm.

»Ich möchte nur eines wissen, Herr Kommissar. Haben Sie auch eine Tochter?«

»Äh … das tut hier nichts zur Sache«, hörte er sich verdutzt sagen.

»Also ja! Dann wissen Sie, was Sie zu tun haben, Herr Kommissar … Finden Sie dieses verdammte Schwein!«, brach es aus ihr heraus.

Ruckartig wandte sie sich ab, ließ Charly und van Houten stehen und lief hinaus, die Treppe hinunter, eilte durch den strömenden Regen auf die andere Straßenseite vor dem Palais Edinburgh, wo sie ein blasser, hagerer Mann im offenen Trenchcoat und einem dunkelgrünen »Veltins«-Regenschirm offenbar erwartet hatte.

»Zigarette?«

Charly sah überrascht auf. Der Intendant persönlich offerierte hier, im Herzen des generalsanierten Landestheaters, ein aufgeklapptes Silberetui. Schweigend nickte Charly und ließ sich Feuer geben.

Endlich … Ein tiefer Lungenzug … *es geht wieder los, ich jage einen Killer! Endlich wieder Vollgas, ohne Rücksicht auf Verluste.* Wieder inhalierte er tief. *Bin ich eigentlich krank?* Schnell verscheuchte er den düsteren Gedanken wieder. *Nein, ich bin absolut professionell.*

Löhlein tippte ihm auf die Schulter.

»Dr. Stein ist schon im Spiegelsaal, Charly; das Tatortvideo ist auch im Kasten. Brauchst du jetzt hier noch was?«

Charly antwortete nicht. Sorgfältig legte er die Zigarette auf der Fensterbrettkante ab und betrat noch einmal die kleine Künstlergarderobe.

Die Leiche war weg, viele Spuren jetzt verwischt.

Vordergründige, visuelle Schockeffekte waren verschwunden, waren einem imaginären, doch unsagbar beklemmenden Grauen gewichen.

Langsam drehte sich Charly um die eigene Achse, lieferte sich ein letztes Mal ganz bewusst seinen Sinneseindrücken aus.

»Nein«, sagte er schließlich und schluckte kurz, als er wieder zu Löhlein und van Houten in den Flur hinaustrat.

»Hier brauche ich nichts mehr.«

22:28 Uhr – Polizei Coburg, Lageraum

»Scheiße, Mann!«, stöhnte KOK Hetz leise. Schon zum dritten Mal in zwei Minuten.

Selbst Ritter verdrehte jetzt genervt die Augen, stellte Charly fest.

Rainer Hetz war Drogenfahnder vom K4, von den Kollegen »Ranger« gerufen wegen seiner Vorliebe für Outdoor-Kleidung und ständig wechselnde gebrauchte Geländewagen. Jetzt war allerdings nichts mehr zu sehen von seiner kaugummikauenden coolen Standardpose. Kopfschüttelnd raufte er sich das dichte dunkle Haar.

»Mannmannmann, hätte ich das bloß geahnt! Ich hab sie gestern auf dem Atelierfest gesehen, ich war an der Bar nur zwei Stühle weiter!«

»Wie kommt ein popliger Oberkommissar wie du auf ›Victors Atelierfest‹?«, stichelte Charly.

»Bitte, Herrmann!«, fuhr Ritter dazwischen. »Alles rein dienstlich, alles mit mir abgesprochen! Dieser Victor schickt uns jedes Jahr eine Freikarte für sein … äh … Honoratiorentreffen! Habe mich tödlich gelangweilt letztes Jahr, deshalb hab ich die Karte diesmal an unsere Drogenfahndung weitergegeben.«

Hetz nickte nachdrücklich. »Hat sich auch echt gelohnt, Chef, da sind einige Näschen gepudert worden. Ich hab da ein paar hochinteressante neue Namen jetzt! Zum Beispiel diesen Rechtsanwalt da, der mit den zwei Armbanduhren, weil die Tochter angeblich in den USA studiert …«

Ritter winkte unwillig ab. »Zur Sache, Hetz! Der Oberstaatsanwalt muss jeden Moment eintreffen. Was also war los mit dieser Kim LaYoung?«

»Sie hat ganz schön rumgezickt. Erst mal an der Bar einem Typen auf die Finger geklopft, der wohl ein wenig gegrapscht hatte. Und kurz vor eins, ich ging grad zur Toilette, hat sie sich am Ausgang mit dem großen Meister persönlich gefetzt … Guten Abend, Herr Oberstaatsanwalt!«

Dr. Stein stand, mit kurzem, fast widerwilligem Klopfen, schon in der Tür. Unverwechselbar, dachte Charly. Knochig, hager, hohe Stirn. Der skeptische Blick durch die randlose Brille. Und zum grauen Maßanzug immer eine viel zu breite Krawatte.

»'n Abend, Herr Ritter … 'n Abend, meine Herren!« Ein knappes Nicken noch für Löhlein, der dienstbeflissen einen freien Stuhl zurechtschob.

»Sooo – wie ist denn bitte der aktuelle Sachstand jetzt?« Erwartungsvoll lehnte sich der Staatsanwalt zurück.

Ritter streckte sich in Positur, schob mit seinen breiten Fingern geschäftig die Papiere vor sich zusammen.

»Unsere Ermittlungen leitet natürlich wieder Kriminalkommissar Charly Herrmann: erstens OFA-Erfahrung, zweitens sein Erfolg bei Nik the Ripper, drittens … äh … äh …«

»Drittens Platzziffer 1465«, schlug Charly verdrossen vor.

Ritter grunzte ärgerlich. »Sie sind unser bester Mann für solche Fälle! Bitte gleich mal Ihren ersten Überblick, Herrmann!«

Charly blies kurz die Backen auf, entschied sich dann aber doch für Deeskalation. Ein kleiner Seitenhieb auf hohe Würdenträger gehörte allerdings dazu, so viel Zeit musste sein:

»Eins noch schnell vorab: Etlichen Kollegen, auch mir, ist das vorhin sauer aufgestoßen … Herr MP und Herr Staatssekretär schießen sich, völlig zu Unrecht, auf niedere Dienstränge vor dem Theater ein, gestikulieren wichtigtuerisch für ein schnelles Pressefoto und hauen wieder ab, ohne die eigentliche Pressekonferenz abzuwarten …«

»Ein Anruf aus Berlin, ganz dringend!«, warf Ritter schnell ein. »Der MP hat vollstes Vertrauen in unsere Arbeit und jede Unterstützung zugesichert!«

»Die üblichen Floskeln, befördert werden anschließend die Münchner Kollegen, aber lassen wir das … Fest steht, dass es sich im Fall Kim LaYoung um eine Übertötung handelt, einen klassischen Overkill.«

»Was macht Sie da so sicher?«, schoss Stein dazwischen. »Haben Sie schon das rechtsmedizinische Gutachten?«

»Dazu brauche ich kein schriftliches Gutachten«, erwiderte Charly müde. »Dazu reicht schon ein bisschen kriminalistische Erfahrung völlig aus.«

»Na, jetzt bin ich aber gespannt …«, ätzte Stein.

Alter Klugscheißer. Vorhin selbst noch die große Spucktüte gebraucht …

»Wenn Sie die Leiche etwas gründlicher in Augenschein genommen hätten«, konnte sich Charly nicht verkneifen anzumerken, »hätten Sie oberhalb dieser klaffenden Halswunde ringförmige Abschürfungen erkennen können, insgesamt eine sogenannte Drosselmarke. Dazu passen auch kleine rote Punktblutungen im Gesicht.«

»Petechien«, warf Löhlein wichtigtuerisch ein.

»Genau, Petechien. Typische Anzeichen bei Erstickungstod. Kim LaYoung wurde erdrosselt. Anschließend hat der Täter ihr die Kehle durchgeschnitten. Eine völlig ungewöhnliche Kombination, das gab's laut ViCLAS-Datenbank noch nie. Nicht zu vergessen eine riesige Platzwunde am Hinterkopf. Deshalb ein klassischer Overkill.«

»Was ja oft für eine Beziehungstat spricht.« Wieder Löhlein.

»Bin noch nicht fertig, Heinz-Uwe!«, raunzte Charly. Etwas

lauter als nötig, um sein plötzliches Magenknurren zu übertönen. »Der Overkill spricht in der Tat oft für eine eskalierende Beziehungstat. In dieses Bild passt auch, wie Kim und ihr Mörder ins Landestheater kamen. Es gibt keine Einbruchspuren, also kamen beide ganz normal mit dem Schlüssel rein. Entweder mit ihrem Schlüssel – dann hat sie den Killer gekannt und reingelassen. Oder er hatte selbst einen Schlüssel …«

»Was heißt, er müsste auch zum Theater, zum Kreis der Schlüsselbesitzer gehören«, überlegte Ritter.

»… oder er muss ihr privat sehr nahegestanden haben«, ergänzte Charly. »Oder beides.«

»Sieht also ganz so aus, dass der Mörder aus dem beruflichen oder privaten Umfeld des Opfers stammt … nicht schlecht, Herrmann! Was haben wir sonst noch?«

»Die ungewöhnliche, sehr auffällige Fesselung des Opfers, Sie haben ja die Fotos gesehen. Erinnert irgendwie an Sadomaso-Inszenierungen. Hier müssen wir gründlich und genauestens recherchieren, das ist eine versteckte oder unbewusste Botschaft des Täters. Ich schlage deshalb vor, Herr Oberstaatsanwalt, dass wir die SOKO Franken aktivieren und heute noch die Profilerin des Polizeipräsidiums München, Frau Dr. Barbara Antlkofer, anfordern.«

Stein hob zweifelnd die Brauen. »Ist das nicht völlig überzogen, Herr Kommissar? Gerade noch legen Sie recht überzeugend dar, dass der Täter aus dem unmittelbaren Umfeld unserer Ballerina stammt. Und jetzt wollen Sie plötzlich diese Riesenmaschinerie wieder anwerfen? Aktivierung SOKO über die Polizeipräsidien in Bayreuth und München, verbunden mit maximalem Medienhype – ich bitte Sie!«

Er beugte sich nach vorn, zeigte mit dem Finger auf Charly.

»Nein, Herr Kommissar, hier geht's um den Freundes- und Kollegenkreis des Opfers, um Besitzer von Theaterschlüsseln, meinetwegen noch ein paar Recherchen im SM-Milieu – dazu brauchen wir doch keine frankenweite SOKO, das ist unsere ureigenste Coburger Hausaufgabe!«

Eigensinnig schüttelte Charly den Kopf. »Bedenken Sie das Ausmaß seiner Tatortinszenierung. Allein diese zeitraubende, fast kunstvolle Fesselung seines Opfers. Wie er sie dann noch rittlings auf den Stuhl drapiert hat. Das geht über eine spontane Einzeltat weit hinaus, das schreit doch nach Wiederholung, nach Serialität!«

»Zum jetzigen Zeitpunkt bloße Spekulation, Herr Kommissar!« Stein verschränkte entschlossen die Arme. »Nicht jeder perverse Täter ist gleich ein Serientäter, lassen Sie sich da mal nicht von Ihrer glorreichen Vergangenheit als, wie war das doch gleich, als fränkischer Super-Cop blenden!«

Ritter unterband eine drohende Eskalation. »Stellen wir die Entscheidung über eine SOKO doch bis morgen früh zurück …«

Sonntag

06:50 Uhr – Coburg, Am Ölberg

»War, children, it's just a shot away, shot away!«, dröhnte es durch Charlys Apartment. *»War, children, it's just a shot away, shot away!«*

Merry Clayton, die einzige weibliche Stimme, die jemals einen Song der Stones dominieren durfte. Merry Clayton, die sich bei diesem Overdub-Duett mit Mick Jagger so verausgabte, dass sie eine Fehlgeburt erlitt.

»Gimme Shelter«, im Sommer 1969.

Da saß ich noch im Sandkasten im Untersiemauer Kindergarten, dachte Charly schwer atmend.

»War, children …«

»… neun … zeehn!«

Mit einem urwüchsigen Stöhnen stieß er die Dreißig-Kilo-Hantel ein letztes Mal nach oben und ließ sie dann mit einer letzten kontrollierten Bewegung in den Ständer rollen. Ausgepumpt blieb er auf der Bank liegen.

Ich sollte doch lieber in ein Studio gehen, dachte er. Endlich wieder unter normale Leute kommen.

»Love, sister, it's just a kiss away, kiss away …!«

Echte Frauen sehen …

Er griff nach seiner offenen Volvic-Flasche, trank mit gierigen Zügen.

Das Telefon klingelte.

Er zuckte zusammen, verschluckte sich und bekam einen Hustenanfall.

Eine Münchner Nummer, um diese Zeit?

»Herrmann.«

Erneut zwei heftige Huster. Drei. Vier.

»Na, na, na, mein lieber Kommissar! Bist wohl doch wieder unter die Raucher gegangen?«

Die dunkle, weiche Stimme, der amüsierte Unterton: Vor Charlys geistigem Auge erstand sofort ein spöttisch lachender Mund mit zwei markanten Grübchen; er spürte förmlich ihr langes schwarzes Haar in seinem Gesicht. Barbara Antlkofer, die Profilerin des Polizeipräsidiums München.

»Ciao, Bella …«, lächelte er ins Telefon und drehte mit der anderen Hand die Stones leise. »Nein, ich rauche natürlich nicht … für heiße Luft in Franken bleibt immer noch München zuständig!«

»Ah geh … Bist immer no der oide Franken-Sturschädel …?«

»Das hat dir doch damals schon gefallen, gib's ruhig zu!«

»Den Teufel werd ich tun!«, lachte sie. Gleich darauf wurde sie wieder ernst. »Du, ich bin hier grad online in der Süddeutschen und dem Münchner Merkur: *›Brutaler Mord an Ballerina‹*, *›Theatermord erschüttert Coburg‹*. Was ist denn da passiert, was ist denn in Coburg los, Charly? Ist doch grad erst mal zwei Jahre her, dass wir Nik the Ripper aus dem Verkehr gezogen haben!«

Nachdenklich betrachtete er seine Fingernägel. »Weiß der Geier. Wenn's so weitergeht, machen wir hier langsam San Diego Konkurrenz.«

»San Diego …?«

»Inoffizielle Welthauptstadt der Serienmörder. Liest du keine FBI-Statistiken?«

»Ach … das war doch in den späten Siebzigern«, konterte sie gelassen. »Lies mal was Aktuelleres als diese FBI-Opas Douglas und Ressler! Aber sag, warum gehst du schon wieder von einer Serie aus?«

Charlys Blick fiel auf die verdreckte Scheibe des Balkonfensters. Eine weißbraune Vogelkotspur zog schräg nach unten, durchkreuzte die Turmspitze der Morizkirche.

»Instinkt«, sagte er langsam. »Erfahrung und Instinkt. Du hättest sehen sollen, wie er das Ganze inszeniert hat. Wie eine Puppe auf einen Stuhl drapiert. Nackt, mit gespreizten Beinen. Dazu eine ganz mysteriöse Fesselung, netzartig verknüpft, um ihren ganzen Oberkörper ein symmetrisches Rautenmuster. Mit derselben Schnur hat er sie vermutlich auch erdrosselt.« Er stand auf, sah einem gelben »Christopher«-Hubschrauber des ADAC nach, der über die Stadt Richtung Klinikum flog. »Und anschließend noch die Kehle durchgeschnitten. Überall Blut. Als Gesamtbild eine regelrechte Performance. Der lebt was aus, da geht's um viel mehr als nur um einen persönlichen Streit.«

»Verstehe.« Barbara überlegte. »Obwohl … der Overkill, die spontane Eskalation, steht ja mehr für das Unüberlegte, Ungeplante. Spricht eher gegen ein Remake. Also, ich hoffe, du täuschst dich mal. Ausnahmsweise. Ansonsten … wie sieht's denn mit einer feschen kleinen SOKO aus?«

Er grinste. »Wäre ganz in meinem Sinn. Aber du kennst ja Stein, er hat das natürlich sofort abgelehnt. Wir schaffen das selbstverständlich auch ohne diesen Aufwand – *wir sind Coburg*!«

»*Wir sind Coburg*, Herrmann – und wir aktivieren selbstverständlich die SOKO Franken!« Ritter stand breitbeinig vor der Oberfrankenkarte und dozierte im Brustton tiefster Überzeugung.

Charly traute seinen Ohren nicht. Verblüfft setzte er seinen Kaffeebecher »Hard Rock Café Barcelona« wieder ab. Ritter ließ ihn gar nicht erst zu Wort kommen.

»Habe vorhin einen Anruf von Studienfreund Gerd bekommen … Gerd Vöhringer!« Er ignorierte Charlys gepeinigte Grimasse und fuhr unverdrossen fort: »München gibt grünes Licht für die SOKO, Innenminister Zirngibl ist an einem raschen Fahndungserfolg interessiert. Sie wissen schon«, er senkte vertraulich die Stimme, »die nächste Innenministerkonferenz tagt schließlich in der Weißwurstmetropole! Und auch unser oberfränkischer Polizeipräsident in Bayreuth hat kein Interesse daran, seinen Bezirk länger als nötig in den Schlagzeilen zu haben. Also, Herrmann – legen Sie los, trommeln Sie die besten Kollegen zusammen!«

Aufmunternd klopfte er Charly auf die Schulter. »Feuer frei für die SOKO Franken!«

08:34 Uhr – Irgendwo in Franken

»Wie lang willst du eigentlich noch an der blöden Kiste hocken?«, keifte die Frau aus der Küche herüber.

Unwillig verzog er das Gesicht, klickte ärgerlich den nächsten Google-Treffer an und entspannte sich sofort wieder:

»Mord im Theater: Coburger Ballerina grausam erstochen. Noch keine Spur vom Täter …«

»Du sitzt doch schon die ganze Nacht da dran! Das sind doch keine Stellenangebote, die du da liest, oder? Ich dachte, du stellst jetzt endlich wieder was Seriöses auf die Beine!«

»Ja, ja!«, grunzte er und scrollte weiter hinab. Identischer Wortlaut, in der Westdeutschen Allgemeinen Zeitung nicht anders als in Stuttgart oder München. Musste wohl eine Agenturmeldung sein, überlegte er. Sinnlos, hier überregional nach neuen Erkenntnissen zu suchen.

Sein Blick löste sich vom Bildschirm und wanderte hinaus in den verregneten Garten. Die alte Schwarzkiefer, die zwei großen Trauerweiden, weiter hinten ein Wäldchen undefinierbarer Baumriesen. Im Schatten ihrer verfilzten Kronen wucherten Brennnesseln und Dornengestrüpp, kaum noch zu sehen war der Trampelpfad, der dort hangaufwärts bis ans Ende des weitläufigen Parks führte. Gelblicher Sandstein und rotbraune Ziegel schimmerten zwischen den Bäumen schwach hindurch. Ihr Anblick traf ihn wie ein elektrischer Schlag, aufgeregt drehte er sich um.

»Sag mal, was ist eigentlich aus diesem massiven alten Pavillon dahinten geworden? Dem Waschhaus? Wo du immer sagst, dass früher mal Schülerbands drin geprobt haben?«

»Wahrscheinlich die reinste Rattenburg – und davor noch dieses Zeckenwäldchen! Da kriegen mich keine zehn Pferde rein! Schau doch selbst nach!«

Sein Herz raste.

11:21 Uhr – Polizei Coburg

»Ja, genau, der Theatermord! Ich hab da Freitagnacht nämlich was Seltsames beobachtet, wie ich da …«

»Moment, Moment!«, unterbrach Charly die aufgeregte Besucherin. »Nicht hier auf dem Flur, kommen Sie doch bitte mit in mein Büro! Hier … legen Sie Ihren Schirm einfach ins Waschbecken …«

Er komplimentierte die korpulente kleine Frau auf einen dunkelbraunen Kunststoffstuhl, schloss leise die Tür und setzte sich mit ihr an den Besuchertisch. Sie mochte Ende fünfzig, Anfang sechzig sein, schätzte er. Etwas faltig, aber gepflegt; liebt klassischen Perlenschmuck, am Hals, am Ohr und an den Fingern. Ihr Lodenmantel verströmte leichtes Mottenkugelaroma. Trägt sicher auch gern Hut … Er zwang sich wieder zurück ins Gespräch.

»Ich bin Kommissar Herrmann, ich leite die Ermittlungen in diesem Fall, Frau …?«

»Gröger, Dorothee Gröger.« Sie knetete nervös ihre kurzen, breiten Hände. Zwei Eheringe saßen tief und fest übereinander auf ihren gut gepolsterten Fingern. »Ich wohne in der Theatergasse, über dem ehemaligen Warenhaus Montag.«

»Ah ja – dort habe ich mir meinen ersten Teppichboden gekauft, irgendwann Anfang der Achtziger!« Verspannung lösen, locker machen …

Sie rang sich ein höfliches Lächeln ab und schwieg.

»Jaa, Frau Gröger, wie war das denn Freitagnacht, was haben Sie da genau gesehen? Standen Sie am Fenster?«

»Nein, ich war draußen, meine Molly musste noch mal dringend raus, bei Vollmond spielt die immer verrückt.«

»So, Sie haben also Ihre Molly noch mal Gassi geführt … wann und wo genau sind Sie da mit ihr entlang, Frau Gröger?«

»Das war so kurz vor halb zwei. Wenn's so spät nachts ist, gehen wir immer nur kurz gradaus, vor dem Theatereingang über den Schlossplatz und drehen dann an der Schwarzen Allee wieder um.«

»Am Palais Edinburgh, bei der IHK?«

»Genau, Herr Kommissar. Und grad als wir umgedreht sind, seh ich seitlich am Theater eine Tür aufgehen, diesen Nebeneingang oder Künstlereingang da.«

»Interessant!« Charly formte mit den Fingerspitzen ein Dach. »Bitte, Frau Gröger, ich bin ganz Ohr!«

»Ja, und aus der Tür kam diese Gestalt raus … sie … oder er …« Sie brach ab.

»Sie … oder er?«, wiederholte Charly fragend.

»Ja, das Mondlicht war ja sehr hell, aber wir waren bestimmt zwanzig Meter entfernt … eine große Gestalt, so komisch unförmig, eher wie ein dicker Mann, aber mit langen Locken wie eine Frau …« Sie schüttelte sich und redete dann immer schneller. »Und das Allerschlimmste, dann dreht sich diese … diese Gestalt zu uns herum – und ein schneeweißes, ein wirklich schneeweißes Gesicht glotzt uns an, wie ein Gespenst«, sie verfiel in breiten Dialekt, »mir löfft ja jetzt noch die Gänshaud nauf und nundä!« Wieder schüttelte sie sich. »Mei Molly und ich, wir waren ja wie angewurzelt, stocksteif standen wir da! Gott sei Dank ist der … ist die … ist diese Gestalt dann schnell ins Auto gestiegen und weggefahren!« Sie schnaufte tief durch und war sichtlich mitgenommen.

»Sehr gut, Frau Gröger, das ist sehr gut!« Charlys Kugelschreiber flog über das Papier. »Welches Auto war das? Haben Sie das Kennzeichen gesehen?«

»Na, Coburg halt! CO! Und das Auto war so ein kleines weißes. Aber mehr dürfen Sie mich da nicht fragen, da kenne ich mich überhaupt nicht aus!«

»Ein kleines weißes … Wunderbar, Frau Gröger, ganz wunderbar … hat dieser Mann … oder diese Gestalt … irgendwas bei sich gehabt, eine Tüte, eine Tasche oder einen Rucksack?«

»Nein, das wär mir ganz bestimmt aufgefallen!«

»Da stimmt doch was nicht, Charly.« KOK Michael Pfaff alias Schnauzer hatte sein Spezialkämmchen herausgeholt und bearbeitete mit äußerster Sorgfalt seinen buschigen schwarzen Schnurrbart. »Wenn der Typ nicht nur ein Hirngespinst von dieser Gröger ist, dann kann's um diese Uhrzeit nur der Täter gewesen sein.« Er säuberte das Kämmchen mit einer geübten Bewegung zwischen Daumen und Zeigefinger, richtete es dann direkt auf Charly. »Aber der Täter kann doch nicht mit leeren Händen herausmarschiert sein, er muss Kims Kleidung mitgenommen haben!«

»Weiß schon, wir stellen das ganze Landestheater seit Samstag auf den Kopf und haben noch nix gefunden«, sagte Charly. »Keine Tatwaffen und keine Spur von ihrer Kleidung.«

Sein Blick wanderte wieder über die Fotowand.

Der nackte weiße Körper der Tänzerin … blutverschmiert, verschnürt und an den schwarzen Stuhl gebunden …

Er fingerte nach dem Päckchen Wrigley's in seiner Brusttasche, schob langsam einen stanniolverpackten Kaugummistreifen aus seiner Papierhülle. Er stutzte. Schob den Streifen wieder zurück. Wieder heraus. Nahm dann sein Gegenüber ins Visier.

»Es gibt noch eine Möglichkeit, Schnauzer«, sagte er mit heiserer Stimme.

Ein ratloser Blick. »Wie denn?«

»Er hat ihre Sachen selbst angezogen. Unter seinen eigenen. Hat Kims Kleidung auf seinem eigenen Körper rausgetragen.«

Montag

14:05 Uhr – SOKO Franken

»… und damit darf ich Sie noch mal herzlich bei uns begrüßen, der SOKO Franken einen raschen Erfolg wünschen und überlasse Sie alle jetzt der bewährten Leitung von Kommissar Charly Herrmann!«

Zwölf Männer- und zwei Frauenfäuste trommelten pflichtschuldig auf die Tische, als Ritter sich mit einem freundlichen Schulterklopfen für Charly erhob und federnden Schrittes den Lageraum verließ.

»Fünf Minuten Kaffeepause, Kollegen!«

Nur mühsam unterdrückte Charly seine spontane Gier nach einer Zigarette. Erleichtert griff er in die Gummibärentüte, die ihm die frischgebackene KKin Berchtold unter die Nase hielt.

»Bist ein Schatz, Anja … nee, wart mal, das sind zu viel farblose … gib mir lieber noch ein paar rote …«

Ein weiterer, unverschämt tiefer Griff in die Tüte. Er grinste über ihren empörten Protest und ließ seinen Blick zufrieden in die Runde schweifen. Erfreulicherweise war es auf Anhieb gelungen, ein paar herausragende Kollegen aus fränkischen Polizeidienststellen in die SOKO zu holen.

Am Fenster stand KOK Tom Scherzer aus Erlangen, ein schlaksiger Zwei-Meter-Mann mit dünnem blondem Haar und einer Vorliebe für weiße T-Shirts unter Jeanshemden. Er war schon zum zweiten Mal in Coburg dabei; gerade erklärte er zwei neuen SOKO-Kollegen mit seinen langen Armen gestenreich die Veste, die im Hintergrund düster und trutzig in den dunkelgrauen Himmel ragte. Auch parteipolitisch war Scherzer, nach eigenem Bekunden ein »Erzfranke«, jetzt aktiv. Stolz hatte er von seiner Wahl zum stellvertretenden Erlanger Kreisvorsitzenden der »Partei für Franken« berichtet, was bei Löhlein auf besorgtes Unverständnis gestoßen war: »Du als Beamter? So gegen München? Kriegst du da keine Probleme mit unserem Dienstherrn oder deinem Chef?«

»Mei Schäff is doch etz aach Mitglied worn! Der würd am liebsten selbst für'n Landtag kandidiern – bloß sei Fraa lässt na noch ned!«

Nach Charlys Briefing zur aktuellen Tat- und Fahndungssituation begann die eigentliche SOKO-Arbeit: Teambildung, Klärung der nächsten Ermittlungsschritte – das Whiteboard neben der Fotowand hinter Charly füllte sich rasch mit bunten Pfeilen, Kreisen und Vierecken sowie großformatigen Tatortfotos mit der verschnürten Leiche von Kim LaYoung.

»Sooo, Kollegen!« Charly klatschte zufrieden in die Hände. »Dann fass ich mal kurz unsere Stoßrichtungen zusammen. Team eins: Schlüsselbesitzer, Kollegen- und Freundeskreis, letzte Zeugen am Tatabend. Tatmotiv – *Cui bono*? Täterprofil, das wird natürlich Aufgabe unserer Profilerin, Frau Dr. Barbara Antlkofer vom PP München; sie wird morgen zu uns stoßen. Schließlich die Recherchen zur Fesselungsart, Abklärung eines eventuellen Travestie-Backgrounds, mögliche Querverbindungen zur SM-Szene. Das nehme ich in Angriff.«

Leichte Unruhe und Gemurmel im Raum, Tom brachte es auf den Punkt: »Des haaßd doch bloß, wir derfn die Schlüsselbreddla kondrolliern – und du gehst solang 'nein Sexclub!« Zustimmendes Gelächter. Charly grinste und wedelte mit dem Zeigefinger.

»Nur kein Neid, Kollegen! Ich nehm euch schließlich die körperlichen Schmerzen ab! Außerdem kann ich da endlich wieder einen persönlichen Kontakt nutzen. Es gibt da nämlich einen alten Kollegen von mir, der betreibt jetzt den größten Sicherheitsdienst hier in der Region, SeCOrity. Und dieser Kollege hatte schon immer beste Verbindungen ins Milieu …«

20:05 Uhr – Coburg

Graue Wolken jagten über den Großparkplatz Ketschenanger, der um diese Zeit nur noch spärlich besetzt war. Der Regen hatte aufgehört. Oder nur eine Pause eingelegt, der unangenehm auffrischende Wind verhieß nichts Gutes. Zwei pinkfarbene Flyer »Nebenverdienst 1.000 Euro!« wurden mitgerissen in eine große Pfütze.

Charly fröstelte und stellte seinen Jackenkragen hoch. Missmutig schob er einen Kaugummi in den Mund und musterte den dunkelblauen Ford Mustang mit dem Heckscheiben-Aufkleber

»www.seCOrity.com«. Unter der geöffneten Fahrertür schauten die zwei schlangenledernen Cowboy-Boots von Bernie Winter hervor, dem seit gefühlten zehn Minuten, »nur ganz kurz, Charly!«, das Handy ans Ohr gewachsen war.

Über den hinteren Radläufen prangten unverkennbar Rostblasen unter dem metallicblauen Lack. Guter alter Bernie, dachte Charly, wie tief bist du gesunken. Oder bin ich jetzt selbst schon ein Beamtenspießer, einer dieser neiderfüllten kleinen Sesselfurzer, die wir nie, nie, niemals werden wollten? Damals, vor über zwanzig Jahren; Charly Herrmann und Bernie Winter, ein unschlagbares Team der Kripo Coburg.

Spektakuläre Fälle haben wir gelöst: den Doppelmord in der Metzgergasse. Den Tankstellenmörder in Lichtenfels. Den Serienvergewaltiger droben im Frankenwald.

Ich war besessen von der Täterjagd. Nur um über Timmis Tod hinwegzukommen. Nein, um ihn zu verdrängen ... und habe Andrea dabei automatisch mitverdrängt. Andrea, die zu Hause saß, sich um Valerie kümmern musste und niemanden hatte, um Timmis Verlust zu verarbeiten ... Aus, CUT! Zieh dich nicht noch selbst runter!

Er klopfte auf das Autodach. Bernies blondierte Rod-Stewart-Mähne fuhr herum, ein ärgerlicher Blick.

»Ja, gleich, Charly, is ja gut! ... Also, alles klar so weit, Steve ... So machen wir's ... Servus, bis morgen!« Er klappte sein Handy zu.

»Ja, steck fei endlich dei Scheißhandy weg!«, grummelte Charly und ließ sich in den Beifahrersitz fallen. »Bist ja schlimmer wie a Fraa ...«

***

Er streckte den Kopf vor und lauschte. Durch die angelehnte Zimmertür hörte er das Klacken ihrer Absätze. Die Haustür fiel ins Schloss, endlich!

Erleichtert knipste er den Schalter an und fuhr den Laptop wieder hoch. *»How to install a torture room«,* wie man eine Folterkammer einrichtet ... diese durchgeknallten Amis ... Was für eine Fundgrube! Anbindevorrichtungen ... Streckbänke ... zu langweilig … aber hier: ein improvisierter gynäkologischer Untersuchungsstuhl …!

Seine Augen glänzten.

***

Der Mustang V8 röhrte durch den Thüringer Wald. Bernie heizte rücksichtslos über die kurvige, schmale Landstraße. Aus den Boxen dröhnte Steppenwolf: *»Born to be wild«*.

»Ich dachte, der SM-Club ist kurz hinter Sonneberg?«, brüllte Charly. »Wir sind doch schon dreißig Minuten weiter!«

»Bleib cool, Mann, wir sind gleich da!« Bernie schaltete einen Gang zurück, ohne vom Gas zu gehen; ohrenbetäubend heulte die Maschine auf. »Wie soll ich dich eigentlich einführen, Alter?« Ein spöttischer Seitenblick aus solariengebräuntem, zerfurchtem Gesicht Richtung Charly. »Das ist mein Lieblingskommissar aus Coburg, er sucht Entspannung und hat ein paar ganz spezielle Fragen?«

»Alter Schmarrbeudl.«

Charly nahm kurz seinen Zahnstocher aus dem Mund. »Alles inkognito heute! Ich bin Krimi-Autor und recherchiere für mein erstes Buch, ich interessiere mich für exotische Fesselungsarten.«

***

»Ahhrrrgg … gngggg!« Ihr Gesicht war blau angelaufen, angstvoll aufgerissene Augen traten fast aus den Höhlen. Geschickt lockerte der Mann den Zug des beigefarbenen Bademantelgürtels, der zweimal um ihren Hals gewickelt war. Sie japste nach Luft, mit dem unmenschlichen Ton einer Ertrinkenden. Sofort, bevor an einen Schrei überhaupt zu denken war, zog er wieder fester zu. Ein berauschendes Spiel, seit über fünf Minuten; Macht in höchster Vollendung, Herrschaft über Leben und Tod!

Aber nur im Film. Nur ein müder Abklatsch.

STOP und EJECT.

Prompt und gehorsam öffnete sich die Lade, willig bot sich die DVD zur Entnahme an.

Er reagierte nicht. Mit einem angenehmen Kribbeln im Bauch betrachtete er das Cover.

Grazile nackte Mädchenkörper.
Phantasievoll und straff gefesselt.

***

»Rennsteig-DATSCHA.«

Versteckt im Wald gelegen, Thüringens exklusivster SM-Club, wie Insider Bernie wusste. »Wurde in den Fünfzigern von einem schwulen Sowjet-Oberst für seine perversen Privatspielchen gebaut. Angeblich ist sogar mal ein junger Soldat da drin verschwunden und nie mehr aufgetaucht …«

»Zwei Jackies!« Charly schob sich auf einen Barhocker, Bernie wurde vom Geschäftsführer sofort in Beschlag genommen: ein stämmig-untersetzter Dreitagebart, schwarze Hose, schwarzes Poloshirt und die offenbar unvermeidbare Goldkette auf der mächtigen Brust. Das Milieu karikiert sich selbst am besten, dachte Charly belustigt – und ertappte sich im nächsten Moment dabei, wie er nach seinem eigenen, allerdings deutlich dünneren Goldkettchen fingerte.

»Zwei Jackies.«

Die schlanke Brünette hinter der Bar verzog keine Miene, schien durch Charly förmlich hindurchzusehen. Flachbrüstig und desinteressiert, beides nicht gerade geschäftsfördernd, dachte Charly. Liegt's an mir oder an der Uhrzeit? Die kleine grüne Digitalanzeige an der Hi-Fi-Anlage hinter dem Tresen sprang auf 22:27 Uhr.

»… nee, echt null Risiko, Bernie, absolut saubere Sache …« Der Geschäftsführer, seine Rechte auf Bernies Schulter, redete beschwörend auf diesen ein.

»Du kriegst Bescheid, Harry, spätestens bis Mittwoch!« Harry verstand sofort, zog seine Hand von Bernies Schulter und wandte sich fast übergangslos an Charly.

»Na, Kumpel, wie können wir dir heute weiterhelfen? Du willst also … einen Krimi schreiben?« Harrys schmieriges Lächeln entblößte erstaunlich vergilbte Jacketkronen. »Nee, Lara, für mich jetzt keinen … Tja, Bernie sagt, du hast 'n paar ganz spezielle Fachfragen an unsere Branche?« Der süßliche Siebziger-Soul der Three Degrees waberte durch den Raum, passend zum Parfüm der Ü40-Blondine, die sich zu ihnen gesellte. »… *when will I see you again?«*

Charly nickte wortlos und zückte ein schwarzes Notizbuch. Gut, dass das Logo der Polizeigewerkschaft Ton in Ton eingeprägt war – in dem Schummerlicht hier war es unsichtbar. Zur Sicherheit platzierte er es gleich aufgeklappt vor sich auf den Tresen. Loslabern, einlullen.

»Genau, ich will meinen ersten ›Tatort‹ schreiben, und da hab ich jetzt ein Problem. Mein Mörder soll aus der Sadomaso-Szene kommen, vielleicht ein Stammkunde von euch«, er zwinkerte Harry kurz zu, »er richtet seine Opfer furchtbar zu, das geht schon beim Fesseln los … und dafür bräuchte ich ein paar Tipps aus erster Hand, was gibt's da für Möglichkeiten?«

Harry winkte entschieden ab, zeigte wieder seine gelben Zähne. »Vergiss es! Ein perverser Mörder aus der SM-Kundschaft, das gibt's nur in der perversen Phantasie von euch Normalos!«

Charly runzelte die Stirn. »Wieso?«

Harry war jetzt ganz in seinem Element. Er zog die Blondine an sich heran, stützte den anderen Ellbogen auf die Theke und begann selbstgefällig zu dozieren.

»Junge, wir reden hier von professionellem SM! Nicht von der Hausfrau und ihrem Beamtengatten, die sich nach zwanzig Jahren Blümchensex mit roten Ohren ein Paar Plüschhandschellen bei Beate Uhse holen. Nee, das is 'ne echte Szene! Frag Julischka …«, ein kurzes Zungenspiel am Ohr der geschmeichelt lächelnden Blonden, »… ach, frag hier, wen du willst! Schmerz und Unterwerfung, das is bei uns so 'ne Art Spiel, das sind feste Rituale, die funktionieren nur mit klaren Regeln!« Harry schnippte in Richtung der Brünetten, die mit verschränkten Armen gelangweilt hinter dem Tresen lehnte.

»Mach mir mal 'n Pils, Lara!«

Charly markierte den Enttäuschten. »Meine schöne Idee, Mann! Aber warum soll aus dieser Szene, aus diesem Spiel denn kein Killer kommen?«

Harry lachte, kurz und meckernd. »Tja, schade um deine Idee! Aber is nu ma Fakt; der Top weiß genau, wie geil das alles für den Bottom ist, und das geilt ihn selbst wieder auf! Is 'ne gegenseitige Spirale der Lust, sonst funktioniert das nich – stimmt's, Julischkamäuschen? Wohlsein!« Er setzte das frisch gezapfte Radeberger an die Lippen und trank das 0,3er auf einen Zug fast leer.

»Also müsste mein Killer einer sein, dem diese abgesprochenen Spielchen nichts mehr geben«, überlegte Charly laut. »Bitte auch ein Radeberger.«

»Genau! Es kann nur einer sein, der in diese SM-Clubszene eben nicht reinpasst. 'n echter Psychopath, der andere wirklich plattmachen muss, um sich aufzugeilen!«

Die Three Degrees waren jetzt beim *»Dirty Ol' Man«* angelangt.

Bernie, der den zweiten Jack Daniels vor sich stehen hatte, schaltete sich ein: »Denke, Harry hat's auf den Punkt gebracht. Du musst ja eigentlich nur mal 'nen Bullen bei der Kripo fragen«, ungeniert zwinkerte er Charly zu, »bin mir sicher, dass in der Mordstatistik keine Freizeit-SMler drinstecken.«

Harry nickte beifällig. »Nimm doch nur mal das Ding in eurem Theater jetzt! Kann nur 'n absolut Durchgeknallter machen. Bei uns findste aber nur grundseriöse Beamte, Banker … oder total verklemmte Spießer … oder beides in einem!« Wieder lachte er meckernd über sein eigenes Witzchen. »Cheerio!« Er kippte den Rest seines Radebergers weg und leckte sich über die Oberlippe.

»Nee, schau dir ruhig mal unsere traditionsreichen Gewölbe hier an! Wer is denn alles schon unten?«, wandte er sich fragend an Julischka.

»Marina, Cora und die Lady.«

»Na bestens! Dann bring ihn mal zu Cora, er will doch was über Fesselungen wissen!«

***

Ein letzter prüfender Blick in den Spiegel. Perfekt. Blonde Locken, Wimpern, Make-up, Lippenstift. Die Brust saß beruhigend straff und sicher, die künstlichen Fingernägel glänzten Ton in Ton mit den Lippen.

Er spitzte und spannte die Lippen, mehrmals hintereinander, in rascher Folge. Immer noch makelloser Glanz. Befriedigt schlüpfte er in die schwarzen Pumps, Größe 46. Ein »Schnäppchen« bei www.grossedamenschuhe.com, das ihn dennoch ein kleines Vermögen gekostet hatte, die teuersten Schuhe seines Lebens. Und die geilsten.

Endlich waren alle Probleme gelöst, das wahre neue Leben konnte beginnen! Ein letzter Kussmund für dieses grandiose Spiegelbild. Er schnappte sich den Autoschlüssel, drehte das Licht in dem alten Gartenpavillon aus und summte fröhlich vor sich hin.

»I am what I am …«

***

Coras Anblick traf Charly wie ein körperlicher Schlag.

Er kannte sie.

Nicht dienstlich, viel schlimmer. Aus seiner eigenen Jugendzeit: Nur ein-, zweimal kurz gesprochen damals, doch lange Zeit umso heftiger aus der Ferne angehimmelt. Cora war – jede Wette! – Corinna aus Lichtenfels und, genau wie er selbst, damals Stammgast im »Mississippi« und in der Eisdiele … siebenundvierzig, achtundvierzig musste sie jetzt sein … immer noch tiefblaue Augen und braune Haare, die ein immer noch eher schmales Gesicht umrahmten … dominiert von den vollkommensten Lippen, die er je gesehen hatte …

»Is was?«

Herausfordernd schlug sie ihre langen Beine in den schwarz-silbernen Lackschnürstiefeln übereinander.

Mach dich nicht zum Affen …

Geschmeidig glitt er auf die einzige Sitzgelegenheit, die sich noch in dem nur lieferwagengroßen, angenehm temperierten Gewölbekeller befand: ein beigefarbener, orientalisch anmutender Kamelhocker zu Füßen ihres schweren Ledersessels.

»Hi, Corinna.«

Er stützte sein Kinn auf beide Fäuste und registrierte aufmerksam ihr leicht fragendes Lächeln, die Überraschung in ihrem Blick: Es war dasselbe Blau wie damals, die langen, dichten Wimpern, der gleiche Schwung der Augenbrauen. Und doch war irgendetwas anders: ihre atlantikblauen Augen, inmitten dieses perfekt gestylten Gesichts. Auch wenn Corinna lächelte, blieben sie merkwürdig leer und unbeteiligt.

Kein Strahlen, kein Funkeln mehr.

Leblos, erloschen.

Eine wunderschöne Frau – mit den toten Augen einer Hure.

***

Sorgfältig zog er sich den Kajalstrich im Rückspiegel nach. Nur zur Sicherheit. Schließlich noch die flachen Autoschuhe ausziehen und wieder in die edlen Damenpumps schlüpfen.

Beschwingt warf er die Fahrertür ins Schloss – hoffentlich nicht zu beschwingt? Zu kraftvoll, zu männlich? Er horchte nach und musste über sich selbst lächeln. *Think positive.* Es gab keinen Grund mehr, irritiert oder bedrückt zu sein.

Alles im Griff, alles besiegt.

Es gab keine Verunsicherung, allerhöchstens gewachsene Sensibilität: besseres Einfühlen, intensiveres, maximales Annähern an das Feminine, an diese strahlende Eleganz und Leichtigkeit …

Jetzt galt es! Die ersten Passanten kamen entgegen. Ein schnelles, verstohlenes Zupfen im Rücken – der BH saß bombenfest. Konzentriert stöckelte er weiter.

Nicht zu schnell. Kleinere Schritte.

Zwei Teenies kamen näher, ihre Unterhaltung geriet ins Stocken, als sie ihn erblickten. Sein Mund wurde trocken, schlagartig verspannten sich Hals und Nacken. Schnell drehte er sich zur Seite, blickte in ein Schaufenster. Apotheke, er registrierte es kaum.

Die Teenies schlenderten weiter, aus dem Spiegelbild des Schaufensters heraus. Geschafft! Ganz langsam drehte er den Kopf in ihre Richtung – und zuckte entsetzt zurück: Sie waren stehen geblieben, keine zehn Meter weiter, starrten ihn an und kicherten!

Pubertär, widerwärtig, verblödet und gemein!

Nur mit Mühe widerstand er einem sofortigen Fluchtreflex. Er kochte vor Wut und stakste entschlossen weiter, bog um die nächste Hausecke, nur heraus aus dem Blickfeld dieser primitiven, asozialen Gören.

»Modeboutique.«

Erleichtert blieb er stehen. Aus seiner kleinen Tasche kramte er ein Tempo hervor und tupfte sich verstohlen über die feuchte Stirn. Dunkle Erinnerungen stiegen in ihm hoch, die Stimme von früher meldete sich wieder: *Du kannst das besser … one more time! One more time!*

Hoffentlich war das Make-up nicht schon angegriffen … vergeblich versuchte er, im dämmrigen Spiegelbild des Boutiqueschaufensters etwas zu erkennen, bis er sich an seinen Taschenspiegel erinnerte.

Gott sei Dank! Der Angstschweiß war nur gefühlte Angst gewesen. Keine verräterischen Spuren im Gesicht. Nur unter der Lockenperücke wurde ihm langsam unangenehm warm.

Sollte sie am Ende doch recht behalten, die Stimme von früher? *Du bist nicht gut genug … du bist heute wieder richtig schlecht … und so plump!* Urplötzlich dröhnte sie wieder durch seinen Kopf.

Nein! Nein, er hatte es ihr doch gezeigt, er hatte es allen bewiesen! Ganz allein hatte er am Samstag alles festgezurrt und kraftvoll auf den Punkt gebracht, immer wieder! Die Geister der Vergangenheit, sie waren ein für alle Mal gebannt!

Ich dominiere, ich beherrsche, ich kontrolliere … alles, was ich will!

Die Strumpfhose ziepte im Schritt. Er hätte sie doch eine Nummer größer gebraucht … Kopf hoch und weiter!

Ich muss grazil und elegant sein, ich will grazil und elegant sein, ich bin grazil und elegant …!

Eine hässlich verschrumpelte Alte mit Rollator, eine genervte Mutter, im Schlepptau zwei bösartige kleine Schreihälse. Ein Anzugträger mit Aktentasche, Schlips und geistesabwesendem Blick, ein kreuzworträtselnder Taxifahrer. Welch wohltuendes Desinteresse; souveränes, anonymes Mitschwimmen in der Masse, der wichtige erste Schritt. Auf zum zweiten – hol dir persönlichen Respekt und Anerkennung!

Scharfer Salsa-Sound drang aus einer offenen Tür: »Atelier«, darüber ein buntes Werbebanner: »KulturPackt Schweinfurt – Tag der offenen Ateliertür«.

Eine kleine Vernissage? Vorstoß in Kunst, Kultur – und Offenheit, Akzeptanz …! Ich gehöre dazu, ich kann überall mithalten, ich werde toleriert und respektiert!

Entschlossen stöckelte er über die Schwelle.

***

Corinnas Augen waren tot, ihr Body quicklebendig.

Charly spürte ihre Brust, als sie in ihrer schwarzen Lederkorsage, scheinbar achtlos, seinen Oberarm streifte. Was hätte er damals, vor dreißig Jahren, dafür gegeben …

Corinna konnte sich zwar sofort an ihre Zeit in der Eisdiele, im Mississippi, Old German »und im Pascha in Frohnlach!« erinnern, aber nicht an Charly. Selbst sein Hinweis auf »mei silbernes Kleinkraftrad, Puch Monza!« half nicht weiter – schließlich saß sie damals selbst schon auf dem Sozius einer 500er Honda. Charly erinnerte sich nur allzu gut an seinen neidvollen Respekt beim Anblick des damaligen Piloten, eines vollbärtigen, breitschultrigen Ebersdorfers mit Wild-Horses-Kutte und der original Udo-Lindenberg-Gürtelschnalle »PANIK«.

Und jetzt befand er, Charly, sich selbst hautnah neben Corinna, in diesem exklusiven SM-Club tief im Thüringer Wald, in einem stickig-warmen, nur spärlich ausgeleuchteten Kellergewölbe. Corinna saß entspannt in ihrem dunkelroten Ledersessel, zum Greifen nah … und doch unendlich weit entfernt. Ächzend kniete er auf der scharfen Kante einer massiven alten Holzbohle.

Nur in dieser schmerzhaften Stellung war es möglich, in ein Gucklochkino zu schauen, das in die Natursteinmauer eingelassen war. Schwarz-Weiß- und Farbfotos zogen dort vorbei, manche leicht verblasst: Frauen oder Männer, die Augenpartien oft, wie früher üblich, mit schwarzen Balken unkenntlich gemacht, in Fesselungen aller Art.

»Hit me with your rhythm stick«, beschwor Ian Dury in hypnotischem Sprechgesang, *»hit me slowly, hit me quick!«*

»Was soll die ganze Kinderei?«, fauchte Charly und verfluchte insgeheim die Idee mit dem Inkognito-Auftritt. »Geht das nicht einfacher mit den Bildern?«

»Wir haben doch keinen Katalog hier«, entgegnete Corinna ungerührt und nippte an ihrem roten Sekt. »Wenn du für deinen Krimi Fesselungen brauchst, kann ich dir nur das anbieten.«

»Stopp!«, schrie Charly aufgeregt, »das ist doch mein alter Chef! Nein, klick noch eins zurück! Der mit dem Glitzergeschirr am Sack …! Ach, nee … schade … is er doch nicht … Weiter!«

»Hätte er aber sein können«, versuchte sich die Lichtenfelser Leder-Lady im korrekt verschwurbelten Konjunktiv. »Aus Coburg kriegen wir öfter mal Besuch … So, mein Lieber, das waren jetzt hundertneunundzwanzig Anregungen, war was für dich dabei?«

Charly richtete sich ächzend auf und rieb die schmerzenden Knie. »Is ja interessant …« Er versuchte möglichst beiläufig zu klingen. »Echt, sogar aus Coburg habt ihr Kundschaft?«

Corinna, dankbar für die heutige Abwechslung, zeigte sich erstaunlich offen.

»Ja, ja, irgend so ein hohes Tier vom Airbuszulieferer, der geht aber nur zu Kiki«, meinte sie leicht verächtlich. »Der braucht nur die Nullachtfünfzehn-Nummer … so mit Hundehalsband und ein bisschen Stiefellecken, dann is er happy. Und Ronja, im Klinikzimmer, hat auch 'nen älteren Schlipsträger, der mit Coburger Mercedes vorfährt … HUK oder Wohnbau soll der angeblich sein; bei uns braucht er Windeln und 'nen großen Einlauf.«

Charly verkniff sich einen ironisch-ungläubigen Einwurf und wartete interessiert ab.

»Vom Theater kommen keine?«

»Nee. Echte Schauspieler leben sich doch in ihrem Beruf aus.«

Als Corinna schwieg, wechselte er, nicht ohne heimliches Bedauern, das Thema.

»Neulich hab ich mal 'ne ganz komische Fesselung gesehen … hast du mal Papier da?« Er zückte seinen Kugelschreiber, während sie ihm mit ihren schwarz lackierten, langen Fingernägeln ein abgenutztes Sudoku-Heft zuschob. Sorgfältig malte er auf den freien Rand das rautenartige Geflecht, mit dem Kim LaYoung verschnürt war.

»Hier«, er markierte mit dicken Punkten, »da waren richtige Knoten dabei … ihre Brüste waren aber frei.«

»Shibari … ja, das war mit Sicherheit Shibari!«

»Shibari?«

»Japanische Bondage. Is eigentlich mehr so 'ne Fesselkunst … exotisches Kunsthandwerk, das trifft's vielleicht am besten. Wird bei uns nur ganz selten nachgefragt, haben wir auch gar nicht im Angebot, du hast ja alle Bilder gesehen.«

Charly kratzte sich verloren am Kinn. Enttäuschung machte sich in ihm breit, der SM-Reiz und sein ganz persönlicher »Corinna-Kick« waren schlagartig verflogen.

Eine Sackgasse.
Ein verlorener Abend.
Endloser Ermittlerfrust.
Er spürte Hohlheit; fast schmerzhafte, völlige Leere.
Erst jetzt bemerkte er, wie abgestanden die Luft hier war. Unglaublich, dass Corinna alias Cora diesen halbdunklen Mief hier jede Nacht aushielt. Wie viele mochten hier schon bei ihr und ihren ungezählten Vorgängerinnen durchgekommen sein, neugierig, ängstlich, nervös, erregt; in den letzten Monaten ... Jahren ... Jahrzehnten?
Aus weiter Ferne hörte er bedrohliches Rumpeln. Für den ganzen Thüringer Wald waren heute Nacht schwere Gewitter vorhergesagt. Wo Bernie wohl gerade steckte?
»Was war hier eigentlich früher?«, fragte er Corinna, die gelangweilt mit ihrem Maniküre-Set spielte.
»Ist da was dran an der Story mit dem schwulen Sowjet-Oberst?«
Sie nickte langsam. »Denke schon. Wolfgang, Harrys Vorgänger, hat da einiges gewusst. Dieser Panenkow muss ein echter Sadist gewesen sein. Er hatte hier ja völlige Narrenfreiheit, musste keinen Volkspolizisten fürchten. Und bei seinen perversen Privatspielchen hier oben im Wald, da waren anscheinend nicht nur Freiwillige dabei.«
»Was meinst du mit ›anscheinend‹?«, fragte Charly misstrauisch.
»Na ja, ein junger Russe aus Panenkows Einheit ist doch nie mehr aufgetaucht. Er soll hier achtundvierzig Stunden lang qualvoll verreckt sein.«
»Wie das?«
»Er wurde gefesselt und nackt auf einen angespitzten Holzpfahl gesetzt. Obendrauf, mit Zug nach unten. Und die Schwerkraft hat dann langsam den Rest besorgt. Er ist langsam verblutet, Millimeter für Millimeter. Hat sich sozusagen selbst gepfählt.« Sie legte ihr Maniküre-Set zur Seite, kam näher und schaute Charly zum ersten Mal direkt in die Augen.
Er konnte ihren Sekt-Atem riechen, als sie langsam fortfuhr: »Ziemlich genau da, wo du jetzt sitzt.«

***

Er spürte förmlich die Blicke hinter seinem Rücken. Nur nicht umdrehen jetzt, nix riskieren … Er nippte an seinem weißen Tässchen. Typischer Tankstellen-Espresso, leicht muffig, wie aus einem alten Pappbecher. Und nicht mal richtig heiß. Versiffte Tanke, dachte er verdrossen und kippte noch den Rest des Zuckerpäckchens in das Tässchen.

Was für ein Autofahrer-Abschaum.

Litauische Trucker und, als *Local Heroes* diese drei pubertären Polo-Wichser. Ein krönender Abschluss für diesen Pleiten-, Pech- und Pannenabend.

Bittere Enttäuschung, selbst in der Galerie, in der Vernissage zum Schweinfurter »Tag des offenen Ateliers«: sofort Getuschel und Geraune über ihn, irritierte Blicke. Er war auf Anhieb isoliert.

Mit einem Prosecco hatte er sich in die Ecke zurückgezogen, scheinbar versunken in »Metamorphose V«. Bis diese dämliche fette Pute in ihren bunten Pluderhosen auf ihn zugekommen war, ihn ernsthaft gefragt hatte, ob er denn Teil dieser beeindruckenden Installation sei? Wortlos hatte er sie stehen gelassen, war hinausgestöckelt in die Septembernacht, die Kehle zugeschnürt von Schmerz und Bitternis …

Plötzlich ein stechendes Zucken in der rechten Wade! Drohte jetzt zu allem Überfluss auch noch ein Wadenkrampf, hier, mitten in der ARAL-Tankstelle Maintal an der A70? Er biss auf die Zähne, stellte den Fuß auf die Trittstange am Tresen und versuchte vorsichtig, die verhärtete Wade zu dehnen … weiter … weiter …

Zu weit! Mit einem schmatzenden Geräusch rutschte der Fuß aus den engen Lackpumps. Klappernd knickte der Schuh seitlich weg.

Entsetzt vernahm er spöttisches Gekicher hinter sich. Das mussten diese verpickelten Polo-Bubis sein. Das Blut schoss ihm in die Wangen, als er sich, links immer noch auf seinem Absatz ausbalancierend, unbeholfen nach seinem rechten Schuh bückte.

»Ey, Alde … oder bist du ein Alder … oder beides zusammen?« Hämisches Gelächter.

Unter seiner blonden Lockenpracht brach ihm der Schweiß aus.

»Dei Strümpf ham fei a Laufmasch'n!«

Und sie hatten sogar noch recht, diese miesen kleinen Kreaturen! Brennend heiße Scham und Wut zugleich brandeten in ihm auf; mühsam, mit zitternden Fingern, brachte er Fuß und Schuh endlich wieder zusammen, richtete sich, tief durchatmend, endlich wieder auf – und stieß sich den Kopf heftig am Tresen!

Grölendes Gewieher.

»Saustark! … No, du g'hörst doch nei's Fernsehen!«

Jetzt wurden auch andere Kunden aufmerksam, selbst das Rasta-Girl hinter der Kasse grinste belustigt herüber.

GAU … der absolute Super-GAU … hier, in Sichtweite von Grafenrheinfeld, Fukushima hoch zehn! Aus, aus, das Spiel ist aus … nur noch raus hier! Er schnappte sein Täschchen und stolperte hastig, von wahren Lachsalven verfolgt, zum Ausgang, wie zum Hohn säuselten ihm Tavares noch ihr *»More than a woman, you are more than a woman to me«* hinterher, während er sich aus dem sterilen Neonlicht des Shops atemlos hinausstürzte in die benzin- und abgasgeschwängerte Tankstellennacht.

Ein trockenes Schluchzen entrang sich seiner Kehle, als er endlich hinters Steuer plumpste. Angstvoll hörte er eine Stimme durch seinen Kopf gellen: *Du kannst das einfach nicht … du machst dich ja lächerlich … du lernst das nie!*

Nichts war vergessen. Gar nichts war erreicht. Ganz im Gegenteil.

Je näher ich dran bin, je näher ich mich fühle – umso weiter bin ich plötzlich weg! Unendlich weit weg!

Alles hatte sich gegen ihn verschworen, die Welt seiner Träume war unendlich weit weg; wieder wurde es höhnisch untermalt durch Musik, die jetzt aus dem Autoradio zu ihm ins Wageninnere floss, provozierend langsam und hämisch gedehnt.

»… So if you're downright disgusted and life ain't worth a dime, get a girl with faraway eyes …

***

»… and if you're down on your luck and you can't harmonize, get a girl with faraway eyes!« Lautstark grölten Charly und Bernie im Ford Mustang mit.

»Einfach geil, Mann! Die Stones auf Country! Das muss noch auf der *›Black and Blue‹* gewesen sein!«, überlegte Bernie.

»Nix *›Black and Blue‹*, das war auf *›Some Girls‹*!«, verbesserte ihn Charly.

»*›Some Girls‹*?«, zweifelte Bernie. »Sicher?«

»Absolut! Das war Sommer 78, Coburger Freibad und Oberwallenstadter Baggersee! Und ich hab sie heute wiedergetroffen, nach über dreißig Jahren, das *›Girl with Faraway Eyes‹*, das mich damals völlig ignoriert hat! Sitzt jetzt in der Rennsteig-Datscha und erfüllt Fesselungswünsche, stell dir das mal vor!«

Bernie schaltete, mangels Überholmöglichkeit, widerwillig einen Gang zurück. »Coburg 60 km« leuchtete jetzt im Scheinwerferlicht seines Mustangs auf. Er grunzte verächtlich.

»Nach dreißig Jahren, sagst du? Wie sehen denn da jetzt die Titten aus, lohnt sich das überhaupt noch?«

»Es geht nicht um Titten, Bernie. Es geht um den Arsch dahinter.«

Dienstag

07:45 Uhr – SOKO Franken

Abendzeitung: »Franken: Ballerinas in Angst! Ist es ein Serienkiller?«

Mir platzt gleich der Schädel, dachte Charly, dieser Scheißabsacker mit Bernie in der »Sonderbar«. Drei viertel zwei zu Hause, sechs Uhr wieder raus, das ging früher vielleicht, aber doch jetzt nicht mehr … Vorsichtig faltete er die Abendzeitung wieder zusammen und beförderte sie mit einem sorgsam dosierten Schleuderwurf auf den Schreibtisch von Schnauzer, der gerade damit beschäftigt war, sein völlig verheddertes Telefonkabel zu entwirren.

»Egal, wo du hinschaust, beim örtlichen Krimi-Schmierer genauso wie beim überregionalen Boulevardjournalisten, unterhalb von Serienmord läuft überhaupt nichts mehr!«

»Na, das ist doch aber genau deine These gewesen, als Stein hier war!«, versuchte sich Moser, der Pressesprecher, trotz beidseitigen Kauens eines Tomate-Mozzarella-Sandwichs von »Bernards Bäck«, zu Wort zu melden. »Und nach der Pressekonferenz gestern war es doch zu erwarten. Jede zweite Frage: Wie geht's weiter, kriegen wir eine Serie, was kann jetzt noch alles kommen?«

»Ein Satz heiße Ohren könnte kommen«, giftete Charly, »wenn du weiter dei Mozzarella auf unsere Tatortfotos spotzt!«

Tom versuchte ihn zu beschwichtigen: »Is doch eh gleich neun, Charly!«

»Hast recht – wir zwei knöpfen uns jetzt erst mal Kims letzten Gastgeber vor. Auf zu Victor!«

»Bin dabei, Chef.« Tom angelte nach seiner Regenjacke. »Auf zum Paradiesvogel!«

Gemeinsam liefen sie die Treppe hinab, vorbei an der Vitrine mit den Schauwaffen, hinaus in den ungemütlich feuchtkühlen Morgen.

»Acht Grad am fünfzehnten September, acht Grad!«, schimpfte ein Hundeführer, der breitbeinig an der geöffneten Heckklappe seines Dienstkombis stand. »Der kälteste und feuchteste September in Franken seit neunundfünfzig Jahren, stellt euch das mal vor!«

»Genau, Kollege«, pflichtete ihm Tom sofort bei. »Wo bleibt der Klimawandel? Ich hab ein Recht auf Klimawandel!«

Grinsend bestiegen sie Charlys schwarzen Alfa Spider und rollten, als sich das schwere graue Stahlschiebetor öffnete, langsam aus dem Hof hinaus, vorbei am benachbarten Finanzamt auf die Rodacher Straße.

»Und Victor war definitiv Kims letzter Gastgeber«, überlegte Tom laut und verschränkte die Arme hinter dem Kopf. »Mensch, ich werd mich nie an eine Karre ohne Kopfstützen gewöhnen … Irgendjemand muss Kim doch gesehen haben, wann und mit wem sie gegangen ist; wir brauchen eine Gästeliste von diesem Atelierfest.«

Charly schnippte lässig mit den Fingern. »*No problem.* Lass dir von der IHK die fünfzig Top-Unternehmer der Region nennen, hole zwei Dutzend Banker und Freiberufler dazu und garniere mit einer Handvoll Politikern und Theaterleuten – fertig ist das legendäre Atelierfest!«

»Und des sin dann erst die Männer …«

Sie fuhren Richtung Westen, einen lang gezogenen, sanften Anstieg aus der Stadt heraus. Zwischen nassen dunkelgrünen Wiesen und einem bewaldeten Hang lief das graue Asphaltband des Kürengrunds.

»Scheuerfeld 2 km«.

»Der Meister residiert wohl draußen im Grünen?«, fragte Tom ironisch. »Fotografen und Aktionskünstler gehören doch in ein Loft in der City, oder?«

»Manche Klischees lassen sich auch vom Stadtrand aus bedienen«, erwiderte Charly trocken und zerbiss ein altes Zitronenbonbon, das er in den Tiefen seiner Lederjacke gefunden hatte. »Wart's ab, wir sind gleich da.«

Eine lange Linkskurve, an ihrem Ende zeigte ein Wegweiser nach rechts: »Ernstfarm«. Gleich darunter die feuerrote Reklame für mittelfränkisches Bier, von Tom sofort erfreut vorgelesen: »Das gute Zirndorfer – in den Handwerkerstuben Ernstfarm!«

Im Schritttempo holperten sie zwischen Äckern, Wiesen und Pferdekoppeln über einen Schotterweg, der von alten Linden gesäumt war, bis zur Ernstfarm: Einst herzoglich-coburgisches Gut, hinter seinen historischen Fachwerk-, Sandstein- und Ziegelfassaden hatten sich in den letzten Jahren Werkstätten, Ateliers und Kleingastronomie etabliert.

»… ein exklusives Refugium für Künstler und Kunsthandwerker!«, deklamierte Charly beim Aussteigen.

»Und solche, die sich dafür halten«, merkte Tom an. »Vielleicht auch Fesselungskünstler, geisteskranke japanische …« Er stopfte die Hände in die Taschen seiner schwarzen Jeans und betrachtete skeptisch die Hausfassade, vor der sie parkten. Über einer massiven alten Eichenholztür spannte sich ein schlichtes, aber effektvolles gespraytes Werbebanner. Schwarz, bordeaux und silbern: *»VICTOR – Studio für Kunst und Fotografie. Termine nach Vereinbarung. www.victor-art-event.de«.*

Aus einem kleinen Werkstattgebäude, mit Schild »Kunstschmiede«, war das Zischen eines Schweißgeräts zu hören. Irgendwo schlug ein Hund an. Der Wind frischte auf und trug den Geruch des nassen Grases von der Pferdekoppel herüber.

Charly drückte den schwarzen Klingelknopf, der, vermutlich aus rein ästhetischen Gründen, in Kopfhöhe angebracht war. Nichts. Kein Klingeln, keine Reaktion im Hausinneren. Charly drückte wieder. Einmal, zweimal, ließ beim dritten Mal den Finger auf dem Knopf.

Endlich hastige Schritte, die Tür ging einen Spalt auf, ein verstrubbelter Blondschopf streckte den Kopf heraus.

»'tschuldigung«, lachte er, »wir hatten ein kleines Problem im Labor … Sind Sie etwa von der GEZ?« Misstrauisch kniff er die Augen zusammen. Der Hund hörte endlich auf zu bellen.

»Kripo Coburg … Herrmann; das ist mein Kollege Scherzer.« Charly steckte die Dienstmarke wieder zurück.

Der Blonde machte auf dem Absatz kehrt und rief erschrocken nach hinten: »Chef! Keine GEZ, die sind von der Kripo!«

Stille. Lange Stille. Dann endlich, der Blonde setzte gerade zum nächsten Ruf an, eine müde sonore Stimme aus dem Hintergrund: »Sollen reinkommen. Bring sie bitte rein!«

Sie folgten dem blonden, erstaunlich dünnen Flipflopträger, auf dessen pinkfarbenem Hemd ein monströser schwarzgrauer Atompilz in die Höhe stieg, in einen großen hellen Raum. Altes Holzparkett, an den Wänden gerahmte XXXL-Fotografien:

Wassertropfen, auf einem perfekten Dekolleté.

»SÜC – The Colour of the Night«, der farbig leuchtende Glaspalast der Städtischen Werke bei Nacht.

Ein halbnackter Balletttänzer, versunken in eine Pose des Schmerzes; schwarz-weiß.

Eine Ballerina bei akrobatischer Dehnübung an der Stange; schwarz-weiß.

»Ich begrüße Sie in meinem Atelier, meine Herren … Wie kann ich Ihnen helfen?«

Barfuß, enge weiße Hose, offenes weißes Hemd, ein Lederamulett auf blanker Brust. Pechschwarz gefärbte Haare, kunstvoll in alle Richtungen gestylt. *Tokio Hotel mit fünfzig* …

»Sind Sie Hans-Viktor Schellenberg?«

Der Weißgewandete verzog das Gesicht. Draußen begann der Hund wieder zu bellen.

»Schon lange nicht mehr, ich bitte Sie, das war früher … Nennen Sie mich einfach Victor!«

»Für gute Freunde einfach Vic!«, gluckste der blonde Assistent, der gerade an einem chromglänzenden italienischen Kaffeeautomaten hantierte, kokett dazwischen.

»Bitte, Steve!«, wies ihn der Meister empört zurecht. »Das ist nun wirklich nicht angemessen, an diesem entsetzlichen Tag!« Er wandte sich mit bekümmerter Miene Tom und Charly zu. »Ich nehme doch an, Ihr Besuch hat mit dieser furchtbaren Geschichte unserer lieben Kim zu tun?«

Charly antwortete nicht gleich und setzte sich unaufgefordert zu Victor auf das frei im Raum stehende neongrüne Zwei-Mann-Sofa.

Der Künstler zeigte sich nur kurz irritiert, dann rief er, leicht verkniffen, nach hinten: »Mach doch bitte gleich vier Espressi, Steve! Die Herren machen es sich bequem bei uns!«

Charly dachte nicht im Traum daran, aufs Tempo zu drücken. Der augenscheinlich nagelneue Kaffeeautomat und das Aroma, das sich dezent im Raum ausbreitete, versprachen feinste Qualität.

»Danke, Victor … Es geht natürlich um die Tatnacht, Kim LaYoung war ja, wie uns der Intendant bestätigt hat, zu Gast auf Ihrem Atelierfest auf Schloss Hohenstein.«

Victor nickte. »Wie jedes Jahr.«

»Wann haben Sie Kim dort zuletzt gesehen?«

»Um null Uhr achtundvierzig!«

Victors gespannte Erwartung war kindlich-präsent, fast mit Händen zu greifen. Tu ihm den Gefallen … Charly zog anerkennend die Brauen hoch.

»Respekt! Woher wissen Sie das noch so genau?«

»Weil ich eine heftige Diskussion mit ihr hatte. Ich wollte sie überreden, noch zu bleiben. Ah, danke, lieber Steve!«

Der Assistent servierte den Espresso auf einem schwarzen Teewagen mit leicht verblasstem psychedelischem Farbdekor, offenbar ein Originalstück aus der Hippie-Ära.

Victor schien Charlys Gedanken zu erraten. »Ist das nicht ein Prachtstückchen? Dieser Servierwagen stand 1967 in Schwabing bei Uschi Glas im Zimmer!«

Auch Tom, der eine Fotomappe im Stehen gelangweilt durchgeblättert hatte, blickte jetzt interessiert auf und zog sich einen kleinen Hocker an den Teewagen heran.

»Wie gut kannten Sie Kim?«, fragte er, während er kräftig Zucker in die Tasse gab.

Victor fuhr sich mit dem Zeigefinger bedächtig die gezupfte Augenbraue entlang.

»Wir sind ja alle beide vor zwei Jahren, fast gleichzeitig, nach Coburg gekommen. Kim aus Berlin, ich aus München … tja, und seitdem sind wir uns eben immer wieder mal über den Weg gelaufen.«

Charly leckte seinen Löffel ab und musterte das Ergebnis. »Interessant«, sagte er ironisch. »Welche Berührungspunkte oder welche Gemeinsamkeiten gab es denn zwischen Ihnen beiden?«

Victors Miene verfinsterte sich. »Gefällt mir nicht, gefällt mir überhaupt nicht«, murmelte er zu sich selbst und nestelte aus der Rückenlehne der Ledercouch eine Packung Dannemann-Zigarillos samt Feuerzeug hervor.

Stillos, dachte Charly. Keine Streichhölzer – geht ihm wohl nur um die Aufschrift. Scheinbar achtlos hatte Victor das Feuerzeug so zurückgelegt, dass Charly und Tom die Aufschrift entziffern konnten.

»Porsche Design«. Dreihundertsiebzig Euro, gestern erst bei Juwelier Stahl in der Spitalgasse im Schaufenster gesehen …

Charly seufzte innerlich und gab sich einen Ruck. Sensiblen Künstlern musst du Honig ums Maul schmieren. Auch wenn's dir noch so widerstrebt …

»Sie sind ja in diesen zwei Jahren ein Aushängeschild für Coburg geworden. Die Abendzeitung schreibt heute: ›eine von Frankens Topadressen für exklusive Events‹. Wie sehen denn Ihre aktuellen Projekte aus, was steht demnächst alles an?«

Sofort entspannten sich Victors abweisende Züge wieder und wichen geschmeichelter Selbstgefälligkeit. »Tja, wo soll ich da anfangen, wo höre ich auf? Momentan läuft sehr gut mein Bodypainting auf diversen Messen und Festen. Werbefotografie als Kerngeschäft sowieso, dann natürlich die Theater- und Ballettfotografie … ich wurde ja vom Ballettforum auserkoren, den nächsten ›Süddeutschen Ballettkalender‹ zu gestalten … auch da reißt Kims Verlust eine ganz, ganz schmerzliche Lücke, ich hatte sie fest eingeplant … und allein für diesen Kalender bin ich jeden Monat zwei, drei Tage unterwegs …!«

Victor genoss es sichtlich, über seine Projekte sprechen zu dürfen. Er legte seinen glimmenden Zigarillo mit spitzen Fingern auf der Espressotasse ab, um gestenreich fortzufahren.

»Und beim nächsten Samba-Festival drehen wir ein ganz großes Rad, ich entwerfe eine Massenchoreografie für fünftausend Leute auf dem Schlossplatz; fünftausend bunte Tücher bilden erst den Coburger Mohren, dann eine Sambatänzerin und zum Schluss die brasilianische Nationalflagge!«

Tom hakte süffisant ein. »Massenchoreografie? Fünftausend Mann? Des bassd doch mehr nach China oder Nordkorea!«, sagte er provozierend.

Indigniert musterte Victor den Erlanger Kommissar von Kopf bis Fuß.

»Das müssen Sie schon dem Veranstalter überlassen!«, zischte er und nahm seinen Zigarillo wieder auf. »Das entscheidet zum Glück noch nicht die Polizei! … War's das dann, meine Herren?«

Charly stellte sich taub. »Korea ist ein gutes Stichwort, Victor.

Kim war Koreanerin – und ist in Korea die Trauerfarbe nicht Weiß?« Sein Blick schweifte über das makellos weiße Outfit des Paradiesvogels.

»Sehr aufmerksam, Herr Kommissar!« Ein huldvolles Lächeln des Meisters. »Gerade Momente des Schmerzes und der Trauer sollten wir doch mit Stil und Würde begehen! Auch Kim hat immer in Weiß getrauert; Weiß, die Farbe der Transzendenz und des Lichts, zu dem wir alle gehen … und werden!« Hingebungsvoll blies er den Rauch in Richtung eines goldfarbenen Riesen-Mobiles, das Steve, der lange Assistent, der gerade riskant auf einem Bistrohocker balancierte, an der Holzdecke zu befestigen suchte. »Kim würde sich im Grabe umdrehen, müsste sie diese schwarze, amorphe Trauermasse sehen«, stieß er hervor. Wieder legte er seinen Zigarillo ab, spannte weit seine Arme aus, wie zwei weiße Schwanenflügel. »Schwarz, das ist trostlos, hoffnungslos, tot – tot – tot!«

Charly beschränkte sich auf ernstes, bedeutungsschwangeres Kopfnicken. Behutsam lenkte er das Gespräch wieder in die gewünschte Bahn.

»Wobei die Zusammenarbeit mit Kim sicher auch nicht immer einfach war?«

»Volltreffer, lieber Herr Kommissar!« Der Zigarillo war endgültig ausgedrückt, Victor lümmelte sich mit angezogenen Beinen tief in die Couch hinein. »Es waren die üblichen Primaballerina-Allüren, sie kam ja von einer Berliner Bühne, war stur und sehr, sehr selbstbewusst! Na, und hier war sie natürlich Publikumsliebling. Das ist ihr manchmal zu Kopf gestiegen. Sie war ja auch schon länger hier als alle anderen im Ensemble.«

»Außer Nora«, warf Steve ein und sprang nach geglückter Mobile-Hängung wieder zurück auf festen Boden.

»Richtig, die Chefchoreografin! Sie kennen Nora Henderson?«

»Natürlich. War sie auch auf dem Atelierfest?«

Victor lachte, seltsam meckernd. »Natürlich nicht! Nora ist keine … glamouröse Person … aber unglaublich willensstark und absolut professionell. Genauso stur wie Kim, da gab's manchmal echten Zickenalarm zwischen den beiden. Aber ich arbeite immer sehr gut mit ihr zusammen, ich habe sogar eine kleine Filiale, ein kleines Arbeitszimmer, in ihrem großen Haus in der Bergstraße.«

»Vic steht eben auf dominante, alte … Asexuelle!«, brummte Steve, gerade laut genug, dass alle es hören konnten, und flüchtete rasch in den Nebenraum.

Charly unterband rasch die drohende Eskalation.

»Shibari«, sprach er laut und geheimnisvoll in den Raum hinein, »Shibari! Sagt Ihnen das etwas?«

Victor schüttelte verständnislos sein gestyltes und gegeltes Haupt. »Nie gehört. Was soll das sein?«

»Schon gut, nicht so wichtig.« Charly winkte ab. »Andere Frage: Wie hat sich Kim benommen, wie war sie drauf beim Atelierfest? Ist Ihnen da irgendwas aufgefallen, hatte sie Streit mit jemandem?«

»… oder besonders innigen Kontakt?«, fügte Tom süffisant hinzu.

»Ah, ich verstehe … ›Victors Atelierfest‹, die große Orgie, der fränkische Sündenpfuhl!« Wieder hatte eine spöttische Anmerkung Toms gereicht, um den dünnhäutigen Künstler aus der Fassung zu bringen. »Das sind doch alles kleinbourgeoise Neidphantasien, diese provinziellen, spießig-verklemmten Moralapostel!«

»Stopp!« Charly hob gebieterisch die Hand, unterbrach Victors neuerliche Suada. »Es geht nicht um Ihr Fest, Victor! Es geht um Ihren Gast, der auf dem Heimweg grausam ermordet wurde. Und wir wollen mit Ihrer Hilfe Kims Mörder finden!«

Victor schwieg und steckte sich mit störrischer Miene wieder eine Dannemann an.

»Kim war in der Tat nicht einfach«, sagte er leise. »Sie hat sich jeden Tag mit irgendwem gekabbelt. Auch am Samstag. Das fiel doch gar nicht richtig auf.«

»Aber Ihnen ist es aufgefallen«, bohrte Charly sofort weiter. »Sie sind Künstler, Sie sind ein aufmerksamer, sensibler Beobachter: Mit wem hatte Kim Zoff? Wer ist mit ihr oder kurz nach ihr gegangen?«

»Sie kam allein und ging allein. Und ich habe nur einen gesehen, mit dem sie sich kurz in die Haare geriet. Nur weil er an der Bar mal kurz getatscht hat.«

»Wer war das?«

»Frauenarzt Sven Langenau, Kims Vermieter.« Victor streckte die Beine aus und stieß mit verschränkten Armen genüsslich Rauch aus. »Und jetzt verlassen Sie bitte mein Atelier. Sie verstopfen jeden positiven Energiefluss hier … Ihre trockene Phantasielosigkeit … Sie zerstören jede Kreativität schon im Ansatz!«

Ungerührt kratzte Charly mit dem Espressolöffel noch einen kalten Zucker-Crema-Rest aus der Tasse.

»Gefährliche Ansagen, Victor. Genau das suchen wir nämlich: einen kreativen, phantasievollen, energiegeladenen … Gewalttäter!« Er stand auf. »Danke für den Kaffee, den nächsten geben wir aus – und zwar bei uns, auf der Dienststelle. Ciao!«

Mittwoch

10:55 Uhr – SOKO Franken

»Victor steht mit auf der Liste der Tatverdächtigen, Kollegen!« Charly hob den Kuli, stach rhythmisch nach vorn. »Er ist ein potenzieller Crossdresser, der sich schminkt und sein Aussehen laufend verändert. Er wirkt sprunghaft, emotional labil; ich halte ihn zumindest für manisch-depressiv.«

»Was für einen Haftbefehl leider noch nicht ganz reicht«, stellte Oberstaatsanwalt Dr. Stein trocken fest.

»Stimmt. Uns fehlt vor allem noch ein plausibles Motiv für Victor«, gab Charly zu. »Er beschreibt Kim lediglich als Sturkopf und gibt nur zu, dass er am Tatabend einen kleinen Streit mit ihr hatte, weil sie schon um null Uhr fünfundvierzig ging.«

»Nicht zu vergessen sein Alibi«, stellte Stein vorwurfsvoll fest. »Er war doch Gastgeber des Atelierfestes! Dauert erfahrungsgemäß bis fünf Uhr früh!«

Verplappert, dachte Charly. Warst also auch schon zu Gast auf Schloss Hohenstein.

Laut sagte er: »Hier stehen unsere Ermittlungen noch ganz am Anfang. Victor hat uns eine Gästeliste zugesagt; aber gerade bei diesen Massenalibis ist Vorsicht geboten: Zweihundert Leute sehen sich über Stunden hinweg immer wieder, aber wem fällt es denn wirklich auf, wenn einer mal ein Stündchen fehlt? Auf Victor ist ein schwarzer BMW Z3 zugelassen; damit kann er ohne Weiteres in fünfzig Minuten von Hohenstein zum Landestheater fahren, im Blutrausch explodieren und sich sofort wieder zu Hause unters feiernde Volk mischen.«

»Wie sieht's mit Spurensicherung im BMW aus?«, fragte Ritter. »Haben wir eine Chance, Herr Oberstaatsanwalt?«

»Absoluter Ausnahmefall; ich denke, ich kann den Richter überzeugen. Ganz Coburg steht unter Schock, ein solches Verbrechen hier in unserem Theater, am Tag der glanzvollen Wiedereröffnung, quasi unter den Augen des Ministerpräsidenten …« Stein brach ab, schüttelte den Kopf.

»Genau das ist es.« Löhlein rieb sich sorgenvoll das Kinn. »Verheerende Außenwirkung, wenn wir bei diesen Tatumständen scheinbar im Dunkeln tappen. Wir müssen was vorweisen, die SOKO Franken muss schleunigst in die Offensive, Charly!«

Alter Phrasendrescher … pure Hilflosigkeit, ein ganz normaler Ermittlungsstand nach zweiundsiebzig Stunden!

Charly schraubte langsam ein 0,5er Frankenbrunnen-Mineralwasser auf. Zischend entwich die Luft.

»Wir sind drauf und dran, Chef. Die Freunde von der Presse werden professionell bei Laune gehalten. Und wenn ich richtig sehe, fährt draußen gerade unsere Profilerin, Verzeihung, Fallanalytikerin aus München vor. Die SOKO Franken arbeitet jetzt also in Bestbesetzung!«

»Servus, Charly!«

Bayerischer Akzent sollte Frauen vorbehalten bleiben, dachte Charly. Was bei seinen Geschlechtsgenossen im Allgemeinen und Staatssekretären im Besonderen oft nur dümmlich-großspurig wirkte, klang bei Frauen exotisch, verlockend und verheißungsvoll …

»Servus, Bärbel – willkommen im Club!«

Genüsslich drückte er Barbara Antlkofer an sich, einen Tick fester und länger als nötig. Die dunkelhaarige Münchnerin mochte seit ihrem letzten Einsatz in Franken zwei Kilo zugenommen haben, doch die fühlten sich großartig an …

Endlich schob sie ihn von sich, funkelte ihn aus ihren großen graublauen Augen an: »Hosd du des scho vergessn – i mog des schiache ›Bärbel‹ ned!«

»Ich hab gar nix vergessen – ich mouch des, wenn du dich so bayerisch aufregst!«

Entspannt setzte er sich auf seinen Schreibtisch. Der Duft ihres Haares war ein Schlüsselreiz für ihn, löste intensive Erinnerungen aus an ihre gemeinsame Nacht vor zwei Jahren.

Ihre Blicke trafen sich, spielten eine sekundenlange Ewigkeit jenes uralte Spiel miteinander, bis ihre Lippen sich spöttisch zu kräuseln begannen.

»Vergiss es.«

Er fühlte sich ertappt, fürchtete kurz, wie ein Schuljunge zu erröten, und ärgerte sich sofort über sich selbst.

»Was denn?«

»'s war schee damals … aber damals woar i solo!«

Er nickte langsam und versuchte, sich nichts anmerken zu lassen.

»*No problem.* Wir sind Profis, Barbara.«

Antlkofer präsentierte sich in Höchstform, wie Charly neidlos anerkennen musste. Keine drei Stunden nach ihrer Ankunft legte sie der SOKO-Führung im Lageraum »eine erste, ganz spontane Fallbewertung, nur als Impuls« auf den Beamer.

Mordfall L a Y o u n g, Kim
Entwurf Tathergangsanalyse 1.0

Auffallend ist die ungewöhnliche Kombination aus geplanten und ungeplanten, spontanen Tatelementen. Insbesondere dem überlegten Nachtatverhalten.

Die Übertötung (Overkill) des Opfers durch Erdrosseln und Erstechen spricht für eine spontane Eskalation in Form eines hasserfüllten Ausbruchs.

Ganz im Gegensatz dazu steht die zeitaufwendige, handwerklich exotische Fesselung. Sie ist nach Spurenlage erst nach der Tötung erfolgt, da das zur Fesselung verwendete Material (aneinandergeknüpfte Stoffgürtel) ausnahmslos unbeschädigt über die zahlreichen Stichwunden am Oberkörper verläuft.

Dieses kaltblütige, überlegte Nachtatverhalten des Täters, der am Tatort erst Fesselungsmaterial sucht und zusammenknüpft, bevor er die Leiche damit fesselt, zeigt einen Täter, der aus maximaler Aggressivität und Brutalität sofort wieder herunterfahren kann in kaltes, subjektiv rationales Handeln.

Dies demonstriert bereits das hochgradige Gefahrenpotenzial dieses Täters. Folgerichtig findet sich auch kein Hinweis auf eine wie auch immer geartete Reue oder Schuldgefühl: Er deckt sein Opfer nicht etwa zu oder versucht, es zu verstecken. Stattdessen stellt er es offen zur Schau, in demütigender und entwürdigender Position (gespreizte Beine, Kopf nach hinten gezogen, Kehle freiliegend). Diese Pose, dieser »Show«-Effekt, scheint ihn zutiefst zu befriedigen; vielleicht kommt es auch deshalb zu keinen sexuellen Manipulationen.

Angesichts der aufwendigen Inszenierung halte ich es für sehr wahr-

scheinlich, dass der Täter, unter Umständen nur mit dem Handy, seinen Tatort am Schluss fotografiert hat. Art und Aufwand des ungewöhnlichen Verhaltens, das der Täter nach seiner spontanen (vermutlich sogar erstmaligen) Tötung demonstriert, zeigen, dass sich Macht- und Gewaltphantasien bei ihm schon sehr lange und sehr konkret aufgestaut haben.

Für Ermittlungs- und Fahndungsansätze von besonderem Interesse ist die exotische Fesselungsart (japanisches Shibari). Hier findet sich im engsten persönlichen Umfeld des Täters höchstwahrscheinlich inspirierendes Material (zum Beispiel auf Handy, Laptop, DVD oder Bildband, Zeitungsausschnitte et cetera).

Insgesamt zeichnet sich die Performance des Täters durch extreme Brutalität, hohe emotionale Variabilität und narzisstisch übersteigerte Eitelkeit aus. Nach Erfahrungswerten der operativen Fallanalyse ist eine Wiederholungstat mit sehr hoher Wahrscheinlichkeit zu befürchten.

»Sie malen ja regelrecht den Teufel an die Wand!«, fauchte Dr. Stein ärgerlich.

»Ich gehe sogar noch einen Schritt weiter«, erwiderte Barbara kühl. »Die Frage ist nicht, ob er wieder zuschlägt, Herr Oberstaatsanwalt. Die Frage ist nur, wann er wieder zuschlägt.«

Satisfaction. »Anruf Valerie.«

Seine Tochter, die im letzten Semester Design an der FH Coburg studierte.

»Jaa?«

»Ich bin's …« Ungewöhnlich zögerlich. Irgendetwas stimmte nicht.

»Was ist los, Kleine?«

»Ach, nichts … ich wollte nur mal deine Stimme hören …« Leise begann sie zu schluchzen.

Charlys Herz krampfte sich zusammen. Er stellte sich unwissend, hoffte verzweifelt auf irgendeinen banalen Grund: »Ey, Vale, was ist denn los?«

»Nichts, gar nichts … ich hab nur grad die Zeitung gelesen … und da ist … da ist …«, ihr Schluchzen wurde heftiger, »da ist auch ein Bild von dem Messer drin … von damals … Papa!« Ein Weinkrampf schüttelte sie jetzt, sie heulte hemmungslos drauflos.

Charly schluckte, schloss die Augen, sah Valerie plötzlich gefesselt vor sich, in der Gewalt des Psychopathen Nik the Ripper, damals im Bootshaus in Unterwallenstadt.

Wann würde dieser gottverdammte Fluch aufhören, wie lange sollte sie noch darunter leiden müssen?

»Was sagt denn dein Psychotherapeut, warst du diese Woche schon bei ihm?«

»Nein, ich kann nicht … ich will nicht … nicht mehr dran denken, nicht mehr drüber reden …«, weinte sie. »Nie, nie mehr!«

Hilflos fuhr er sich mit der Hand übers Gesicht.

»Du musst nicht drüber reden, hör mir einfach nur zu, Valerie. Weißt du noch, wie ich damals meine Flashbacks hatte … immer wieder gesehen habe, wie Timmi damals vor den Laster rennt … weil ich der blonden Tussi grad den Weg zum Hirschgarten erkläre … grauenhaft!«, brach es aus ihm heraus.

Aber kein Flashback, keine Hitze jetzt, ich hab's im Griff; *sie* hat jetzt das Problem …

»Und ich konnte diese verdammten Flashbacks nur mit deiner Hilfe besiegen!«

Ihr Weinen wurde schwächer, hörte wieder auf.

»Wieso?«, schniefte sie mit verquollener Stimme. »Wieso … mit meiner Hilfe?«

»Weil du auch in Lebensgefahr warst. Aber dich konnte ich retten. Nur das hat mich aus diesen Flashbacks geholt, nur das hat mich aus den ständigen Rückfällen endgültig herausgerissen!«

Und dich dafür hineingerissen, in diesen wahnsinnigen schwarzen Strudel posttraumatische Belastungsstörung …

Charly presste die Kiefer zusammen, bis seine Backenzähne schmerzten. Mit pochendem Herzen lauschte er, wartete auf ihre Reaktion. Plötzlich ein Summton im Hintergrund.

»Es klingelt. Vielleicht melde ich mich später noch mal«, sagte sie mit belegter Stimme. »Bis dann!«

Charly ließ das Handy sinken, starrte hinaus in den wolkenverhangenen Himmel und dann zurück auf die Pinnwand mit den Hochglanzfotos der blutverschmierten, verschnürten ehemaligen Tänzerin Kim LaYoung.

Langsam zog er die unterste Schreibtischschublade auf und begann, darin zu kramen. Unter dem Kicker-Sonderheft der letzten

Bundesligasaison fand er endlich, wonach er gesucht hatte: ein ungeöffnetes 0,2er Cognacfläschchen.

Ein letztes Gurgeln, gefolgt von herzhaftem Ausspucken. Charly wusch die Zahnbürste aus und wischte sich im Spiegel weiße Zahnpastaspuren von den Lippen.

Die Tür wurde aufgerissen, im Sturmschritt enterte Löhlein den WC-Raum, die Hand schon am Reißverschluss. Beglücktes Aufstöhnen, als es Sekundenbruchteile später endlich ins Urinal plätscherte.

»Zu viel Kaffee, Heinz-Uwe?«, fragte Charly spöttisch.

»Nix Kaffee, ich bitte dich! Brigitte und ich entgiften doch seit letzter Woche! Brennnesseltee und Schafgarbe!«

»Ach ja, ganz vergessen – du entschlackst ja mit Brigitte.« Löhleins neue Lebensgefährtin Brigitte war die Inhaberin des Reformhauses in der Judengasse. Ein breites Grinsen zog über Charlys stoppelbärtiges Gesicht im Spiegel. Brennnessel und Schafgarbe …

»Solltest du dir auch mal gönnen, Charly!«, rief Löhlein ihm über die Schulter zu. »Siehst gar nicht gut aus in letzter Zeit! Was hast du heute früh schon getrunken?«

»Cognac, Heinz-Uwe, Cognac. Was denn sonst.«

»Ja, verflucht noch mal! Ich will Frau Henderson natürlich noch heute sprechen! … Ich weiß, dass sie die Ballettchoreografin des Hauses ist!«

Charly war auf hundertachtzig. Den Hörer zwischen Ohr und Schulter geklemmt, zerknüllte er seinen Notizzettel und feuerte ihn in Schnauzers Papierkorb.

»Wie? Sie dürfen die Handynummer nicht herausgeben … ach so …« Er verdrehte die Augen zur Zimmerdecke und stöhnte leise, bevor er mit Engelsgeduld fortfuhr: »Wie lang dauert denn die Probe noch? Vierzehn Uhr? Und wo ist das heute? Das Theater ist doch noch gesperrt … Was, im alten Proberaum beim Thüringer Kreuz?« Er fuhr wieder hoch. »Nein danke, genügt mir. Da kann ich doch gleich zu Fuß hinüber!«

Einen Wimpernschlag zu spät startete Charly zu seinem Spurt über die dicht befahrene Neustadter Straße.

Vollbremsung, Reifenquietschen, erzürntes Hupen; ein adrenalinbefeuerter Drei-Meter-Satz auf den rettenden Gehsteig. Hinter ihm johlten Tom und Schnauzer begeistert am offenen Fenster.

Nicht umdrehen, Hände in die Taschen, ganz ruhig weitergehen … ignorier das braun gebrannte Rumpelstilzchen in seinem aufgemotzten SLC …

Nora Henderson stand in der offenen Tür, ein gertenschlanker Teenie mit großen braunen Kulleraugen hing an ihren Lippen. Charly kannte ihr Gesicht aus der Zeitung: Ann-Sophie Langenau, sechzehn Jahre. Vor Kurzem hatte sie ein Stipendium der Heinz-Bosl-Stiftung für die international renommierte Ballett-Akademie der Münchner Hochschule für Musik und Theater bekommen.

»Du bist auf einem sehr guten Weg jetzt, Ann-Sophie; du bist bestens vorbereitet für München! Lass uns in Kontakt bleiben, ruf mich an und komm unbedingt in den Ferien noch mal vorbei … ah, da ist ja dein Vater, guten Tag, Herr Dr. Langenau!«

Verwundert folgte Charly ihrem Blick und drehte sich um: der braun gebrannte Mercedes-SLC-Fahrer, kein Rumpelstilzchen, sondern ein untersetzter Modellathlet in Jeans, weißem Hemd und edlem Leinensakko. Wie zuvor schon Nora würdigte er Charly keines Blickes und ging lächelnd auf die Choreografin zu.

»Tag, Frau Henderson! Schön, dass wir uns mal außerhalb der Praxis sehen! Ich hoffe, Ann-Sophie ist nicht allzu frustriert von ihrem Spezialtraining.« Jovial legte er den Arm um seine Tochter, was diese mit genervtem Blick quittierte.

»Sie wissen, dass ich nur in ganz besonderen Fällen Einzelstunden gebe. Und Ann-Sophie ist nun mal ein echtes Ausnahmetalent, wie wir es in Coburg schon viele Jahre nicht mehr hatten.« Sofort entspannte sich Ann-Sophies Miene wieder. »Sie soll unbedingt noch mal vorbeischauen, bevor sie nächste Woche nach München geht! Tschüss, Herr Dr. Langenau!«

»Tschüss, Frau Henderson!« Dr. Sven Langenau und seine Tochter stiegen in den schwarzen SLC. Ein kurzes Winken, dann endlich schien Nora Henderson den stillen, interessierten Beobachter am Zaun zu bemerken.

»Guten Tag – woher kenne ich Sie?« Ihre dünnen schwarzen Augenbrauen schoben sich fragend zusammen.

»Herrmann – Kripo Coburg.«

Hinter Nora kamen jetzt die ersten Tänzer und Tänzerinnen aus dem Haus. Ernst, abgekämpft, verschlossen. Nur eine hübsche kleine Asiatin streifte ihn neugierig mit ihrem Blick.

Keine Zeit für spontane Improvisationen.

Er konzentrierte sich ganz auf Nora: aufrecht, selbstbewusst, das ansatzgraue dunkle Haar straff nach hinten gebunden.

»Zumindest kommen Sie nicht in Uniform.« Ihr Sarkasmus war unüberhörbar.

»Kriminalpolizei ermittelt nie in Uniform«, parierte er gelassen. »Ich hätte da noch ein, zwei Fragen an Sie.«

Ihr Blick verfinsterte sich. »Kommen Sie mit.«

Sie ging voraus in ein winziges Behelfsbüro: Stuhl, Schreibtisch, Regal mit Laptop, DVD-Player und TV-Gerät. Nebenan der Proberaum. Durchs Fenster sah Charly in den grauen Innenhof mit abgeblättertem Putz.

Nora Henderson ergriff sofort die Initiative. »Was wollen Sie noch von mir wissen?«

Charly strich bedächtig mit dem Finger über ein verstaubtes Regalbrett. »Wie war Ihr Verhältnis zu Kim? Welche Probleme gab es in letzter Zeit?«

Sie zögerte nur kurz. »Keine anderen als sonst. Sie kam bekanntlich aus Berlin und dachte immer noch, sie muss hier etwas weniger machen als die anderen.«

»Was dachten Sie?«

»Dass sie genau deshalb etwas mehr machen muss. Im Interesse des Ensembles und in ihrem eigenen Interesse.«

»Hat sie das eingesehen?«

»Natürlich nicht«, erwiderte sie leicht gereizt. »Es gab natürlich … Meinungsverschiedenheiten. Wie in jedem Ensemble.«

Charly dachte nach. »Was wissen Sie über ihr Privatleben? Mit wem war Kim liiert?«

»Ich werde bestimmt keine schmutzige Wäsche waschen, Herr Kommissar!«, zischte sie leise. »Schon gar nicht über meine tote Tänzerin!« Ärgerlich drehte sie sich weg, blickte mit verschränkten Armen zum Fenster hinaus. Im einfallenden Licht sah Charly die unzähligen kleinen Fältchen, die sich um ihre Lippen gruben. Der klassische Tabaksbeutelmund …

»Dr. Langenau?«, fragte er, einer plötzlichen Eingebung folgend. »Wie stand Kim zu ihrem Vermieter?«

»Fragen Sie ihn doch selbst.«

Charly schaltete einen Gang höher. »Die Tatnacht, Frau Henderson, Freitag auf Samstag – wo waren Sie da zwischen eins und vier?«

Fassungslos fuhr sie herum. »Was erlauben Sie sich!« Ihre dunkelgrauen Augen funkelten bitterböse. »Eine unglaubliche Frechheit ist das! Was unterstellen Sie mir da? Ich bin Chefchoreografin des Landestheaters, ich war neun Jahre an der Bayerischen Staatsoper, ich habe jetzt eine bundesweite Gedenkminute bei allen Ballettaufführungen am kommenden Wochenende erreicht! Wir werden in Coburg eine große Mahn- und Gedenkaufführung inszenieren – *Don't kill butterflies!* –, wir drucken dafür auf eigene Kosten Pins und Flyer, und Sie verdächtigen mich allen Ernstes …«

»Ich verdächtige nicht!«, unterbrach Charly scharf. »Noch nicht! Ich stelle nur eine wichtige Frage. Wo waren Sie Samstag früh zwischen eins und vier?«

»Das kann ich Ihnen genau sagen«, ertönte hinter ihm eine Stimme. Ein hagerer Mann im offenen Trenchcoat stand in der Tür, Ende fünfzig, Halbglatze, leichter Bauchansatz. »Um diese Zeit waren Nora und ich im Bett und schliefen … Guten Tag, Henze mein Name.«

»Professor Claus-Olaf Henze«, präzisierte Nora kühl. »Mein Lebensgefährte, Vorsitzender des Coburger Theaterkreises und stellvertetender Geschäftsführer des Ballettforums Franken.«

»Dann kannten auch Sie Kim LaYoung persönlich?«, fragte Charly interessiert.

Henze nickte knapp. »Allerdings.«

»Was hielten Sie von ihr?«

Henze blinzelte durch seine Brillengläser zu Nora und wieder zurück.

»Also, wenn Sie meine ganz persönliche Einschätzung hören wollen …« Er sprach unangenehm feucht, mit leicht rheinischem Zungenschlag.

»Will ich.«

»De mortuis nihil nisi bene …«, seine blaugrauen Augen vereng-

ten sich zu schmalen Schlitzen, »aber diese Kim war zu Lebzeiten in der Tat eine schwierige, eine … allürenbehaftete Person!«

»… und dann socht der noch, sie war eine allürenbehaftete Person!«, zitierte Charly genüsslich und kratzte mit seinem Messer den letzten Rest Hausmacher-Presssack aus der Dose, die von Löhleins Geburtstagsfeier übrig geblieben war.

»Was wissen wir über diesen Henze, Schnauzer?«

»Völlig unauffällig bisher. Kam vor einigen Jahren aus Düsseldorf nach Coburg, war Privatdozent und lebt von ein paar ererbten Immobilien. Henze ist auch im Vorstand des Kunstvereins. Wird von verschiedenen Seiten als heißer Stadtratskandidat gehandelt.«

Charly biss langsam in sein Presssackbrötchen. Am Fenster ganz hinten im Raum lehnte Barbara Antlkofer und sprach leise in ihr Privathandy. Schon wieder. Dazu dieser unerträglich verträumte Blick, das sanfte Lächeln – wie konnte sich die taffe Profilerin so gehen lassen, dachte Charly verdrossen. Bist schließlich auch schon über vierzig …

Und der Presssack war auch schon mal besser. Löhlein, der alte Geizhals, hatte sicher wieder Wochen gebraucht, um die billigste Metzgerei in ganz Oberfranken ausfindig zu machen und sie den Kollegen hinterher als »echten Geheimtipp!« zu verkaufen. Missmutig stand er auf und entsorgte den plötzlich unappetitlich gewordenen Brötchenrest im Treteimer unter dem Waschbecken.

Ein ganz bestimmtes Farbfoto auf der großen Fotowand zog ihn immer wieder magisch an: Die Shibari-Fesselung der toten Kim LaYoung als Nahaufnahme. Grübelnd blieb er davor stehen, verschränkte nachdenklich die Arme.

Was verbarg sich hinter den exotischen Verknüpfungen? *Verknotungen … Knoten … erst als stützende, tragende, helfende Elemente … die dann immer schmerzhafter einengten … abschnürten … verletzten … Knoten für Knoten stieg die Spannung des Seils … körperliche Proportionen wurden immer stärker betont … herausgearbeitet … immer mehr Macht gewann der Täter über sein Opfer … bis zu seiner völligen Zerstörung …*

»Scheiß-Telefon! Ja, ich komm ja schon! … Herrmann.«

»Tag, Herr Kollege. Kripo Schweinfurt hier, Gerald Heym. Wir haben seit gestern einen ganz merkwürdigen Fall, eine Schwerverletzte mit einer fernöstlichen Fesselung … und in der ViCLAS-Datenbank sehe ich gerade, dass ihr in Coburg das gleiche Problem habt!«

14:35 Uhr – Schweinfurt, Leopoldina-Krankenhaus

KHK Gerald Heym hatte breite Elvis-Koteletten, melancholische dunkle Augen und trug zwei Eheringe übereinander. Gelassen steuerte er den weißen 3er BMW der Schweinfurter Kripo von der Gustav-Adolf-Straße auf das Parkdeck des Leopoldina-Klinikums, während er Charly und Barbara in beiläufigem Plauderton informierte.

»Das Opfer heißt Tanja Malischek, ist vierundzwanzig und eine kleine Schweinfurter Berühmtheit. Sie ist seit letztem Jahr in der Ballettcompagnie des Mainfrankentheaters Würzburg, als einzige Deutsche. Hat vor ihr noch keine Tänzerin aus Schweinfurt und der Region geschafft. Und sie wohnt auch immer noch hier, das rechnen ihr die Schweinfurter natürlich alles hoch an.«

»Wie weit ist es denn nach Würzburg?«, fragte Barbara und zog im Taschenspiegel ihren Lippenstift nach.

»Vierzig Kilometer. Die ist sie auch am Montag, nach der Vorstellung, wieder zurückgefahren. Sie kann frühestens um dreiundzwanzig Uhr dreißig hier gewesen sein. Ihre Schwester, mit der sie sich die Wohnung teilt, ist um zwei Uhr dreißig heimgekommen. Die Terrassentür stand offen, und im Wohnzimmer lag Tanja. Nackt, blutüberströmt, Gesichts- und Kopfverletzungen, Hämatome am ganzen Körper, Würge- und Drosselspuren am Hals.«

»Und gefesselt?«

Heym, der endlich eine Parklücke gefunden hatte, stellte den Motor ab. Er nickte.

»Gefesselt mit einem Wäscheseil. Eigentlich mehr dekoriert als gefesselt, das Kabel saß teilweise ziemlich locker. Aber halt sehr auffällig auf Brust und Rücken gekreuzt. Schätze mal, der hat sich mindestens zehn bis zwanzig Minuten Zeit dafür genommen, das muss ein Fesselungsfetischist sein.«

Sie stiegen aus. Über dem siebenstöckigen Klinikbau war die

schmutzig graue Wolkendecke aufgerissen und gab einen schmalen hellblauen Saum frei. Charly spürte leichtes Sodbrennen. Der Ramazzotti vorhin in der Autobahnraststätte …

»Und sie ist schon wieder ansprechbar?«, fragte Barbara.

»Wir können es zumindest mal probieren, hat mir der Stationsarzt heut früh am Telefon gesagt.«

Sie betraten die Eingangshalle. Am Kiosk prangten schwarz und fett die Boulevard-Schlagzeilen: *»Franken in Angst! Schweinfurt: Ballerina Tanja halb totgewürgt! Coburg: SOKO Franken tappt im Dunkeln«.*

Im Aufzug verharrten alle drei in kollektivem Schweigen. Barbara Antlkofer, eine Hand immer fest an der Tasche, starrte wie gebannt auf das Lift-Display. Gerald Heym musterte erst verstohlen Barbara, dann konzentrierte er sich, mit verschränkten Armen, ganz auf seine blank polierten Schuhspitzen.

Vierter Stock.

Station 41. Notfall Intensivmedizin.

»Natürlich haben wir telefoniert! Aber müssen Sie da jetzt wirklich drei Mann hoch rein?«, echauffierte sich Dr. Werner mit hoher Stirn und Fistelstimme.

»Ich versichere Ihnen, dass nur einer sprechen wird, Herr Doktor; die zwei anderen sind nur stille Beobachter«, beschwichtigte ihn Heym.

»Jede fremde Person ist ein Stressfaktor am Bett, besonders nach diesem traumatischen Erlebnis«, zürnte der Arzt weiter. »Halten Sie gefälligst Abstand! Drei Minuten gestehe ich Ihnen zu, mehr nicht! Wir brechen sofort ab, wenn Frau Malischek negativ reagiert!«

»Selbstverständlich, Herr Doktor. Wie lautet Ihre aktuelle Diagnose?«

»Zwei angebrochene Lendenwirbel, Bandscheibenruptur. Dazu Gehirnerschütterung. Nasenbeinfraktur. Milzruptur. Lungenverletzung durch einen Stich. Zwei obere Schneidezähne ausgeschlagen, Lippe aufgerissen. Kehlkopfprellung. Hämatome an Gesicht, Oberarmen, Brust und Nieren. Höchstens drei Minuten!«

Ein einziges Bett; Kabel, Schläuche, Monitore.

Aus der hellblauen Bettdecke ragte ein schmales Gesicht heraus, mit weißer Nasenmaske und blutunterlaufenen Stellen rund um die Augen. Taucherbrillensymptom, schoss es Charly durch den Kopf. Nur an den perfekt gezupften Augenbrauen war noch zu erkennen, dass es eine junge Frau war, die vor ihnen lag.

»Guten Tag, Frau Malischek … Hören Sie mich?«

Tanjas Augen wanderten über die drei Besucher.

»Ja«, kam es heiser über ihre geschwollenen Lippen.

»Wir sind gleich wieder draußen, Frau Malischek. Kommissar Herrmann und Frau Dr. Antlkofer sind Kollegen von mir, die nur schnell was fragen wollten!«

Charly trat ans Bett und nickte der schwerverletzten Tänzerin kurz zu.

»Der Mann, Tanja – was wissen Sie noch über ihn? Was ist Ihnen aufgefallen?«

Abrupt drehte sie ihren Kopf zur Seite, starrte Richtung Fenster und schwieg.

Sekunden verrannen.

»Die Transe …«, flüsterte sie kaum hörbar, »die Scheißtranse …«

Überrascht sah Charly zu Gerald Heym hinüber. Der Schweinfurter Elvis-Verschnitt legte den Finger an die Lippen. Tanja Malischek beachtete beide nicht. Den Blick immer noch starr durchs Fenster gerichtet, schien sie einen imaginären Film zu verfolgen.

»… der Rock … die ausgestopfte Bluse, die schwarzen Strümpfe … und die Berügge, mit die langen blond'n Löckli …« Sie verfiel in Dialekt, sprach schneller, atemloser; Charly sah, wie auf dem Monitor hinter ihr eine hellgrüne Linie immer heftiger zuckte. Auch Dr. Werner hatte es sofort bemerkt, beließ es aber noch bei kritischem Stirnrunzeln.

»… und drunder sei G'sicht … das fürchterliche Gesicht, so ganz grell geschminkt … und so … so … hassverzerrt!«

Weiter, Tanja, weiter! Nur nicht aufhören jetzt! Charly feuerte insgeheim ein Stoßgebet nach dem anderen ab.

»… der Dübb war wie der Dschukiddsch neulich, genau so … vielleicht war des wirklich der Dschukiddsch!«

»Dschukiddsch?«, fragte Charly vorsichtig. »Welcher Dschukiddsch?«

»No, der Basketballer, der Bamberger … der riecht genauso und hot die gleiche Schdaddur g'habt … und war aa so brimidief neulich … auf der Schbordgala in Bamberg.« Sie musste husten und schloss erschöpft die Augen.

Charly rekapitulierte blitzschnell die Presseschlagzeilen des Vorfalls beim »Ball des Sports« vor gut vier Wochen in der Oddset Sports Lounge der Bamberger Stechert-Arena.

»Sex-Attacke auf Sportgala?«

»Basketball-Star begrapscht Tänzerin!«

»Ballerina: Djukic wollte Sex in Umkleide!«

Bosko Djukic, serbisches Enfant terrible des deutschen Basketballmeisters aus Bamberg; der Mann mit den beiden volltätowierten Armen, links Vereinsembleme und sportliche Erfolge, rechts lauter Frauennamen …

Dr. Werner riss Charly aus seinen Gedanken: »Genug jetzt, meine Herren! Das reicht für heu…«

»Allerletzte Frage, Herr Doktor!« Abwehrend hob Charly die Hand und tippte dann sanft an Tanjas zarten weißen Unterarm. Sie schlug die Augen wieder auf.

»War er tätowiert, Tanja? Haben Sie seine Arme gesehen?«

Sie schüttelte schwach den Kopf.

»Langärmlich … sei Bluse war langärmlich …«

Wieder draußen, auf dem Flur, fragte Barbara leise: »Wie groß ist aus Ihrer Sicht die Chance, dass sie wieder tanzt?«

Dr. Werner grunzte unwillig, bevor er sich doch noch zu einer Antwort bequemte.

»Tanzen? Vergessen Sie's. Hat Glück, wenn sie jemals wieder laufen kann.«

15:05 Uhr – Kripo Schweinfurt, Mainberger Straße 14a

»Wir haben zwei Zeugenaussagen, in Coburg und in Schweinfurt, dass hier ein Perverser in Frauenkleidern auf junge Tänzerinnen losgeht und sich auf brutalste Art und Weise austobt!«, brüllte Charly. »In einer Stunde ist PK, ich will ein Phantombild, und das werde ich nicht erst mit dem Herrn Oberstaatsanwalt in Coburg diskutieren! Kim LaYoung ist tot, und Tanja Malischek ist querschnittsgelähmt! Vierundzwanzig, die ist so alt wie meine Tochter!«

»Keine persönlichen Motive, Charly!«, erwiderte Löhlein hitzig. »Es geht nicht um dich, die ganze SOKO Franken steht im Rampenlicht; erst recht jetzt die Schweinfurter Kollegen!« Er verschluckte sich, musste zweimal heftig husten. »Dürfen uns jetzt keine Fehler erlauben; was soll denn das für ein Phantombild sein? Die Gröger hat in Coburg nachts aus zwanzig Meter Entfernung ein weißes Gesicht gesehen, die Malischek ist gar nicht vernehmungsfähig und faselt was von einem Basketballer, der sie vor Wochen mal belästigt hat!« Seine kleinen Hände zitterten vor Aufregung, als er den Brennnesseltee zur Seite schob. »Was ist das für eine Furz-Idee, Charly? Wer soll uns daraus ein seriöses Phantombild machen?«

»Wir haben genügend Stoff dafür«, erwiderte Charly störrisch. »Und jetzt gehen wir endlich in die Offensive!« Er drehte sich um zu Ralf Schneider, dem drahtigen kleinen KOK, der in Schweinfurt für die Bildbearbeitung zuständig war.

»Fahr das Programm hoch, Ralf! Google dir ein Bild von Bosko Djukic, mach's schwarz-weiß und etwas undeutlich, schmink ihn weiß – und dann setz ihm lange blonde Locken drauf … also bitte, Heinz-Uwe, mach dir nicht ins Hemd … wo sind da irgendwelche Persönlichkeitsrechte verletzt …?«

»Wir gehen davon aus, dass der Mord am Landestheater Coburg und der Überfall auf Tanja Malischek vom selben Täter verübt wurden. Die SOKO Franken ermittelt deshalb ab sofort in beiden Fällen und sucht nach diesem unbekannten Mann …« Ein Mausklick Charlys, und ein riesiges Gesicht starrte von der weißen Wand in den überfüllten Presseraum.

Schneider hatte mit seinem Facette-Programm ganze Arbeit geleistet: Ein Djukic-Porträt war Grundgerüst für Kinn, Nasenform und Augenabstand. Der Teint, auffallend weiß wie eine dilettantisch dicke Schminkschicht, verlieh dem Gesicht etwas Unheimliches und Unwirkliches zugleich: eine seltsam schwammig-konturlose Maskenhaftigkeit. Darüber, mangels detaillierter Zeugenaussagen nur leicht angedeutet, eine gelockte Langhaarperücke.

Eine kurze Bildstörung; für einen Moment sah es so aus, als ob das schwammige Gesicht den Presseleuten zuzwinkerte. Ein Raunen ging durch den Raum, vereinzelt folgten die branchenüblichen müden Witzchen.

»Is des jetzt a Fraa, die wie a Mann aussieht oder a Mann, der wie a Fraa aussieht?«, überlegte Müller vom »Fränkischen Tag« laut.

»Oder a Moo, der wie a Fraa aussicht, die wie a Moo aussicht?«

Charly ignorierte die fränkisch-philosophischen Überlegungen.

»Selbstverständlich als Download ab sofort auf unserer Seite abrufbar. Der Mann ist zwischen fünfundzwanzig und fünfundvierzig, schlank und auffallend groß: Er wird auf etwa einsneunzig geschätzt, trug allerdings hohe Absätze und war in beiden Fällen als Frau verkleidet. Er trug einen knielangen dunklen Rock, dunkle Strümpfe, schwarze Pumps und eine langärmlige weiße Bluse … etwa so.«

Nächster Mausklick, eine Ganzkörperprojektion; zur Größenverdeutlichung neben einem farblos-beigefarbenen VW Golf mit verpixeltem Kennzeichen.

»Wer kennt einen Mann, der etwa eins fünfundachtzig groß ist und einen Hang zu femininer Kleidung besitzt? Er dürfte alleinstehend sein und, beruflich oder privat, gute Kontakte in der Ballett- und Theaterszene besitzen. Sein Alter ist wegen des Make-ups und der Perücke nur schwer einzugrenzen: zwischen zwanzig und fünfzig Jahren etwa. Die Belohnung von ursprünglich fünftausend Euro wurde durch das Landestheater Coburg, das Mainfrankentheater Würzburg und das Ballettforum Franken auf achttausend Euro aufgestockt …«

»Die Treibjagd ist eröffnet, Charly.« Gerald »Elvis« Heym stellte die Füße auf seine offene Schreibtischschublade, verschränkte die Arme hinter dem Kopf und blickte düster hinaus in den grauen Himmel über Schweinfurt.

Charly pflichtete ihm bei: »Schwere Zeiten für die Szene. Das wird ein Spießrutenlaufen für die ganzen Transen, Fetischisten und Crossdresser.«

»Obwohl – so viele kann's doch davon gar nicht geben.«

»Eben.« Charly ballte die Faust. »Und genau das erhöht den Druck auf uns, ihn endlich zu kriegen, diesen … diesen perversen …«

»… Devil!«, stieß Gerald Heym, der Mann mit den Elvis-Koteletten hervor, »diesen perversen … *devil in disguise!«*

17:45 Uhr – Coburg, Lotto-Annahmestelle Thüringer Kreuz

»… Mir war'n doch jetzt zwa Woch'n auf Färddewenduhra … Färddewenduhra is ächt subber …! Mensch, Charly, wos machst denn du dou? A Beamter, der Lotto schbillt, wu gibt's denn so wos!«

»No, der macht doch den ganz'n Douch nex annersch: sitzt rüm und wart't auf sein berühmdn Kollegen – den Kommissar Zufall!«

Gelächter erfüllte die miefige kleine Lotto-Annahmestelle, die Charly nach längerer Pause wieder einmal aufgesucht hatte – spontan angezogen vom gelben Plakat im Schaufenster: »Diesen Samstag 11 Millionen im Jackpot«.

»Jetzt im Ernst, Charly: Wos macht denn aaner wie du mit elf Milliona? Bist Beamter, host dei Karriere gemacht, fährst an schön' Alfa, bist Single – wos will denn aaner wie du mit su am Hauf'n Gald?«

Fröhlich zustimmendes Gemurmel der unrasierten Früh- und Altersrentner, auch der Koch der benachbarten Finanzamtskantine musste breit grinsen.

»Mit elf Milliona? Dou bauerd ich soford a neu's G'fängnis in Coborch – für so olda Leerwaaf'n wie euch! Die BILD nehm ich aa noch mit …«

»Showdown: Noch drei Tage bis zum Basketball-Kracher Bamberg-FC Bayern! Hoeneß: Zeit für Wachablösung! Schleifen die Bayern die Frankenhölle? Mehr auf Seite 5!«

Interessiert schlug Charly Seite fünf auf. *»BILD stellt die Stars vor – heute: Bosko Djukic (Bamberg).«* Ein Farbfoto: *»Bosko Djukic, der Serbe, ist Bambergs Superstar. Hier sein zweiter Dunking gegen ALBA Berlin am letzten Sonntag (81:77).«*

War die Reistüte schon wieder leer? Ärgerlich klopfte und schüttelte Charly ein paar letzte Reiskörner ins Glas. Mein Reisverbrauch ist einfach zu hoch, dachte er flüchtig, zog das nächste Kristallweizen aus dem Kühlschrank, öffnete es und ließ es, fast waagrecht, einfühlsam in sein Weizenglas rinnen.

Klares, flüssiges Gold.

Lief an der Innenwand hinab, umspielte sanft die Reiskörner und sammelte sich am Grund; ein Strudel wallte auf, trug schaumig-weiße Frische wieder ganz nach oben, wo Charly sie sofort gierig abräumte. Schließlich, mit leichter Verspätung, der krönende Abschluss des Rituals, die Zitronenscheibe in das *»FRANKEN – Frei statt Bayern!«*-Glas. Ein wahrer Frische-Booster statt schmierig-trüber Hefe …

Aufatmend ließ er sich in den Sessel fallen. Hier hatte Barbaras schwarzer Slip gelegen, schoss es ihm durch den Kopf, damals, in jener rauschhaften Sommernacht … als der Ripper auf dem Nürnberger Bardentreffen zuschlug. Ärgerlich verdrängte Charly die Bilder, die plötzlich in ihm hochstiegen.

That was yesterday.

Die Münchner Profilerin wälzte sich längst in anderen Betten; höchstwahrscheinlich in größeren als seinem französischen Einsvierziger, hier im Anderthalb-Zimmer-Apartment am Ölberg.

Ein tiefer, verbitterter Schluck.

Charly griff zur Fernbedienung, zappte gelangweilt die Programme hoch.

Brachiale Kraft und urwüchsige Schreie auf Eurosport; zwei glatzköpfige Muskelprotze zogen an Stahlseilen zwei schwere Trucks quer über einen ungarischen Parkplatz.

Was für ein Kontrast zu leichtfüßigen Balletttänzerinnen … mit ihren lautlosen Trippelschritten im weißen Röckchen … gut, dass Valerie damals nur wenige Wochen durchgehalten hatte, bevor sie mit dem Ponyreiten die nächste Spinnerei entdeckt hatte … mit Andreas Unterstützung damals … Zapp!

ARTE. Vom Regen in die Traufe, mitten hinein in ein Ballett-training. Der Trainer, untertitelt »Mauro Bigonzetti, Choreograf«, ein Kollege also von Nora Henderson. Charly blieb hängen.

»… onetwothreefourfivesixseveneight-together! … No, stay, can I see this once more …«

»Ein Choreograf darf sich nie ausruhen, muss immer Neues suchen. Die menschliche Diversität begeistert mich, ich entdecke jeden Tag Neues.«

»… Arabesque … Attention to your elbow and knee, a little bit longer …«

»Gegenseitige Neugier ist wichtig, die Beziehung mit dem Tänzer; die menschlichen Qualitäten der Tänzer sind wichtiger als Schrittfolgen.«

»… when I break this position, I feel my stomach … do you feel this difference … Pirouette has an open position, not closed.«

»Es ist schwierig, mit dem Körper zu lügen … mit der Sprache ist es anders. Der Körper hat etwas Heiliges …«

»No, stay … Can I see this once more?«

»Die Inspiration benutzt mich, nicht umgekehrt. Ich will neugierig bleiben gegenüber allem, was Leben ist …«

Attraktive, austrainierte Tänzerinnen in höchster Konzentration: Fasziniert verfolgte Charly das professionelle Training. *Der Körper hat etwas Heiliges …*

Absoluter Hochleistungssport, gepaart mit sensibelster Ausdruckskraft – von wegen Trippelschrittchen im Tutu.

Der Körper hat etwas Heiliges …

Satisfaction – ein brutaler akustischer Break. *»Unbekannter Anrufer.«*

»Herrmann.«

Eine junge Frau, etwas zögerlich. Amerikanischer Akzent.

»Hallo, Herr Herrmann, mein Name ist Joyce Sodergren, ich weiß nicht, ob Sie erinnern …«

Seltsame, undefinierbare Hintergrundgeräusche.

»Hi, Joyce, natürlich erinnere ich mich! Du warst doch Valeries erste Facebook-Freundin aus den USA! Wie geht's?«

»Danke, gut. Bin jetzt für ein Semester an die Uni nach Bamberg gekommen. Und heute ist Valerie bei mir …«

Sie stockte, schien nach Worten zu suchen.

Die Hintergrundgeräusche kamen näher, wurden immer deutlicher. Heftiges Schluchzen einer Frau, Charly erkannte es schlagartig:

»Valerie! Was ist los mit ihr, was ist passiert, Joyce?«

»Sie will nicht ans Telefon … Wir waren heute Nachmittag in

der Stadt … auf dem Grünen Markt, weiter hinten, wie heißt der Brunnen …«

»Gabelmoo … äh, Gabelmann … *a kind of Neptun*!«

»*Yes, exactly*! Und da war ein Radio-Team, das hat gemacht Interviews auf Straße. Haben Valerie gefragt, ob sie Angst hat vor Ballerina-Killer.«

»Was? Das haben diese Arschlöcher ausgerechnet Valerie gefragt?« Charly kochte vor Wut.

»Ja … sie hat keine Antwort gegeben, nur ganz komisch geschaut. Dann angefangen zu heulen und hat nicht mehr aufgehört … seit zwei Stunden schon.«

Ein zweistündiger Weinkrampf, das war eine neue Dimension. Charly überlegte fieberhaft.

»Hat sie irgendwelche Medikamente genommen, Joyce? Oder wart ihr beim Arzt?«

»Ja, sie hat jetzt Tabletten aus ihrer Handtasche genommen … zwei große gelbe, die haben aber nicht viel geholfen … sie sagt immer wieder, sie will nicht gefesselt werden, und sie will nie mehr ein Messer sehen … ich versteh das alles nicht!«

»Joyce …«, er stand auf, marschierte mit dem Handy am Ohr ruhelos hin und her zwischen Balkon und Ballettszenen, »Valerie hat eine schwere posttraumatische Belastungsstörung … *she suffers like your American GIs after Vietnam … or Iraq …*« Ein erschrockener Ausruf am anderen Ende. »*Don't panic, Joyce …* ich kenne ihre Tabletten, ich war selbst mit ihr damals beim Arzt … gib ihr noch mal zwei … und lass sie bitte heute bei dir übernachten, geht das?«

»Okay, *no problem*.«

Er überlegte kurz. »Am Freitag habe ich Zeit, da hole ich sie ab. Wahrscheinlich bringe ich sie ein paar Tage nach Weißenburg, zu meiner Schwester.«

»Okay.« Joyce klang erleichtert. »Meldest du … melden Sie sich morgen noch mal?«

»*All right*, Joyce! Morgen zwischen vierzehn und fünfzehn Uhr, okay? Bis dann – *bye*!«

Er legte auf und starrte wieder auf den stumm geschalteten Bildschirm. Lautlos sprangen Tänzerinnen und Tänzer durch den Raum, wie von fremden Mächten ferngesteuert, immer schneller, immer weiter … Verdammt zu ewiger Rast- und Ruhelosigkeit …

Das Kristallweizen schmeckte schal und abgestanden.

Angewidert verzog er das Gesicht und griff zur BILD, um sie gleich mit zu entsorgen. Sein Blick fiel auf den Steckbrief von Bosko Djukic.

»Bisherige Vereine: … Yokohama Marinos …«

20:01 Uhr – Irgendwo in Franken

»Eine Eisschokolade, bitte.« Und stell dein verfluchtes Radio etwas lauter, du widerlicher Italo-Macho – da geht's nämlich um mich!

Er griff nach einem Zahnstocher und presste sich tief in den Rattanstuhl, um möglichst unauffällig näher an die Lautsprecherbox in dem kleinen Eiscafé zu rutschen.

»… ist es nach dem Mord an einer Coburger Ballerina erneut zu einem brutalen Überfall auf eine Balletttänzerin gekommen. Wie die Polizei in Schweinfurt heute Nachmittag auf einer Pressekonferenz mitteilte, wurde eine Tänzerin des Würzburger Mainfrankentheaters in ihrer Wohnung in der Schweinfurter Gerhart-Hauptmann-Straße überfallen und lebensgefährlich verletzt …«

Verletzt! Nur verletzt? Der Zahnstocher zerbrach zwischen seinen Fingern. Fassungslos starrte er auf die Eistheke. Mint, Braun, Weiß, Pink, sämtliche Eistöne sprengten lautlos das Glas, vergifteten den ganzen Raum mit ihren grellen künstlichen Farben …

»… wir schalten jetzt zu unserem Mainfrankenkorrespondenten Ralf Bergmann nach Schweinfurt. Hallo, Ralf, wir haben von dieser schrecklichen Tat in Schweinfurt gehört; warum geht die Polizei damit erst jetzt an die Öffentlichkeit?«

»Ja, man hat offensichtlich erst die Parallelen und Querverbindungen zu diesem entsetzlichen Mord am Coburger Landestheater überprüft. Wie der Leiter der SOKO Franken, Kommissar Charly Herrmann, erklärte, hat sich dieser furchtbare Verdacht leider bestätigt, es handelt sich also in Coburg und Schweinfurt wirklich um denselben Täter.«

»Ihre Eisschokolade, bitte sehr.«

»Sschhhtt!!!« Wütend verscheuchte er den verblüfften kleinen Italiener von seinem Tisch.

»… die Polizei sucht jetzt nach einem wirklich gruselig aussehenden

Typ, das Phantombild hat hier in der Pressekonferenz viele Kollegen an Norman Bates erinnert, diesen Perückenmörder in Hitchcocks Filmklassiker ›Psycho‹.«

»Ja, und genau dieses Phantombild, liebe Hörer, können Sie ab sofort auch im Internet bei uns anschauen; es zeigt einen eins achtzig bis eins neunzig großen Mann, schlank, zwischen fünfundzwanzig und fünfunddreißig, der sich, und jetzt kommt's, immer gern als Frau verkleidet: dunkler knielanger Rock, weiße Bluse und eine blond gelockte Langhaarperücke. Das Gesicht war auffallend weiß geschminkt. Auf wen trifft diese Beschreibung zu? Ich schau mir da so meinen Kollegen Mike Schrommer an: Mike, zieh doch mal die Jeans aus und streif noch mal das Röckchen über! Wir machen hier so lang weiter mit der neuen Lady Gaga …«

Wer schaut mich alles an … hat mich irgendjemand hier erkannt? Er zwang sich zur Ruhe.

Niemand kann mich erkennen, ich laufe ja wie einer von ihnen herum … Verletzt! Sie ist nur verletzt! Sie lebt noch!

Wie kann das sein, das darf nicht sein! Er ballte die Faust, seine Fingernägel gruben sich tief in seine Hand. Ich muss meine Sache viel besser machen, ich darf nicht so plump und überhastet agieren: entspannt und überlegt, *grazil und elegant* … und dann noch viel mehr Genuss daraus ziehen! *Lieber langsam, bei lebendigem Leib dahinsiechen und verrotten lassen* … Das ist wahre Macht, erst das ist der endgültige Triumph über sie …

Er starrte durch die offene Tür auf die Straße und musterte die Männer; typisch plumpe, unbeholfene, lächerlich primitive Männer … und ihre Begleiterinnen: so anbetungswürdig feminin, so unerreichbar anders … und genau deshalb so hassenswert, so unvergleichlich arrogant und überheblich!

Ja, ihr kennt eure heimliche Macht … ihr genießt es, wie bereitwillig sich die Männer immer wieder euren uralten Regeln unterwerfen … aber ich durchschaue euch, denn ich kann in eure Haut schlüpfen … ich bin genauso perfekt wie ihr!

Donnerstag

09:10 Uhr – SOKO Franken, Lageraum

»Horrido, Kollegen! Euer Tipp-Einsatz fürs Wochenende bitte!«

Mit rotgesichtiger Fröhlichkeit walzte PHM Welsch, genannt »Fässla«, ungeniert in den Lageraum, unter dem Arm die schwarze Mappe »Eilt! Sofort weitergeben!«.

Charly runzelte die Stirn. »Wieso denn, Bundesliga pausiert doch am Wochenende?«

»No, souch amoll, du lebst doch wirklich hinterm Mond! Wer spricht denn an dem Wochenende noch von Fußball, Basketball ist Thema Nummer eins! Showdown in der Frankenhölle, der FC Bayern erobert in Bamberg die Tabellenführung!«

»Also, Richard, dass ausgerechnet du als dübbischer Franke diese Münchner Millionarios so unterstützt«, ereiferte sich Tom.

Fässla stemmte den Arm in die Seite und lachte. »Ja, maanst denn du, deina Brose Baskets spiel'n für a Schlenkerla und a guda Brotzeit?«

»Ned so, Richard, ned so! Deine Bayern ham scho die Fußball-Bundesliga kabuddgekaaft, des derf ned aa noch im Basketball bassier'n!«

»Kabuddkaaft, wenn ich des immer hör! Der FC Bayern is Deutscher Rekordmeister, aus eigener Kraft und mit weitem Vorsprung vor euch Glubberern!«

Tom und Charly lachten gleichzeitig spöttisch auf. »Etz bass amoll auf, Richard: Der 1. FC Nürnberg is immer noch amtierender *Deutscher Rekord-Rekordmeister*! Zweiundsechzig Jahre lang war der Club Deutscher Rekordmeister, des erreichen deina Bayern frühestens 2048!«

»Der Hoeneß is fei dann scho sechsundneunzig«, spöttelte Tom.

»Und der Beckenbauer hundertdrei. Merk dir des!«, schob Gerald Heym vom Nebentisch hinterher.

»Hobt's ihr eigentlich koane ander'n Probleme?« Barbara Antlkofer stand ärgerlich von ihrem Schreibtisch auf und nahm dem verdutzten Fässla die Mappe aus der Hand. »I regel des scho, Richard; mia Bayern miass'n do z'sammhoid'n!« Sie zwinkerte ihm charmant zu und schob ihn sanft wieder zur Tür hinaus.

»Genial, Bärbel – das war jetzt die Quadratur des Kreises!«, kommentierte Tom sarkastisch.

»Wieso?«

»Altbayerisch und charmant zugleich!«

Sie warf ihm einen vernichtenden Blick zu, streckte sich kurz und wandte sich wieder ab.

Was für wunderschöne Titten, dachte Charly, starrte auf ihre enge weiße Bluse und spürte, wie Erinnerung und Phantasie urplötzlich zu unbezähmbarer Lust in ihm heranwuchsen.

Im nächsten Moment war sie, nichtsahnend, schon wieder hinter ihrem Laptop verschwunden.

»Wos woin's … wos wuisd denn jetzt scho wieda?« Antlkofers Laune wurde minütlich schlechter.

Charly schaltete auf stur.

»Bitte einen kurzen Überblick zum aktuellen Sachstand der fallanalytischen Überlegungen. Ich will einen spontanen Input, einen kreativen Impuls hier für unseren Kreis!«

Sie biss sich kurz auf die Unterlippe, um dann übergangslos in kühlem, fast akzentfreiem Hochdeutsch fortzufahren.

»Ausgangspunkt: Selber Täter in Coburg und Schweinfurt. In beiden Fällen wissen wir noch nichts Näheres über das Vor-Tat-Geschehen; wir wissen auch nicht, ob er die beiden Tänzerinnen persönlich kannte und wie er an die Tatorte gelangt ist, ob gemeinsam mit seinen Opfern oder ob er ihnen dort bereits auflauerte, Stichwort: Schlüsselfrage, oder ob er ihnen gefolgt ist. Als Handschrift des Täters fällt zum einen diese Shibari-Geschichte auf: eine Fesselungsart, die absolut exotisch ist und für den Überrumpelungs- und Tötungsakt selbst absolut überflüssig. Er nimmt diese Fesselung erst nach seinen Gewaltausbrüchen vor, am toten oder für tot gehaltenen Opfer. Also in eindeutiger Inszenierungsabsicht. Im Landestheater sucht er sich das Fesselungsmaterial erst am Tatort zusammen; das spricht dafür, dass die Shibari-Idee hier erst spontan entstanden ist. Er kannte Shibari zwar schon vorher, aber die Umsetzung am Opfer war, zumindest im Fall Kim La-Young, nicht von vornherein geplant. Anders in Schweinfurt, wo er gezielt ein handelsübliches Plastikwäscheseil mit in die Wohnung bringt. Er hat an der Shibari-Geschichte offenbar Gefallen gefunden. In dieser mutmaßlichen Eitelkeit liegt ein wichtiger Ansatz für mögliche proaktive Strategien unsererseits.«

Charly wiegte zweifelnd den Kopf.

»Riskante Sache. Das ist schließlich klassisches Täterwissen. Aber gut, wir behalten das mal im Hinterkopf.«

Er kritzelte »Shibari – proaktiv?« auf das große Whiteboard.

Heym räusperte sich. »Ist nicht auch der Overkill in dieser Form extrem selten?«

»Stimmt. Übertötung haben wir ja normalerweise als maximale Eskalation einer singulären Beziehungstat, aus ganz individuellen, persönlichen Motiven heraus. Hier dagegen, als serielle Erscheinung, das ist absolut ungewöhnlich; ich habe national und international keinen vergleichbaren Fall recherchieren können. Entscheidende Frage für uns: Woher kommt dieser irrsinnige, brutale Hass, wenn es keine Vorgeschichte, keine persönliche Täter-Opfer-Beziehung gibt?«

Stille im Raum.

»Wahrscheinlich wird umgekehrt ein Schuh daraus«, sagte Tom langsam. »Es ist doch viel wahrscheinlicher, dass es eben doch irgendeine persönliche Vorgeschichte mit Kim und Tanja gegeben hat.«

»Und genau da müssen wir noch viel tiefer graben«, forderte Charly. »Freundes- und Bekanntenkreis von Kim und Tanja abgleichen, ihre Terminkalender durchforsten, Handyauswertung läuft sowieso schon. Dann – was machen wir in Richtung Travestieszene?«

»Stopp, da hab ich was für euch«, sagte Barbara. »Stichwort: Zwitter, Transvestit et cetera. Damit ihr überhaupt wisst, wovon ihr redet.« Sie verteilte einen Stoß DIN-A4-Kopien:

Geschlechtsidentitätsstörungen (stark vereinfachte Darstellung):

- *Transsexualität:* Jemand gehört körperlich eindeutig dem männlichen oder weiblichen Geschlecht an. Er/Sie empfindet sich jedoch als Angehöriger des anderen Geschlechts und will sich diesem auch physisch so gut wie möglich annähern.
- *Intersexualität:* »Zwitter«, Hermaphrodit.

- *Transvestitismus:* Bekleidung des anderen Geschlechts wird getragen. Kommt ebenso bei hetero- wie bei homosexuellen Männern und Frauen vor.
- *Travestie:* Kunstform des Transvestitismus auf der Bühne.
- *Transvestitischer Fetischismus:* sexueller Fetischismus, bei dem das Tragen von Bekleidung des anderen Geschlechts der eigenen sexuellen Erregung dient.
- *Crossdressing:* allgemeiner Begriff für das Tragen von Kleidung des anderen Geschlechts, völlig unabhängig vom Motiv.
- *Drag-Queen/-King:* optisch extreme Form des Crossdressings.
- *Damenwäscheträger (»DWT«):* Männer, die unter ihrer normalen Kleidung heimlich weibliche Unterwäsche tragen, meist zur sexuellen Stimulation.

»Schaut's euch des bitte ganz genau an. Is für a SOKO wie uns einfach peinlich, wenn wir nach diesem ganz speziellen Täter fahnden, aber vielleicht ned amal Zwitter und Transvestit auseinanderhalten können.«

»Sehr gut, Barbara, danke!«

»Okay«, gähnte Tom, »und was passiert jetzt mit unserem Freund Djukic?«

»Den knöpfe ich mir jetzt als Nächsten vor.«

10:54 Uhr – Kripo Bamberg, Schildstraße

Das handsignierte Mannschaftsposter hinter dem Schreibtisch ließ keinen Zweifel aufkommen: KHK Wolfgang Lauer, grau melierter Turnschuhträger, war Dauerkartenbesitzer und echter Basketball-Insider.

»Djukic? Das wär der absolute Hammer, Charly!«

Fassungslos blies er die Backen auf und verschränkte die Arme hinter dem Kopf.

»Unser bester Mann heuer! Treibt uns zwar regelmäßig die ersten Minuten in den Wahnsinn, aber ab dem dritten Viertel ist er nicht mehr aufzuhalten. Du hättest ihn letzte Woche gegen ALBA Berlin erleben müssen, der dreht das Spiel ganz allein mit …«

»Reicht scho, Wolfi, reicht scho! Also zwischen Genie und Wahnsinn pendelnd, das ist doch genau der Grenzgänger, den wir suchen!«

Lauer schüttelte wieder den Kopf. »Nicht auszudenken! Und morgen das Duell des Jahres, der Krieg gegen die Bayern!«

»Also der ideale Zeitpunkt für eine kleine Befragung heute.«

»Wahrscheinlich pusht das den Bosko sogar noch«, überlegte Lauer und schaltete in den ersten Gang zurück.

»Eben – stimulieren wir ihn jetzt mal so richtig für morgen Abend!«

Langsam rollten sie die Straße weiter. Eine der schönsten Wohnlagen Bambergs; Villen, Gärten, weiter Blick ins Umland.

»Nummer vierzehn, dort drüben!«

Ein großer, L-förmiger Bungalow mit riesiger Terrasse, Natursteinkamin und breiter Dreifachgarage. Auf dem mosaikgepflasterten Vorplatz stand eine schwarze Dodge Viper mit roter Lederausstattung. BA-BD 1.

»Den hat er von seinem Vorgänger übernommen.«

»Dieser kleine Kanadier, Jamie Allister oder so ähnlich …?«

»Genau, Little Jamie ist ja letztes Jahr wieder in die NBA rüber … Da – er kommt!«

Aus der massiven schwarzen Haustür trat ein Hüne – Lauer zufolge »nur knapp eins neunzig, einer unserer kleineren Spieler« – in Jeans, auffälligen roten adidas-Schuhen und einem ärmellosen weißen Shirt; in seinem schwarzen Bürstenhaarschnitt steckte, wetterbedingt überflüssig, eine Sonnenbrille. Lässig fasste er eine üppige kleine Brünette am Po, tauschte mit ihr ein Abschiedsküsschen aus und schob sie sanft ins Haus zurück.

Den Sportrucksack über die Schulter geworfen, schlenderte er hinüber zur schwarzen Viper.

»Herr Djukic?«

Charly und Wolfgang standen in der Einfahrt, etwa zehn Meter weiter unten. Kaugummikauend kam der Serbe auf sie zu und kramte einen Edding aus seinem Rucksack.

»Hello, Freaks, wohin? Auf den Hemdkragen?«

Lauer, zwei Köpfe kleiner als Djukic, wehrte gerade noch rechtzeitig ab.

»Keine Autogramme, Herr Djukic! Wir sind von der Kripo, Wolfgang Lauer«, er hielt ihm seinen Ausweis vor die Nase, »und das ist mein Kollege Charly Herrmann!«

Der Serbe, den geöffneten Eddingstift starr in Brusthöhe, glotzte mit offenem Mund auf sie herab. Charly ergriff rasch die Initiative.

»Herr Djukic, wir ermitteln im Mordfall der Coburger Ballerina Kim LaYoung und wegen des versuchten Mordes an einer Schweinfurter Tänzerin letzten Montag. Wir haben da ein paar Fragen an Sie.«

Djukics kleine dunkle Augen sprangen vom einen zum anderen, nur begleitet vom unablässigen Kaugummikauen. Auf seinem rechten Arm überflog Charly sechs große Vereinsembleme mit Jahreszahlen und Titeln, beginnend am Schulteransatz mit »OFK Belgrad«, über »Real Madrid« und »Yokohama Marinos« bis zum aktuellen Bamberger Logo, knapp über dem Handgelenk. Der linke Arm, deutlich interessanter, war übersät mit gut drei Dutzend Frauennamen; ohne Jahreszahlen, aber in unterschiedlichsten Größen und Schriftarten, selbst kyrillische und asiatische Zeichen waren vertreten.

»Glotz nicht so.«

Charly traute seinen Ohren nicht, Djukic hatte tatsächlich ihn gemeint. Feindselig blinzelte der Serbe auf ihn herab.

»Was erzählen Sie da für Scheiß! Ich hab mit euren Fällen nix am Hut!«

Sein slawischer Akzent und das Timbre seiner Stimme erinnerten Charly an einen der Klitschko-Brüder, die er beide immer verwechselte. Egal.

»Wir können uns auch bei uns im Büro weiter unterhalten, Herr Djukic. Moment mal … Morgen Abend, zwanzig Uhr, Bamberg gegen Bayern … Also morgen Abend um acht, im Büro bei Herrn Lauer und mir, da sind wir dann alle ein bisschen relaxter …« Ungeniert grinste er den großen Serben an.

Die Augen von Bosko Djukic wurden zu schmalen Schlitzen, jetzt fühlte sich auch Basketball-Insider Lauer bemüßigt, einzugreifen.

»Bosko … äh, Mr. Djukic … es sind wirklich nur ein paar Routinefragen.« Ohne abzuwarten, blätterte er geschäftig in seinem Notizbuch, auf dem unübersehbar ein großer Aufkleber *»Brose Baskets Bamberg«* prangte.

»Letzten Montag … da ist in Schweinfurt eine junge Frau überfallen und lebensgefährlich verletzt worden.«

»Kennen Sie sie?« Charly streckte ihm ein Foto der lebenslustig lachenden Tanja Malischek hin.

Djukic musterte es mit plötzlich erwachter Neugier.

Verächtlich grinsend gab er es wieder zurück.

»Kleine Schlampe … wer kennt die nicht? Hat sie wieder einen abtropfen lassen, hat ihr endlich mal einer die Fresse poliert?«

»Wo waren Sie Montagnacht zwischen halb zwölf und halb zwei?«

Ein mitleidiges Lächeln des Bamberger Spielmachers.

»Glauben Sie wirklich, ein Bosko Djukic hat so was nötig? Hat Montagabend nix Besseres zu tun als nach Schweinfurt zu fahren?« Er lachte. »Ich war natürlich hier, in meinem Bett!«

»Haben Sie einen Zeugen … oder eine Zeugin?« Charly warf einen anzüglichen Blick auf die Namen-Tattoos am linken Arm.

Djukic zog mit dem Zeigefinger kurz sein linkes Augenlid herab. »Ich muss Ihnen gar nix beweisen, ihr müsst mir was nachweisen! Machen Sie erst mal Hausaufgaben, trainieren Sie ordentliche Grundlagen!«

»Aber letzten Freitag waren Sie doch in Coburg, oder?«, fragte Lauer schnell.

Djukic stutzte. »Ach, die Autogrammstunde? Bei Sporthaus Wohlleben. In Dörfles, nicht in Coburg. Nur von drei bis fünf.«

»Und dann? Wo waren Sie anschließend in dieser Nacht?«

Djukic zuckte gelangweilt mit den Schultern und setzte die Sonnenbrille auf. Ein kleiner Streifen blauen Himmels war plötzlich zu sehen.

»Keine Ahnung, Mann. Muss zum Training jetzt. *Bye.*«

Ein halblauter Nachsatz, der verdächtig nach *»Fuck off«* klang, dann schlug die Wagentür zu. Der schwere V-10-Motor bollerte los und rollte an Charly und Wolfgang vorbei hinunter auf die Straße.

»Arrogantes Arschloch – den kaufen wir uns!«

»Djukic hat, zumindest bei Tanja Malischek, ein glasklares persönliches Motiv – sie hat ihn, den großen Womanizer, bei der Sportgala abblitzen lassen. Ihn öffentlich bloßgestellt. Er äußert sich jetzt noch aggressiv und gehässig über sie. Ich habe Interpol angeleiert, ob in den anderen Ländern, in denen er unter Vertrag war, schon etwas vorgefallen ist.«

Dr. Stein fuhr sich nachdenklich über das Kinn.

»Mhmm … sehr interessant, erst recht in Verbindung mit der Aussage von Tanja Malischek selbst. Und dass dieser Serbe mal ein halbes Jahr in Japan gespielt hat, ist ein weiteres, hochinteressantes … Mosaiksteinchen. Das reicht zwar noch nicht für einen Haftbefehl, aber Djukic steht auf jeden Fall unter Tatverdacht. Nehmen Sie ihn gleich morgen mal ordentlich ins Kreuzfeuer.«

Er stand auf und stützte sich mit seinen langen Armen auf dem Schreibtisch ab. Ein spöttisches Lächeln umspielte seine dünnen Lippen, als er Charly durch seine Brillengläser ins Visier nahm.

Eine schwarze Heuschrecke …

»Fühlen Sie sich diesem nervlichen Druck jetzt gewachsen, Herr Kommissar?«

Charly kochte, ließ sich aber nichts anmerken.

»Ich habe eine der besten Aufklärungsquoten überhaupt«, parierte er lächelnd. »Nicht nur bayernweit, Herr Dr. Stein. Bundesweit.«

Stein winkte ab. »Das ist bekannt, das meine ich doch nicht. Nein, ich meine den Druck, vor dem Spiel des Jahres den wichtigsten Mann unseres fränkischen Vorzeigeteams aus der Fassung zu bringen?«

»Ich kenne keinen Druck«, behauptete Charly. »Das ist mein Job, Herr Oberstaatsanwalt, dafür werde ich bezahlt.«

Freitag

15:35 Uhr – A 9 Nürnberg–München

Alles lief nach Plan.

Punkt vierzehn Uhr hatte Charly die von Joyce gestützte, fast apathische Valerie in Bamberg abgeholt und zu ihrer »Lieblingstante«, seiner Schwester Sabine, nach Weißenburg gebracht. Hier, tief im Süden Frankens, in der malerischen alten Reichs- und Römerstadt zwischen Fränkischem Seenland und Altmühltal, erschien sie Charly bestens abgeschirmt von allen negativen Einflüssen.

Dank telefonischer Vorbesprechung und des erfreulich unkomplizierten Verhältnisses zu Sabine lief auch hier alles wie am Schnürchen:

Tasche hochtragen, innige Umarmungen, bestürztes »Achgottachgott; neindankekeinKaffee, auch sonst nichts Neues«; kurz noch ein zärtliches Stirn-an-Stirn mit Valerie, »bis nächste Woche dann«, Abklatschen, Abgang.

Drei Stunden noch, um Djukic hochzunehmen, drei Stunden bis zur Frankenhölle.

Drei Stunden im Alfa.

Drei Stunden mit Joyce.

Joyce Sodergren, zweiundzwanzig.

Von den schwedischen Genen ihres Großvaters war nichts mehr zu sehen, das an das Skandinavien-Klischee der sommerbesprossten, blauäugigen Blondine erinnert hätte. Stattdessen brünett, halblang. Braune, mandelförmige Augen. Lange dunkle Wimpern. Ein herzförmiger Mund.

Eine Hammerfrau.

Ohne jedes Make-up, frei von allen Allüren.

Amüsiert lauschte Charly ihrem unbeschwerten Deutsch-Amerikanisch, das sie mit leicht kehliger Stimme zum Besten gab. Auch Joyce war »wirklich *very happy*«, dass Valerie jetzt »in gute Hände von Tante Sabine« war.

Ungeniert wagte sie es sogar, während der Fahrt die CD in Charlys Player zu wechseln. Heraus mit den »Sticky Fingers« der Stones, hinein mit »Born in the USA«. Springsteens »Glory Days« dröhnten jetzt aus den kleinen Boxen des Spiders.

»Hey, der *Boss* ist aus New Jersey, genau wie ich! Nur vierzig Meilen von mir steht sein Elternhaus, vierzig Meilen von East Orange … in Freehold. Und er sieht doch auch mit zweiundsechzig immer noch gut aus, oder?«

»Findest du?«, fragte Charly vorsichtig. »Ist er dir nicht schon zu alt?«

»Zu alt? Warum? Wie alt bist du denn?«

»Mhmm … *Maybe … too old to Rock'n'Roll – too young to die …?«*

Joyce lachte und musterte ihn dann interessiert von der Seite. Nicht zum ersten Mal heute.

Auffällig lange.

Während er das Drei-Speichen-Lenkrad des Alfa bei hundertsiebzig auf Kurs hielt, spürte er förmlich ihren prüfenden Blick über sein Profil, seinen Hals und seinen Oberkörper gleiten.

Bis hinab zu seinen Oberschenkeln.

»Glory days, well they pass you by …«, bilanzierte der Boss voll atemloser Sehnsucht, *»… Glory days, in the wink of a young girl's eye …«*

Draußen jagte der ICE München–Berlin vorbei.

Noch drei Stunden …

16:32 Uhr – Irgendwo in Franken

»Ah ja – dann komm doch bitte herein!«, sagte er. »Dauert nicht mehr lange, ist sicher gleich so weit.« Seine Stimme klang plötzlich leicht belegt. »Hier, setz dich doch. Was darf ich dir zu trinken bringen?«

Ein seltsamer Glanz trat in seine Augen.

Schüchtern setzte sich das Mädchen auf die niedrige schwarze Wohnzimmercouch.

»Ein Wasser bitte.«

»Kommt sofort!«

Sein Herz pochte aufgeregt, als er in das Nebenzimmer huschte.

17:10 Uhr – SOKO Franken

»Wo steckt eigentlich Charly heute?«, raunzte ein sichtlich schlecht gelaunter Löhlein. »Ich habe ihn den ganzen Tag noch nicht gesehen!«

»Na, in Bamberg«, erwiderte Moser erstaunt mit vollem Mund. Der Pressesprecher, wegen regelmäßiger privater Blechschäden im Haus nur noch als »Quax, der Bruchpilot« bekannt, saß bei Tom Scherzer auf dem Schreibtisch und war in dessen Riesendose Goldbären endlich bis auf den Grund vorgedrungen. Er musste zweimal kräftig schlucken, bevor er fortfahren konnte.

»Knöpft sich Djukic vor.«

Löhlein rümpfte die Nase. »Und wieso machen das nicht die Bamberger?«

Moser grinste und schwieg. Tom Scherzer fühlte sich schließlich bemüßigt, Charly zu verteidigen.

»Ich denk, er traut den Bamberger Kollegen noch ned so ganz übern Weech. Sind alles Freaks, sachd er. Er selbst kennt die Dübbn beim Basketball nur aus der Zeitung und hat mehr Distanz.«

»Also so ein Blödsinn«, echauffierte sich Löhlein. »Mehr Distanz! Charly ist abschussgeil, das ist alles! Will sich persönlich die nächste Kerbe schnitzen!«

»Na, unbefangener ist er doch in Bamberg auf jeden Fall«, warf Schnauzer ein.

»Unbefangen? Du meinst auf gut Fränkisch, er is … grad'zu!« Während Tom und Schnauzer vielsagende Blicke wechselten, brach bei Heinz-Uwe Löhlein eine ausgewachsene Aversion durch.

»… ihr wart in München damals nicht dabei, im Ministerium! Wie er damals bei Vöhringer ausfällig wurde, im Beisein des Chefs – werd ich nie vergessen!«

»Jetzt mach's aber halblang, Heinz«, bremste Schnauzer. »Die haben doch Charly wirklich gelinkt, Platzziffer tausendvierhundertundzerquetschte, nach der Ergreifung von Bayerns brutalstem Serienmörder!«

»Und aus dei'm Versetzungswunsch is doch aa nix worn«, merkte Tom süffisant an.

»Genau, das isses doch«, ereiferte sich Löhlein. »Er reißt uns doch auch mit rein, auf seinen fränkischen Privatfeldzügen! Nein, Kollegen, das muss wirklich mal erlaubt sein, das sag ich ihm auch persönlich ins Gesicht: Charly steht sich schon immer selbst im Weg, mit dieser lächerlichen Schimanski-Attitüde, diesen unmotivierten und unsensiblen rustikalen Grobheiten!«

***

Zärtlich zog er Joyce zu sich heran.

»Komm, Baby …« Ihre geschmeidigen Bewegungen wurden schwächer und erstarrten plötzlich ganz.

Abrupt drehte sie ihren Kopf zur Seite.

Irritiert ließ Charly wieder los.

Unter ihrer eben noch so verführerischen, sanften Nacktheit spürte er plötzlich etwas, mit dem er nicht gerechnet hatte.

Etwas, das ihn völlig unvorbereitet traf.

Unsicherheit, Verletzlichkeit.

Hilflosigkeit.

Don't kill butterflies – der weiße Pin fiel ihm ins Auge; an der Tasche, die hinter ihrem Kopf lag, zwischen Jeans und schwarzem BH.

Reglos verharrten er und Joyce, Lichtjahre voneinander entfernt, vereint in beschämtem Entsetzen über beinahe Geschehenes.

Bitte keine Tränen jetzt …

Erleichtert registrierte er, dass Joyce etwas sagen wollte; schnell und behutsam zugleich legte er seinen Finger auf ihre Lippen.

»Ssschhhhtt … es ist nichts passiert, alles ist gut … *ev'rything's allright …*«

Er nahm ihren Stringtanga, der auf der Handbremse hing, und streifte ihn, steif und unbeholfen, über ihre zierlichen nackten Füße. Wortlos übernahm sie und zog ihn mit einer einzigen, fließenden Bewegung ganz nach oben.

Charly bückte sich nach seiner Jeans im Fußraum. Als sein Blick die Uhr streifte, erschrak er.

Achtzehn Uhr fünf.

Nur noch fünfundachtzig Minuten.

21:20 Uhr – Bamberg, Stechert-Arena

Die Frankenhölle kochte, die Betriebstemperatur war auf dem Siedepunkt.

Siebentausend Fans peitschten ihre Helden nach vorn, doch siebzig Sekunden vor Schluss führte der FC Bayern mit 69:68. Auszeit für Bamberg.

Cheerleader übernahmen das Kommando, unter ihnen zwei oder drei Joyce-Klone … Charlys Hemd war klatschnass. Nicht nur wegen des Thrillers auf dem Parkett.

Nach dem Absturz mit Joyce kam eine deprimierende Rückfahrt nach Bamberg. Körperlicher Frust und ein immer wieder aufflackerndes, hässliches Schamgefühl verhinderten jede professionelle Fokussierung auf die bevorstehende Konfrontation mit Bosko Djukic. Stattdessen ein paar hölzerne Versuche, ein Gespräch in Gang zu bringen. Joyce ignorierte seine zaghafte Ursachenforschung.

Das anschließende, wahllose Einschieben von Springsteens »The River« schraubte die Peinlichkeit in schwindelerregende Höhen, als der Boss ausgerechnet seinen Schmachtfetzen anstimmte: *»Little girl, I wanna marry you.«*

Schnelles, hektisches Weiterschalten wäre noch peinlicher gewesen; Charly entschied sich für den halbwegs souveränen Mittelweg, einen gelassenen CD-Wechsel nach 1:30.

Back to the roots, zurück zu den Stones.

»Goodbye, Ruby Tuesday …«

Und unerbittlich hatte die Uhr getickt. Erst fünfzig Minuten vor Spielbeginn hatte er Joyce an ihrer Wohnung in der Dürrwächterstraße abgesetzt. Ein kurzes, schnelles Abschiedsküsschen, sekundenlange Erleichterung über ausbleibende Vorwürfe – und dann doch ein leiser Stich im Magen, als sie jugendlich-grazil die Treppe hinaufstieg. Ohne sich umzusehen.

Als er den Alfa wendete und Richtung Stechert-Arena davonbrauste, hatte er immer noch ihren Geschmack auf der Zunge.

Amerikanische Pfefferminzpastillen, unwiderstehlich frisch. Verstörend künstlich.

»… when you change with every new day,
still I'm gonna miss you …«

Er war gerade noch rechtzeitig zum Spielbeginn in die Halle gekommen.

Die Auszeit war zu Ende, die tanzenden Joyce-Klone vor Charly räumten blitzschnell das Parkett. Die Musik erstarb, im Gegenzug schwoll der Lärm von den Rängen wieder an, steigerte sich zum ohrenbetäubenden Orkan, dessen Urgewalt auch Charly, in der zweiten Reihe ganz unten, mitriss.

Noch acht – sieben – sechs Sekunden, urplötzlich eine winzige Lücke in der Bayern-Deckung, ein brillantes Zuspiel; umringt von vier farbigen Spielern stieg ein Weißer hoch. 70:69 Bamberg – »Booskooooo Djuuuuukiic!«

Der serbische Superstar war nicht mehr zu halten. Ekstatisch tanzte er über das Spielfeld, brüllte wild gestikulierend vor den Fanblöcken, zeigte auf sich, auf Mitspieler, auf die Zuschauer, klatschte Betreuer und Fans in der ersten Reihe ab, entdeckte plötzlich Charly dahinter. Triumphierend reckte er ihm zwei Mittelfinger entgegen, inmitten der tobenden Halle unübersehbar auf Charly gemünzt; Nachbarn drehten sich fragend um.

Instinktiv hob Charly die Arme und zeigte Djukic zwei überkreuzte Handgelenke – Handschellengeste! Der Serbe streckte die Zunge heraus, drehte ab und setzte seine Veitstänze inmitten der jubelnden Spieler und Betreuer fort.

»Einen Stern, der über Bamberg schwebt, da, wo der Deutsche Meister lebt, den schenk ich dir heut Nacht …«, dröhnte es aus den Hallenlautsprechern, die Fans standen auf den Sitzen. Mit breitem Grinsen genoss Charly die bundesweit gefürchtete Gänsehautatmosphäre der legendären »Frankenhölle« und ergötzte sich an den bedröppelten Mienen der Bayern-Verantwortlichen. Uli Hoeneß, eingangs noch vom Hallensprecher begrüßt, hatte offenbar bereits die Arena verlassen. Auch Djukic war jetzt nicht mehr auf dem Spielfeld zu sehen.

Charly tastete nach seinem Dienstausweis und orientierte sich dann im allgemeinen Gewusel und Gewimmel in Richtung Kabinengang. Der Sicherheitsdienst war bestens geschult, anstandslos ließ der schwarz uniformierte, erstaunlich korpulente Posten Charly passieren.

Freudengesänge, Siegerposen, wüstes Gebrülle in verschiedenen Sprachen: Charly fühlte sich wie ein Fremdkörper; ein Korken, der auf den Wellen trieb, zwischen schweißnassen Muskelgebirgen sämtlicher Schattierungen. 38, 22, 16, 12, 25 – wo war die Bamberger 43? Er ignorierte die erstaunten, herablassenden Blicke und schlängelte sich weiter.

Die Kabinentür.

So weit, so gut. Keine Lust auf einen comedyreifen Auftritt. Keine Gefahr im Verzug. Es war beileibe nicht erforderlich, sich tollkühn zwischen die halb und ganz nackten Hünen in der Kabine zu werfen, um Djukic auf der Stelle herauszuholen.

Lassen wir den Sportkameraden noch in aller Ruhe duschen. Er schlenderte weiter und fand den ebenfalls von einem Security-Mann gesicherten Ausgang zu den Spielerparkplätzen.

Er sah auf die Uhr.

Der Abstecher mit Joyce hatte seinen Zeitplan auf den Kopf gestellt. Ursprünglich wollte er den Serben schon nachmittags abgreifen, gleich nach Valeries Ablieferung in Weißenburg. Er könnte schon seit Stunden befragt sein. Es war, ja, es war seine eigene, spontane Geilheit auf das *All American Girl* aus East Orange, NJ, die ihn vom Kurs abbrachte … tatkräftig unterstützt von seinem fränkischen Patriotismus: Warum sollte die SOKO Franken den Bayern zur Tabellenführung verhelfen? Der reißt uns nicht aus der Arena aus, packen wir das serbische Arschloch halt erst nach dem Spiel …

»Bye!« Mit einem lässigen Winken schlüpfte Goldsmith, der Bamberger Centerspieler, fünfunddreißig Minuten später an Charly und der Security vorbei, hinaus auf den Parkplatz. Schon der siebte – und Djukic immer noch nicht dabei. Interviews, Pressekonferenzen? Charly überlegte. Vielleicht war es doch naiv, hier ohne den Bamberger Kollegen einzumarschieren und den *Local Hero* im Alleingang abzupassen …

»Saach'ma, auf wen warddst du denn eigentlich?«, riss ihn der schwarze Riese, bisher stumm wie ein Fisch, im tiefsten Sächsisch aus seinen Grübeleien.

»Na, auf Bosko … Bosko Djukic!«

»Was, den Bosko?«, lachte der Sachse. »Da mussde frieher aufsteh'n, Kolleeche! Der is doch heut als Allererster hier raus!«

»Was?« Entgeistert starrte Charly dem Mann in die geröteten Augen. »Djukic ist schon weg?«

Erneut ein herzliches Lachen. Nur mit Mühe widerstand Charly der Versuchung eines kurzen Uppercuts auf das schwabbelige Doppelkinn.

»No, freilich is der scho wech! Auf schnellstem Weg zum Airport Nürnberg!«

»Airport Nürnberg …«, echote Charly schwach.

»Ja, Airport Nürnberg … Länderspiel mit Serbien diese Woche! Sooch'ma, du bist doch bestimmt von der Polente? Lääst ihr denn gar keene Zeitung?«

22:48 Uhr – A 73 Bamberg–Suhl, Höhe Breitengüßbach

Rechts neben der Autobahn kam ein Fabrikgebäude in Sicht. Kafferösterei Minges. Mechanisch, aus alter Gewohnheit, kurbelte er das Seitenfenster hinab, nur zwei Fingerbreit. Sofort knatterte der Fahrtwind in ohrenbetäubender Frequenz, unterlegt vom exotischen Duft des Röstkaffees.

Dreihundert Meter nur. Dann war der Kaffeeduft verflogen. Zusammen mit den letzten Duftpartikeln des Parfüms von Joyce …

Hundertfünfundachtzig … hundertneunzig … Charly trieb den Spider durch die sternenlose Nacht, immer höher.

Fünftausend Touren.

Ein alter Song seiner Schülerband ließ ihn plötzlich nicht mehr los.

Geschrieben 1978. Genauso alt wie der Alfa, den er jetzt über den Frankenschnellweg jagte:

»No highway prisoners
We'll ride this German highway
No limit anymore
Don't take no prisoners
No highway prisoners …«

Pubertäre Plattheiten … oder doch auch ein Stück weit seherische Gabe? Zu dritt hatten sie damals den Text geschrieben; gemeinsam getrieben von der Gier nach grenzenloser Geschwindigkeit, Freiheit, Unabhängigkeit.

Getrieben, ohne wirklich zu wissen, wovon … getrieben vom Traum ewiger Jugend.

Jetzt, über dreißig Jahre später, raste er selbst durch die Nacht. Hatte keine Gefangenen gemacht.

Hatte schmerzhaft eigene Grenzen erfahren müssen.

Der Traum war verblasst.

Begann jetzt der Alptraum?

***

Sie erwachte. Nur langsam. Widerwillig. Wollte weiter in dumpfer Schwere dahindösen. Nur nicht auftauchen …

Doch der Druck, mit dem plötzlich etwas in ihren Mund eindrang, war brutal und unbarmherzig:

Feindlich, massiv, schmerzhaft … Ein harter, riesengroßer Fremdkörper sperrte ihren Mund auf, schmeckte widerlich fremd, klemmte zwischen ihren Zähnen. Der Schmerz zog bis in den Nacken, zog sie ruckartig heraus aus ihrer schläfrigen Benommenheit; Füße und Hände waren seltsam fest und unbeweglich.

Sie riss die Augen auf.

Erstarrte. Presste sie geschockt wieder zusammen.

Öffnete sie ganz langsam wieder, starrte entsetzt auf das Horrorbild im Halbdunkel vor ihr: eine junge Frau; geknebelt mit einem roten Gummiball, der im Nacken mit einem schwarzen Lederband verknotet war. Gefesselt wie an einen gynäkologischen Untersuchungsstuhl, aber noch bekleidet mit Jeans und Pulli.

Nur an den Füßen war etwas anders.

Die Frau trug Ballettschuhe.

… meine Ballettschuhe!

Das ist kein Bild … das ist ein Spiegel!

In panischem Entsetzen erkannte sie sich selbst, völlig wehrlos, mit rotem Fetisch-Knebel, fixiert an Händen und Füßen.

Und sie war nicht allein; sie spürte es überdeutlich. Spürte, nein, hörte jemanden atmen; hier in diesem miefigen, halbdunklen Raum.

Immer näher.

Unmittelbar hinter ihr.

Verzweifelt versuchte sie, den Kopf zu drehen, zu schreien, zu strampeln. Stinkender, fremder Atem – unendlich langsam strich er über ihren Hals, über ihr Gesicht.

Sie raste vor Angst, als in dem blinden alten Spiegel eine Gestalt neben ihr auftauchte.

Eine große Frau, mit langen blonden Haaren und einem gespenstisch weißen Gesicht.

Ihre fleischigen, dunkelroten Lippen formten ein seltsam verzerrtes, fratzenhaftes Lächeln. Langsam hob sie eine breite Hand, strich mit künstlichen Fingernägeln über die schweißnasse Stirn ihres Opfers.

»Keine Angst, Kleine. Wir haben alle Zeit der Welt«, flüsterte die Frau mit heiserer tiefer Stimme. »Ts, ts, ts … nicht schreien, nicht husten … der Knebel wird bald schon dein geringstes Problem sein …«

***

Frustriert stapfte Charly das Treppenhaus hoch. Das Licht im Dritten war immer noch nicht repariert. Egal, ich brauch es nicht, sollen die anderen Deppen mal bei der Wohnbau anrufen …

Vierter Stock. Ungewöhnlich still bei Katja aus Suhl, der netten Nymphomanin von nebenan. Vielleicht gönnt sie sich mal ein Auswärtsspiel, dachte er spöttisch. Oder ist spielfrei.

Ein graues Pappschild hing an seiner Wohnungstür: *»Nächste Woche Hausordnung«*. Darauf ein gelber Klebezettel mit fein säuberlicher Schrift: *»Bitte nicht vergessen, Herr Herrmann!«*

Hat die Alte aus dem Fünften keine anderen Sorgen, dachte er verdrossen. Soll lieber ihren Scheißköter und sich selbst auf Diät setzen, bevor beide noch platzen.

Ärgerlich kickte er die Tür hinter sich zu.

Kein Licht, erst mal der obligatorische Blick aus dem Dunkel zur beleuchteten Veste.

Kraftvoll, stark und trutzig.

Sie hält durch, dachte er und stützte sich aufs Fensterbrett.

Ich nicht …

Fuck! Schluss mit dem Selbstmitleid!

Schauen wir erst mal nach, wann Djukic wieder da ist. Er knipste die kleine Schreibtischlampe an und fuhr den Laptop hoch.

»Matchwinner Bosko Djukic!«

»Djukic macht den Unterschied«

»Brillanter Djukic rettet Bamberg«

Endlich, ganz am Schluss des Spielberichts:

»... Eine Woche muss Bamberg jetzt auf seinen Spielmacher verzichten: Nach Spielende flog Djukic nach Belgrad. Serbien trägt zur Olympia-Vorbereitung zwei Länderspiele in Russland und der Ukraine aus ...«

Gong. Neue E-Mail.

»Facebook: Freundschaftsanfrage von Corinna:

hi charly, hab dich zufällig hier entdeckt. was macht dein krimi? war nett, neulich über die alten zeiten zu plaudern ... «

Er lächelte versonnen und drückte schließlich *»Freundschaftsanfrage bestätigen: danke, Corinna! schade, dass die datscha so weit weg ist. melde dich doch mal, wenn du nach CO kommst – tasse kaffee geht immer ...!;)«*

Ein letzter Blick noch in die Mailbox, dann schaltete er ab und trottete müde ins Badezimmer. Auf dem Wannenrand sitzend, putzte er sich die Zähne und wälzte unerfreuliche Gedanken an die drohenden Rücksprachen bei Ritter und Dr. Stein. Ein Königreich für eine gute Verteidigungsstrategie ...

Sein Schlaf war unruhig und voller verworrener Träume.

Samstag

08:05 Uhr – SOKO Franken

»Natürlich habe ich das zu verantworten, da gibt es überhaupt nichts zu beschönigen«, sagte Charly ruhig. »Ich wollte Djukic ganz bewusst erst nach dem Spiel abpassen. Wenn er ausgepowert ist, voller Glückshormone und die Medien wieder abgezogen sind. Das war Kern meiner Strategie. Hinterher ist man immer schlauer.«

Der Oberstaatsanwalt war in seinem Element. »Gut gedacht und gut gemacht sind eben zwei Paar Stiefel, Herr Kommissar! Fest steht, dass Sie ohne Not offensichtlich ein paar Stunden spazieren gefahren sind. Von einem Mann mit Ihrer Berufserfahrung erwarte ich, dass er pflichtbewusst und zielstrebig arbeitet, ohne erst auf möglichst angenehme, konfliktfreie Rahmenbedingungen zu warten. Sie arbeiten schließlich für die Polizei und nicht auf dem Ponyhof!«

Charly zog seinen Stuhl näher heran und räusperte sich kurz. Abtropfen lassen … bleib cool … und lösungsorientiert …

»Stimmt … aber gerade wir als Polizei dürfen keine unnötigen Angriffsflächen bieten, das wissen wir nicht erst seit Nik the Ripper. Für Fehler kritisieren die Medien schließlich nicht den Charly Herrmann, sondern erst mal die Polizei insgesamt!«

Stein setzte zu einer scharfen Erwiderung an.

»… sofort, Herr Dr. Stein, sofort …«, jetzt Flucht nach vorn!, »… wir haben aktuell zwei Optionen: Plan A, einen rechtlich äußerst wackligen internationalen Haftbefehl konstruieren, Djukic in Russland oder der Ukraine verhaften und, Klammer auf, wenn's die Rechtslage überhaupt hergibt, Klammer zu, sofort ausliefern lassen. Riesenaufwand für alle Beteiligten, internationales Mediengetöse, maximaler Ärger mit Verein und Sponsoren!«

»Richtig erkannt, Herr Kommissar!« Stein triefte vor Sarkasmus. »Und Plan B?«

Jetzt hab ich dich …

»Wir warten auf nächsten Samstag. Auf seine Rückkehr.«

»Ach, die setzen Sie jetzt, ganz locker aus der Hüfte, mal eben so voraus?«

»Unbedingt! Djukic ist hier nicht nur der Topverdiener, der seinen Vertrag gerade verlängert hat. Er ist extrem clever und abgezockt. Er weiß, dass wir nur Indizien, keine Beweise haben.«

»Das sagen Sie! Das hoffen Sie! Und wenn er trotzdem abtaucht?«

Charly zog eine Schnute. »*So what*? Dann müssen wir sowieso Interpol einschalten. Unsere aktuelle Ausgangslage hätte sich nicht entscheidend verschlechtert. Unter dem Strich können wir also nur gewinnen, wenn wir bis zum Wochenende warten.«

»Na, jetzt aber halblang! Versuchen Sie mal nicht, den Bock, den Sie geschossen haben, hinterher als Großwild-Trophäe zu verkaufen!« Stein kratzte sich mit dem Zeigefinger an der buschigen Augenbraue. »Lassen Sie sich diesen hochnotpeinlichen Vorfall als Warnung dienen.« Er schob geschäftig seine Papiere zusammen und fuhr dann, in gedämpftem Tonfall, fort: »Sie holen Bosko Djukic kommenden Samstag, sobald er wieder auf deutschem Boden ist!«

Vom Tisch hinter Dr. Stein grinste Tom zu Charly herüber und hob anerkennend den Daumen.

»Also weiter, Kollegen!« Ungeduldig klopfte Charly mit dem Stift auf die grün-weiße Schreibunterlage *»Haus der Bayerischen Polizei«*.

»Wir können jetzt nicht mit Standgas fahren, bis Djukic zurück ist!«

Empörter Protest.

»Schnauzer, wie weit sind wir jetzt mit den Theaterschlüsseln? Haben wir alle?«

»Jou, Chef … Vierzehn Leute insgesamt haben entweder Generalschlüssel oder einen Schlüssel nur für diesen Nebeneingang, vom Intendanten über die Verwaltungsleiterin und die Inspizienten bis zum Schließpersonal. Von diesen vierzehn haben elf ein überprüftes, sicheres Alibi. Drei wackeln noch: die Chefdramaturgin, zweiundsechzig Jahre, der Generalmusikdirektor, derzeit außer Gefecht mit gebrochener Rippe, und ein Haustechniker.«

»Mhmmm …« Charly überlegte. »Bezug zu Schweinfurt?«

»Negativ. Alle drei haben für die Tatnacht dort ein Alibi.«

»Okay. Patientenrecherche – Tom?«

»Moment … hier: Wir haben jetzt flächendeckend Bayern, Sachsen, Thüringen, Baden-Württemberg und Hessen abgegrast. Krankenkassen und Fachkliniken, alle Anfragen und alle abgelehnten Anträge auf operative Geschlechtsumwandlung.«

»Zeitraum?«

»Letzte zehn Jahre.«

»Ergebnis? Mensch, komm, lass dir nicht alles aus der Nase ziehen!«

»Is ja gut, is ja gut! Ergebnis beschissen. Unser Datenfilter war Körpergröße eins achtzig aufwärts. Da gab es nur drei insgesamt. Ein Michael Widlofsky aus Gießen, der hat sich Ende letzten Jahres aufgehängt. Ein Robert Graspe aus Gotha, 2005 ausgewandert nach Thailand. Und aus München Benny Heger, der sitzt seit einem Jahr in Haar in der Geschlossenen. Das waren jetzt aber nur die Offiziellen.«

»Offizielle …?«

»Na, alle, die bei ihrer Kasse einen Antrag auf Kostenübernahme für operative Geschlechtsumwandlung eingereicht haben. Parallel dazu haben wir den polizeilichen Datenbestand bundesweit recherchiert und die psychiatrischen Fachkliniken direkt abgefragt.«

»Und?«, fragte Charly ungeduldig.

»In Franken ein einziger Treffer, aber der is brandaktuell – Elvis, äh … Gerald, bitte!«

Der Schweinfurter zog ein Computerfax aus seiner gelben Mappe.

»Vor einer Stunde aus dem Krankenhaus für Psychiatrie in Werneck gekommen, also gleich bei mir um die Ecke … die haben einen Patienten Reiner alias Renée Ernst aus Bad Kissingen. Arbeitsloser Masseur, eins neunzig groß, schlank. Ein Crossdresser mit aggressiv-schizoiden Schüben; ging zuletzt vor vierzehn Tagen seiner Vermieterin an den Kragen … wohlgemerkt, in voller Montur, als Frau verkleidet!«

»Hochinteressant!« Charly stieß erfreut die Faust in die Luft. »Sofort Alibis checken, Perücken- und Kleidungsarsenal prüfen, DNA sowieso … und auch den Rest nicht vergessen, alle arbeitslosen Tänzer und Schauspieler, die in den letzten zehn Jahren an fränkischen Bühnen entlassen wurden!«

»Wo is denn eigentlich die Kollegin Antlkofer?«, fragte Tom, während er sich den dritten Kaffee nachschenkte.

»Keine Ahnung«, sagte Heym und zog vorsichtig einen Coburger Streuselblätz aus der Bäckertüte.

Löhlein eilte geschäftig herein, beugte sich zu Charly herab: »Bitte gleich zum Chef, Charly!«

»Wos is denn jetzt scho widder?«

»Keine Ahnung. Er hat vorhin länger mit Vöhringer telefoniert. Barbara ist auch schon drin.«

Die Hände hinter dem Rücken, tigerte Ritter hinter seinem Schreibtisch auf und ab. Von der Yuccapalme, neben der Barbara Antlkofer mit ihrem iPad saß, fünf Schritte bis zur Oberfrankenkarte, quietschende Wende, fünf Schritte zurück, wieder von vorn.

Typisch, dachte Charly, jetzt arbeiten seine kleinen grauen Zellen wieder auf Hochtouren.

»Bitte, Herrmann!« Routinierte Geste Richtung Stuhl. Charly hasste es, sich im Sitzen mit einem aufrecht stehenden Vorgesetzten unterhalten zu müssen.

»Danke, ich steh lieber.«

»Wie?« Irritiert unterbrach der kahlköpfige Polizeidirektor seinen Marsch durchs Zimmer. »Äh, ja, natürlich. Ganz wie Sie wollen … Ich habe vorhin einen Anruf aus München bekommen, Gerd Vöhringer. Die Innenministerkonferenz tagt nächste Woche in München, und auf Referentenebene soll da – aber bitte vertraulich, Herrmann! – unser bayerisches Pilotprojekt zur Sprache kommen.«

»Fränkisches.«

»Ah, bitte!« Ärgerlich winkte Ritter ab. »Verschonen Sie mich ausnahmsweise mal mit Ihrer Political Correctness!«

»Ist aber genau der Punkt, Chef. Warum ist denn unsere SOKO Franken ein Erfolgsmodell? Weil die besten Kriminaler der Region sich nicht aus München fernsteuern lassen, sondern externen Sachverstand nach Franken holen und vor Ort mit einbinden. So viel zum Thema ›Bayerisch‹!«

Elegant überging Ritter Charlys Einwendung. »Sie sagen, Erfolgsmodell? Bis vor vierzehn Tagen, unbestritten. Jeder kennt schließlich Nik the Ripper. Aaaber …«, Ritter unterbrach sich und nahm endlich hinter seinem Schreibtisch Platz, »was können wir aktuell den Münchnern anbieten? Der Gerd sagt, Staatsminister Zirngibl möchte unbedingt ein paar kleine Schmankerl wissen, um … äh …«

»Sich damit im Kollegenkreis zu brüsten«, assistierte Charly und setzte sich jetzt auch. »Bayern vorn … Der bayerische Polizeibeamte als Speerspitze der Evolution!«

Jetzt musste auch Ritter grinsen. »Wir kennen beide diese Spielchen, Herrmann! Also, was haben wir auf Lager, was lässt sich gut verkaufen?«

»Unsere Facebook-Aktion.«

»Der SOKO-Franken-Account?«

»Genau. Wir haben jetzt nach vier Tagen hundertdreiundzwanzigtausend Freunde. Für polizeiliche Accounts ein sensationeller Wert, das gab's bundesweit noch nie. Mutmaßungen, Tipps, Hinweise – das allein beschäftigt zwei Mann in unserer Hinweisbearbeitung.«

»Digitales Denunziantentum …?«

»Genau. ›Mein Nachbar hat sich die Beine rasiert und Lippenstift aufgetragen‹ – das war dann ein Rennradfahrer aus Lautertal, der einen Labello benutzt hat … Wir müssen halt die Spreu vom Weizen trennen, aber im Vergleich zu früher ist es ein Quantensprung für uns: Wer meldete sich denn telefonisch bei uns, um irgendwelche spontanen Eingebungen zu melden, da war einfach die Hemmschwelle viel größer.«

»Sehr gut, Herrmann, sehr gut!« Befriedigt kritzelte Ritter etwas mit seinem Luxusfüller auf den dicken Telefonblock.

»Ja, und außerdem natürlich unsere proaktive Arbeit in diversen Internetforen.«

Ritter runzelte die Stirn. »Proaktive Arbeit? Warum weiß ich davon nichts?«

»Reine Routine, Chef. Gehört zum laufenden Ermittlungsgeschäft der SOKO. Die Kollegen Glenk aus Bayreuth und Doll aus Fürth sind unter Tarnnamen angemeldet in den wichtigsten Foren zu den Themen Ballett, Transsexualität, Shibari. Zielvorgabe: Fälle ansprechen und Preisgabe von Täterwissen provozieren.«

»Gut, Herrmann!« Ritter nickte zufrieden, sein Stift flog regelrecht über das Papier. »Zur Fallanalyse, Frau Dr. Antlkofer … Was gibt's von Ihrer Seite Neues?«

Barbara tippte kurz auf ihren Screen. »Ich habe versucht, unseren Mann anhand seiner Verkleidung zu analysieren … Er verkleidet sich selbst als Frau und will aber gleichzeitig grazile Balletttänzerinnen, also den Inbegriff des Femininen, brutal zerstören. Auf den ersten Blick ein unerklärlicher Widerspruch. Folgende Auflösung bietet sich an: Er verkleidet sich, Stichwort: Transsexualität, weil er selbst Frau sein möchte. Er spürt aber, dass er dieses heimliche Ziel nicht erreichen kann; er spürt dies besonders schmerzhaft und intensiv, wenn er auf scheinbar perfekte Verkörperung graziöser Eleganz trifft. Dieser Schlüsselreiz ist in seinem Fall offenbar untrennbar mit Ballett verbunden. In einem solchen Trigger-Moment fühlt er sich gedemütigt, erniedrigt, gescheitert. Es kommt zur wut- und hasserfüllten Explosion.«

»Klingt einleuchtend«, nickte Ritter. »Ansatzpunkt für uns also der rätselhafte Ballettbezug.«

»Vielleicht auch ein persönliches Handicap, das ihn an eleganten, geschmeidigen Bewegungen hindert?«, überlegte Charly. »So eine Art Klumpfuß?«

»Könnte durchaus sein.«

»Risikobewertung?«, fragte Ritter knapp.

»Extrem hoch. Der Typ trägt gleich zwei Brandsätze in sich herum. Zum einen den üblichen Machtrausch und Triumph, den jeder Serientäter empfindet, weil er sich endlich wieder abreagiert und ausgetobt hat. Weil dieses positive Gefühl aber wieder verblasst, kommt es schon allein deshalb über kurz oder lang zu einem starken Wiederholungsdrang.«

»Und was ist der zweite Brandsatz?«

»Sein Problem mit der Geschlechtsidentität. Birgt von Haus aus ein extrem hohes Frust- und Leidenspotenzial. Er versucht immer wieder vergeblich, sich seinem Ideal, der von ihm ersehnten Weiblichkeit, anzunähern. Und wird höchstwahrscheinlich genau dadurch zur Lachnummer, zur Zielscheibe von Hohn und Spott. Das ist sein Brandsatz Nummer zwei.«

»Nitro und Glyzerin …«

Ungestümes Klopfen, nur zweimal, da traut sich einer was, dachte Charly noch, dann stand Heinz-Uwe Löhlein in der Tür.

»Chef, Charly – Alarmstufe eins! In der Wache unten sitzt Frauenarzt Dr. Langenau, seine Tochter Ann-Sophie ist seit gestern verschwunden!«

18:50 Uhr – Weißenburg, Danziger Straße

Kevin lag auf dem abgewetzten grauen Teppichboden und spielte lustlos mit seinem neuen Auto. Es war schwarz, und man konnte weder Türen noch Motorhaube öffnen. Auch den Kofferraum nicht. Kevin mochte die Farbe nicht und mochte das Auto nicht. Und er mochte den Mann nicht, der ihm das Auto mitgebracht hatte. Den Mann, der jetzt bei seiner Mama drüben auf dem Sofa saß.

Er hatte einen gruseligen Totenkopf auf seinem dicken Arm. Kevin hatte Angst vor Totenköpfen. Und vor dem Mann, der immer so laut redete. Jetzt sagte Mama gerade etwas. Kevin spitzte die Ohren, hörte »Kevin« und »Kindergarten«. Vorsichtig robbte er näher Richtung Sofa, scheinbar ganz ins Spiel mit dem ungeliebten Auto vertieft.

Der Mann lachte jetzt, laut und dröhnend. Und sagte etwas, wieder viel zu laut: »Ach, du meinst die Scheibler! Sag doch ned Annette, wenn du von seiner Kindergartentussi sprichst, des is für mich nur die Scheibler!« Er wandte seinen massigen, haarlosen Kopf plötzlich Richtung Kevin. »Stimmt's, Kleiner? Oder hab ich recht? Die Annette sieht doch aus wie der Scheibler, wie der Scheibleinsturm drüben in der Stadtmauer! So kurz, so fett, so weiß – und die Augen genauso winzig wie die Turmfensterla!«

Wieder dröhnte sein Lachen in Kevins Ohren, der jetzt das ungeliebte Auto im Stich ließ, um spontan zu Mama hinüberzuflüchten.

Er hatte keine Chance. Der Mann fuhr seinen gruselig tätowierten Arm kurz aus, hob ihn wie ein Spielzeug hoch und setzte ihn auf seinen widerlich warmen Oberschenkel.

»Bass auf, Kevin, jetzt zeig ich dir was!«

Ein fleischiger Finger mit schmutzigem Fingernagel tippte auf die Zeitung vor ihm.

»Schau dir des Bild an, Kevin, schau dir die Drecksau genau an! Das ist keine Frau, das ist ein Kerl, der sich als Frau verkleidet! Der sich dafür extra lange blonde Haare aufsetzt! Der will anderen Leuten Angst einjagen, der will ihnen ganz sehr wehtun, der will sie totmachen … bass bloß auf, wenn du den siehst, renn ganz schnell weg und sag uns Bescheid! So, und jetzt geh noch a weng naus auf'n Spielplatz, der Tobi is doch auch draußen. Ich muss mit deiner Mama noch was Wichtiges besprechen …«

Mama kicherte seltsam und rückte näher an den Mann auf dem Sofa. Kevin drehte sich verwirrt um und trottete langsam hinaus. Auf dem Rasenstück neben dem großen Sandkasten saß Tobi gelangweilt auf seinem schwarz-gelben Ball. Freudig sprang er auf, als er Kevin sah.

»Ey, kommst du mit? Dort vorn … auf dem großen Garagenplatz … da daddsd der Ball doch so gut!«

Sie stürmten beide los, vom Vorplatz ihres Wohnblocks über die Danziger Straße schräg hinüber zu einem gepflasterten Innenhof, der an drei Seiten von Garagen umsäumt war.

»Da daddsd der Ball viel besser«, bekräftigte Tobi erneut.

»Nur die drei Kanaldeckel sind blöd, da verspringt er immer!«

Sie waren schon völlig außer Atem, als Kevin wieder einem versprungenen Ball von Tobi nachjagen musste, der Richtung Egerländer Straße rollte.

»Mann, des mach ich fei jetzt nimmer!«, japste Kevin und blickte sich suchend um.

Erst jetzt merkte er, wie dämmrig es inzwischen war. Ein ungutes Gefühl beschlich ihn. Weit drüben, im sicheren Hafen des Garagenhofs, stand Tobi, die Hände in die Hüften gestützt. Wo war nur der gelbschwarze Ball?

Vorsichtig spähte er um das dunkle Hauseck, den Blick fest auf den Boden gerichtet. Er fuhr erschrocken zusammen, als plötzlich die Haustür ins Schloss fiel, blickte hoch, sah eine Gestalt mit einem seltsamen Koffer auf sich zukommen, männlich, bedrohlich unrasiert, Jeansjacke – und ganz lange, hellblonde, lockige Haare!

»Ey, was suchst denn du?«, rief die Gestalt.

Kevin, der soeben den Schock seines Lebens erlitten hatte, stand nur noch stocksteif am Hauseck, klammerte sich heulend am Fallrohr fest und konnte den Blick nicht mehr lösen von dem Unheimlichen mit seiner grauenvollen, entsetzlichen blonden Frauenfrisur!

22:10 Uhr – Weißenburg, Niederhofener Straße

»Papa, hallo?«

»Valerie – hi!«

»Ja, hi! Ich wollte mich nur schnell bei dir melden … dass alles in Ordnung ist und so …«

»Schön! Wo bist du grad?«

»War grad im Casablanca, beim Ü30-Rock.«

Charly lachte. »Du, mit vierundzwanzig, beim Ü30-Rock?«

»Alles deine Schuld! Du spielst immer so alte Musik, Stones und so …«

»Des is ka alde Musik, des is zeitlose Musik! Kleiner Unterschied, Mäuschen! Bist du jetzt allein?«

»Ja, ich muss nur ein Stück laufen. Ein paar Häuser weiter, bis zum Brandenburger Hof. Dort hat die Sabine heut ein Abteilungsessen gehabt, mit der fahre ich jetzt gleich zurück.«

»Brandenburger Hof, wart amoll … is do ned des Amtsgericht in der Nähe?«

»Genau, das kommt jetzt auf der anderen Seite … hier herüben isses so richtig verlottert, fast unheimlich … ein leeres Haus, ein verwilderter Innenhof, eine dunkle alte Scheune … Hey, die Scheißnazis! Des gibt's ja gar ned!«

»Was denn? Was machst denn du, Valerie?« Charly wurde unruhig. »Geh ganz normal zu Sabine! Keine finsteren Abkürzungen!«

»Mach ich doch gar ned! Stell dir vor, direkt gegenüber vom Weißenburger Amtsgericht, das springt jedem, der zum Gericht fährt, ins Gesicht! Ein großes Nazi-Graffito, diese Triskele da, von *Blood and Honour …«*

»Die sind schon seit 2000 verboten.«

»Eben! Und daneben steht riesengroß an der Wand ›Antifaschisten fisten‹. Das ist doch ein knallharter Aufruf zur Gewalt, ein Aufruf zur sexuellen Gewalt gegen Andersdenkende!«

»Valerie …«

»Ja! Und so was direkt gegenüber von einem Gericht, da fahren tagtäglich Richter und Staatsanwälte vorbei, das stört die überhaupt nicht, ey, das geht denen am Allerwertesten vorbei, die denken nur an die nächste Beförderung!«

Meine Tochter, dachte Charly in einem spontanen Anflug von Stolz und Zärtlichkeit.

***

Valerie war ganz an die Hauswand herangegangen und prüfte im schwachen Restlicht der nächsten Straßenlampe den Graffito-Untergrund. Das Graffito musste schon Monate, wenn nicht Jahre auf dieser Wand stehen.

Urplötzlich ein Rascheln im verwilderten Gestrüpp zwei Schritte neben ihr; zu Tode erschrocken sah Valerie eine große Gestalt im dunklen, verwilderten Hinterhof stehen, an der Hose nesteln – und eine lange blonde Lockenmähne mit einer kurzen Kopfbewegung nach hinten schleudern! Ein gellender Schrei, das Handy rutschte ihr aus der Hand, in panischer Angst flüchtete sie zurück Richtung Straße, zurück auf den erleuchteten Gehsteig.

»Hey, was ist denn …« Kopfschüttelnd hob der Mann das Handy auf.

***

»Valerie! Valerie, was ist passiert?«, brüllte Charly am anderen Ende. Wieder schossen Bilder von damals durch seinen Kopf, Bilder vom Bootshaus in Unterwallenstadt, wo Valerie sich stundenlang in der Gewalt eines Psychopathen befunden hatte.

Gelähmt vor Entsetzen hörte Charly plötzlich eine unbekannte, tiefe Männerstimme am anderen Ende.

»Hallo …? 'tschuldigung … hier ist Tony Spohrer …«

»… lassen Sie sofort meine Tochter los, hier ist die Polizei, SOKO Franken in Coburg, ich bin der SOKO-Chef, lassen Sie sie sofort los …!«

»Ey, Alder, hast du noch alle Tassen im Schrank? Oder geht's wirklich schon auf Vollmond zu? Ich hab den ganzen Abend mit meiner Band im Casablanca gespielt … und deine Tochter war doch auch drin, jetzt reißt sie schreiend aus, als sie mich hier draußen sieht! Mannomannomann; vorhin kriegt ein kleiner Bub einen Weinkrampf, als er mich aus dem Haus gehen sieht … leckt mich doch am Arsch, heut drehen doch wirklich alle hier am Rad …!«

Sonntag

21:58 Uhr – Coburg, Lossaustraße

Charly hatte es sich zur Gewohnheit gemacht, an »SOKO-Sonntagen« den Spider zu Hause stehen zu lassen und zu Fuß ins Büro zu gehen. Für den Rückweg jetzt, von der Neustadter Straße an den Ölberg, bedeutete dies, bei strammem Tempo, eine gute Stunde: Endlich mal den Kopf auslüften, nach einem Zwölf-Stunden-Sonntag im Büro …

Durch die Lossaustraße fegte ein schneidender Wind. Charly vergrub die Hände tief in seiner Lederjacke. Mit einem Satz nahm er die vier Stufen zum Bahnhofseingang hoch. Die gefühlte Hälfte der Strecke war geschafft, jetzt den Bahnhof samt Unterführung durchqueren und dann, als kleine sportliche Einlage, den Judenberg hoch zum Plattenäcker und dann unterhalb der Berufsschule den Fußweg vor zum Hofbrauhaus.

Die Bahnhofshalle, kurz vor dem letzten Zug: alles andere als einladend. Neonlicht, schäbige alte Steinfliesen. Buchhandlung und Imbiss waren längst geschlossen. Zwei kurz geschorene schmächtige Jungs in ausgeleierten Kapuzenpullis lungerten vor dem dunklen Schalterraum. Ein ungepflegter alter Mann schlurfte schwerfällig vorbei, ohne Charly zu beachten. Er stank nach Fritteuse und brabbelte in einer unverständlichen Ostblock-Sprache vor sich hin. Die gesprungene Glastür, seit Wochen nur notdürftig mit einer Holzplatte gesichert, wie Charly mit wachsendem Ingrimm konstatierte.

Bahnhof Coburg, du alte Residenz-Schlampe: Dutzende gehen täglich über dich – doch du kriegst nur 'nen neuen Lidstrich …

Die Absätze seiner Stiefel knallten durch die niedrige Unterführung, hämmerten monoton »So – phie, So – phie, So – phie …«. Sofort drängte sich der Fall wieder aus dem Unterbewusstsein herauf, schlagartig waren wieder sämtliche Fakten präsent:

Ann-Sophie Langenau, sechzehn Jahre, Schülerin der elften Klasse des Casimirianums Coburg.

Ein Meter sechsundsechzig, einundfünfzig Kilogramm, blonde glatte schulterlange Haare, dunkelbraune Augen, sehr grazile Figur.

»Coburgs größtes Tanztalent, seit Nora Henderson vor dreißig Jahren nach München ging« (Süddeutsche Zeitung)

Eltern: Dr. Sven Langenau, Gynäkologe, in zweiter Ehe verheiratet mit Vic Leduc Langenau (vietnamesische Staatsbürgerin, Stiefmutter). Ann-Sophies Mutter verstorben 2004 bei einem Unfall im Urlaub an der Côte d'Azur.

Ann-Sophie verließ am Freitag um sechzehn Uhr das Elternhaus am Ölsch in Scheuerfeld und fuhr mit dem Bus in die Stadt. Sie wollte in den Drogeriemarkt Müller in der Spitalgasse und sich um siebzehn Uhr im Café M mit ihrer Schulfreundin Anne treffen. Dort kam sie jedoch nie an. Ihr Handy ist ausgeschaltet. Kein Streit mit den Eltern, keine schulischen Probleme. Kein fester Freund. Sie fieberte laut Aussage der Eltern seit Tagen ihrem großen Auftritt entgegen: »Sie hat keine Angst davor, sie ist richtig stolz darauf, sie lebt nur für ihren Tanz … Schule, Training und dazwischen ihre Massage- und Kosmetik-Termine, sie tut alles für eine professionelle Performance!«

Dr. Sven Langenau, am Dienstag noch arroganter Akademiker, heute ganz der gebrochene Vater. Absolut nachvollziehbar – und trotzdem blieb ein winziger Rest Unbehagen, ja, Antipathie zurück. Es kann doch nicht nur die natürliche Abneigung gegen braun gebrannte Selbstdarsteller in ihren dicken Schlitten sein, sinnierte Charly. Nicht nur der gesunde Sozialneid des schlecht bezahlten Polizisten …

Irgendetwas stimmte mit Langenau nicht. Oder war es seine seltsame Frau, Ann-Sophies Stiefmutter? Eine bildschöne Vietnamesin, Mitte dreißig, die auch nach sieben Jahren Ehe nur Französisch sprechen wollte … Ihr Aussehen, das hautenge Kleid und ihre bis zur Hüfte reichenden schwarz glänzenden Haare hatten sich heute wie ein Lauffeuer unter den Kollegen herumgesprochen.

Charly konnte sich nicht erinnern, wann er zuletzt so oft unter dubiosen Vorwänden im Büro gestört worden war: »Suche dringend den Umlauf von letzter Woche …«, »Hast du die Speisekarte der Finanzamtskantine …?«, »Ist Heinz-Uwe wirklich nicht bei dir …?«

Vic Leduc schien es nicht zu bemerken, ihr Gatte reagierte umso auffälliger.

»Könn' Sie verflucht noch mal nicht endlich für Ruhe in der Bude sorgen!«

Charly hatte den Fußweg am Hang des Plattenäckers erreicht. Der steile Anstieg und die einsame Lage waren der Preis für den faszinierenden Panoramablick auf das nächtlich erleuchtete Coburg. Gekrönt von der Veste, markiert durch Morizkirche und Ketschentor.

Ein Doppelstockzüglein aus Lichtenfels lief langsam in den Spielzeugbahnhof ein. Und über dem Airbus-Zulieferer hing der Halbmond: trügerisch weiß, schwer und unbeweglich.

Wo war Ann-Sophie?

***

»Riders on the storm, there's a killer on the road …«

Seine leicht geöffneten Lippen glänzten tiefrot, verzückt lächelnd bewegte er sich zum unheilschwangeren Sound der Doors; psychisch wie physisch gleichermaßen fasziniert von der trägen, lasziven Dominanz Jim Morrisons.

Federleicht schwebten Schlagzeugbesen und Piano durch schweres Gewitter; scheinbar planlos und doch unterschwellig gelenkt und dirigiert wie aus tiefster Finsternis, unheimlich und unaufhaltsam. Eine berauschend leichtfüßige Inszenierung, über sieben Minuten lang … was für eine »Banalität des Bösen« … ein Titel aus dem Bücherregal fiel ihm plötzlich ein, im Zimmer zu Hause, in das er sooft eingesperrt war.

Was für eine wundervolle Einstimmung …

Versonnen musterte er sich im Spiegel und strich durch sein langes blondes Haar. Dann zündete er noch ein letztes Teelicht an. Die Doors waren verstummt. Durch die angelehnte Tür hörte er voller Vorfreude, wie das schmerzerfüllte Schluchzen in erschöpftes Wimmern überging …

***

Wo war Ann-Sophie?

Charly biss die Zähne zusammen, bevor er die Dusche brutal auf heiß und wieder zurück auf eiskalt drehte. Der Schock kam mit erfreulicher Verzögerung. Die Fitness ist noch nicht ganz zum Teufel, dachte er. Prustend und schnaubend stellte er das Wasser ab und schnappte sich das weiße Handtuch *»Skeppsholmen Stockholm«*, Souvenir eines denkwürdigen Schweden-Trips Anfang der Neunziger mit Bernie Winter: »Mensch, Alter, Mittsommernacht in Schweden – da geht was ab, das Oktoberfest is ein Kindergeburtstag dagegen!«

Und Bernie hatte nicht zu viel versprochen. Pamela, mit ihrer Stupsnase und den weizenblonden Augenbrauen … und Livia, ihre kleine Schwester mit dem Knackpo, die mit gefühlten drei Promille noch wie Rallye-Ass Björn Waldegaard über die Landstraße driftete, bis hinab zu der kleinen Hütte am See … Mittsommer in Schweden!

Spaziergang und Dusche hatten seine Lebensgeister wieder geweckt. Leise vor sich hin pfeifend schlüpfte er in seinen schwarzen adidas-Bademantel, drückte im Wohnzimmer »CD 1« und fläzte sich auf seinen alten Knautschsack. Entspannt wanderte sein Blick über das riesige Platten- und CD-Regal und den übersichtlichen Bücherschrank daneben. Ein Henning Mankell stach ihm ins Auge, »Vor dem Frost«, und rief plötzlich hässliche Bilder in ihm hervor:

Zwei unschuldige Schwäne, von Tierquälern mit Benzin besprüht und in Brand gesetzt, ängstlich suchten sie hochzufliegen, unter qualvollen Todesschreien stürzten sie brennend ab …

»War, children, is just a shot away, shot away,
Love, sister, is just a kiss away, kiss away …«

Wo war Ann-Sophie?

***

»Into this house we're born, into this world we're thrown … Riders on the storm«.

Nachdenklich betrachtete er die unscheinbare alte Spielkiste. Ihre grüne Farbe war im Laufe der Jahre verblichen und an den Kanten abgeblättert. Seit vielen Jahren hatte er sie nicht mehr geöffnet. Doch ihr Inhalt, er wusste es auf Anhieb, war immer noch pures Dynamit. Er streckte eine frisch manikürte Hand aus, zog mit spitzen Fingern ein altes Heft mit fleckig braunem Einband heraus.

»Mein Tagebuch«, in bemühter Schönschrift mit dem Schulfüller,

darunter, mit dickem schwarzen Filzstift: *»Wer das liest mus sterben!«*, dreifach unterstrichen, und ein Totenschädel mit gekreuzten Knochen.

»8. April. Mein 9. Geburtstag. Mein schlimmster Geburtstag. Mama tut nur herumschreien und Papa tut kofferpacken. Ich muss dauernd weinen. Weil sie meinen geburtstag vergesen haben und dauernd so laut streiten. Jetzt bin ich wider eingespert weil mein pipi in die Hose gegangen is. Immer wenn ich schrei und an die Tür haue macht Mama die Musik im Wonzimmer ganz laut. Ich krich unter meine Bettdecke und halt mir die ohren zu. Das klavier ist so kalt und bös. Es will in meinen Kopf krichen. Aber da solls nicht rein bittebitte geh wider raus das wünsch ich mir so sehr heut ist doch mein geburtstag.«

Er ließ das Heft fallen und fuhr sich über die Augen. »Nein … nein …«, flüsterte er, »bitte nicht, bitte nie, nie, mehr …«

Zu spät.

Ping … pingpingping … ping …

Qualvoll stieg ein Klavierton in seiner Erinnerung hoch … Brutales, nervenzerfetzendes, rechthaberisches Geklimper; kalt, seelenlos und abgrundtief böse:

Pingpingpingping … piingg!

***

Charly schlug den Mankell wieder zu. Die Schwanen-Szene hatte ihm, trotz der naheliegenden Ballett-Assoziation, nicht die erhofften Inspirationen gebracht. Er wollte den Krimi gerade ins Regal zurückstellen, als ein seltsames Lesezeichen aus dem Buch rutschte, fast so breit wie eine Postkarte. Ungewöhnlich. Und überflüssig obendrein: Eselsohren sind viel sicherer und reichen doch völlig aus … Neugierig zog er die Karte heraus.

Ein paradiesischer roter Sonnenuntergang. Mit Valeries Konfirmationsspruch:

»Und nähme ich Flügel der Morgenröte
Und bliebe am äußersten Meer
So würde auch dort deine Hand mich führen
Und deine Hand mich leiten.«
(Psalm 139, 9–10)

Schwermütig, fast sehnsüchtig atmete er durch. Er spürte, wie eine seltsam spontane Erleichterung in ihm aufstieg. Nicht zum ersten Mal, wenn er unerwartet auf ein Bibelzitat stieß. Vielleicht hatte die Großmutter in Buch am Forst deshalb so oft darin gelesen …

»Und nähme ich Flügel der Morgenröte
Und bliebe am äußersten Meer
So würde auch dort deine Hand mich führen
Und deine Hand mich leiten.«

Nein, das Problem selbst war dadurch nicht vom Tisch. Ann-Sophie blieb verschwunden, blieb in akuter Lebensgefahr – wenn sie überhaupt noch am Leben war. Doch sein Blickwinkel änderte sich. Die lähmende Anspannung wich neuem Ansporn.

Unwillkürlich ballte er die Faust. Ann-Sophie musste …

Satisfaction.

Er fuhr zusammen. *»Anruf Barbara«,* las er verblüfft.

»Ja?«

»Bist du … bist du auch noch so wach?«

»Nee.«

»Aha.« Stille. »Kann ich … kann ich hochkommen?«

»Was? Du stehst unten vorm Haus? Komm rauf.«

Er drückte den Summer. Scheiß-Bademantel, schnell was überziehen, sie musste vier Stockwerke hoch, gerade lang genug für Jeans und weißes T-Shirt.

»Hi.«

Charly erschrak. Die sonst so selbstbewusste Bayerin stand mit hängenden Schultern vor ihm. Unnatürlich blass, ihre Augen leicht gerötet.

»Hi.« Die Andeutung eines Lächelns, ein kleiner Fingertipp auf seinen Unterarm. Langsam ging sie an ihm vorbei ins Wohnzimmer. Ein Hauch »Christina Aguilera« schwebte in der Luft, vermutlich schnell noch im Auto aufgetragen … Angeregt folgte er ihr. Sie setzte sich auf die Couch, schlug die langen Beine übereinander. Die muss fünfzig Paar schwarze Pumps haben, dachte Charly, jeden Tag wie neu, auf Hochglanz poliert.

»Koan Sex«, sagte sie brüsk. »Koan Sex!«

Charly ärgerte sich. Was bildete sich die g'scherte Bayerin eigentlich ein, nachts um dreiundzwanzig Uhr zehn in seiner Wohnung …

»Keine Angst, Baby«, provozierte er sie. »Hab mir schnell noch einen runtergeholt, als du die Treppe hoch bist … War das schon alles? Oder gibt's auch was Neues?«

Sie schwieg. Blickte mit ihren schwarz bewimperten großen Augen ausdruckslos in die Ferne. Draußen dröhnte gerade der letzte Stadtbus den Ölberg hoch.

»Ann-Sophie lebt«, sagte sie leise. »Ich bin mir sicher. Er hat sie in seiner Gewalt, aber sie lebt noch. Und dieses Gefühl lässt mir keine Ruhe, ich bin den ganzen Tag schon dermaßen aufgewühlt.«

»Und genau das irritiert dich«, stellte Charly fest. »Deine professionelle Distanz, die kühle Sachlichkeit … alles weg.«

Sie nickte. »Weil damit auch unser Pilotprojekt, meine Einbindung in die SOKO vor Ort, diesmal gescheitert ist … I hätt glei in Minga bleim soll'n«, verfiel sie in tiefstes Altbayerisch. »Des bleede Pilotprojekt …« Sie schluckte. Schluckte gleich noch einmal, versuchte krampfhaft, ein Schluchzen zu unterdrücken.

Jetzt nur nicht eingreifen. Alte Verhörerfahrung. Wenn was hochsteigt, muss es raus …

Gleich darauf hatte sie sich wieder gefangen. Ein kurzes Schniefen noch, dann war aus der sensiblen, verletzlichen Frau wieder die taffe Profilerin geworden.

Schade, zu kurz. Nicht tief genug. »Was ist wirklich passiert, Barbara? Erzähl mir's einfach. Deshalb bist du doch gekommen.«

Sie schloss die Augen.

»Des Arschloch hat mich betrogen«, brach es plötzlich aus ihr heraus. »So was is mir noch nie passiert! Noch nie im ganzen Leben!« Sie warf sich wütend herum und begann, zusammengerollt wie ein Embryo, in ein Sofakissen zu schluchzen.

Er sah, wie ihre Schultern zuckten. In meiner Wohnung kommt diese Frau ja immer ganz schön in Wallung, schoss es ihm noch zynisch durch den Kopf, bevor er sich, hin- und hergerissen zwischen Berufserfahrung und persönlich-hilfloser Zuneigung, dazu durchrang, ruhig abzuwarten. Auch im Halbprofil von hinten wirkte ihre Bluse heute wieder viel zu eng.

»Host du a Taschentuch für mi?« Ohne sich umzudrehen, streckte sie eine fordernde Hand nach hinten aus. Nur mit Mühe widerstand Charly seiner spontanen Versuchung, ihr etwas sehr Lebendiges in die schlanken gepflegten Finger zu legen.

»Hier.«

»Danke.«

In ihrer Embryolage verharrend, wischte sie sich über die Augen und putzte ausgiebig die Nase. Endlich setzte sie sich wieder auf. Ungeschützt, mit gerötetem Gesicht, begegnete sie entschlossen seinem Blick.

»'tschuidige. Aber wahrscheinlich hab ich genau das gebraucht. Allein im Hotel hat des irgendwie ned so funktioniert.«

»Interessant. Ich war also nur … ein Objekt für dich …?« Süffisant zog er eine Braue hoch, um gleich darauf wieder zurückzurudern. »Ey, komm, war doch nicht so gemeint! Ich schenk uns jetzt erst mal was ein, und wenn du magst, erzählst du einfach was.« Er holte zwei Gläser, setzte sich neben sie und entkorkte seinen einzigen Rotwein. »Für ganz extreme Emotionen – ein 2005er Brunello di Montalcino!«

»Sogt mir gar nix«, grantelte sie noch, doch ihre Gesichtszüge hatten sich merklich entspannt. »Danke. Eigentlich gibt's ned vui zum Erzähl'n. I war jetzt vier Monate mit eam z'samm. Ein neuer Kollege in der Abteilung. So ein Überflieger-Typ, Spitzname ›Officer‹. Drahtig, sportlich, Triathlet. Super-Beurteilung – aber trotzdem irgendwie sympathisch …«

»Wie alt?«

»Dreiunddreißig.« Charly verkniff sich jeden Kommentar. Zwölf Jahre jünger als du …

Sie schien Gedanken zu lesen. »Richtig gerechnet«, sagte sie ohne zu lächeln. »Zwölf Jahre jünger.« Sie drehte an ihrem schmalen silbernen Armreif, den sie als einziges Schmuckstück trug. »Und gestan ruft mi mei beste Freindin o und frogt, seit wann mir nimma z'samm san, sog i, warum, und sie sogt, der ›Officer‹ hod in Bad Füssing in da Therme mit na kloana Rothaarigen rumknutscht, über und unter Wasser, und nachad san sie eng umschlungen ins orientalische Bad für zwoa vaschwunden …«

Sie nippte an ihrem Wein. »Und zu mir hod er g'sogt, er dad mit seine Kumpel a paar Tog MTB foahr'n … i war ja so bläd!«

»So Zeuch bassier'd im Leb'n, Barbara. Kann genauso gut andersrum bassier'n«, sagte Charly mit belegter Stimme. In seinem Hinterkopf hämmerte wie verrückt Bruce Springsteen *»Glory days, in the wink of a young girl's eye«*.

»Und dann stürzt du plötzlich ins Bodenlose, quälst dich mit Selbstvorwürfen, denkst, wie konnte ich mich zu so was hinreißen lassen …« Er brach ab. »Ach Schmarrn. Was red ich für einen Scheiß, vergiss es ganz schnell wieder.« Ein tiefer Schluck. Ihr Schweigen irritierte ihn. Er suchte ihren Blick, fand zurück in ihre großen graublauen Augen.

Sie schien ihr zerlaufenes Make-up völlig zu vergessen. Unverwandt ruhte ihr Blick auf ihm.

»So kenn i di ja überhaupt ned«, sagte sie leise. »Seit wann hod denn oaner wie du Selbstzweifel?«

Ihre Augen kamen immer näher. »I hob nia vagess'n, wos du damals zu mir g'sogt hosd … wia du mir erklärt hosd, warum Polizistenehen so oft scheitern, woaßt no?«

Er nickte langsam. »Wegen unserer Selbstherrlichkeit. Und wegen unseres permanenten Misstrauens.«

Sie legte ihm schnell den Zeigefinger auf die Lippen. »Aba mia san aa ned schlechter wia die ander'n …« Eine Haarsträhne kitzelte ihn im Gesicht, ihre Grübchen zogen ihn magisch an.

»Sowieso. Wir haben bloß mehr Lebenserfahrung …«

Weiter kam er nicht, wollte gar nicht mehr weiter kommen, wollte nur noch ihre Lippen spüren, lustvoll diesen unbeschreiblichen Mund erobern, schier endlos Fangen spielen mit ihrer flinken, frechen Zunge …

Provozierend presste sie sich an ihn, ihre atemraubende Körperwärme setzte ihn vollends in Brand, er spürte ihre Hände auf seiner Haut, wie sie sich zielstrebig fordernd unter sein T-Shirt schoben; viel zu eng war ihre Bluse, ein Knöpfchen riss ab, *don't take no prisoners – no limits anymore;* schließlich, vor Geilheit strotzend, ein ungelenkes Abstreifen allerletzter Reste an Stoff und Scham, endlich pure Nacktheit zu zweit, sie versuchte scheinbar auf dem Sofa in Position zu gehen, griff dann aber weit nach hinten, »desmoi ohne dei Rentnerband«, ihr ausgestreckter Finger reichte gerade noch an die Wechseltaste des CD-Players, der abrupt die Stones abwürgte und durch einen alten James-Brown-Sampler ersetzte, *»Say it loud, I'm black and proud«*, zufrieden kicherte sie in Charlys Ohr.

Wortlos packte Charly die Überraschte, trug sie, ein dreifach Hoch dem täglichen Hanteltraining, gespielt lässig ins Schlafzimmer, warf sie mit Schwung auf sein französisches Bett und hechtete hinterher, um gleich darauf gierig mit ihr einzutauchen in einen wilden Strudel lüsternen Gebens und Nehmens und sich schließlich, textbefeuert durch James Brown, hineinzufinden in einen ureigenen, gemeinsamen feuchtheißen Rhythmus:

»Say – it – loud, – I'm – COP, – I'm – proud!; – say – it –loud, – I'm – COP, – I'm – proud ...«

»Der Körper hat etwas Heiliges«, zitierte Charly genüsslich. »Sagt Mauro Bigonzetti. Den kennen Sie doch, Frau Henderson, oder?« Befriedigt registrierte er ihre Überraschung. »Der Körper hat etwas Heiliges. Das sagen auch wir bei der Kriminalpolizei.«

»Kommen Sie deshalb zu mir in die Wohnung?«, zischte Nora. »Wollen Sie mir von Bigonzettis neuester Choreografie vorschwärmen?«

»Natürlich nicht, Frau Henderson«, beschwichtigte sie Tom. »Das Zitat zeigt doch nur unsere Gemeinsamkeit auf!«

Kripo und Balletttanz ...

»Wir wollen Ann-Sophie finden, wir arbeiten seit achtundvierzig Stunden rund um die Uhr, und wir suchen dabei jede nur denkbare Unterstützung. Sie kennen Ann-Sophie doch schon länger?«

»Zwei Jahre. Zweieinhalb.« Sie nippte erstmals an der Teetasse, an der sie sich festhielt, seit sie Tom und Charly in die Wohnung gelassen hatte.

»Was für ein Typ ist Ann-Sophie?«, fragte Charly. »Sie haben jahrzehntelange Erfahrung mit jungen Tänzerinnen, mit jungen Frauen. Wie würden Sie Ann-Sophie charakterisieren?«

Die Choreografin des Landestheaters trat an das hohe Wohnzimmerfenster. Im Westen, grobe Richtung Goldbergsee, türmten sich dunkle Gewitterwolken bedrohlich auf. Kleine Windböen zerrten und rissen an den ungepflegten Blumenkästen an Fenster und Balkon.

»Ann-Sophie ruht in sich«, sagte Nora. »Sie ist erst sechzehn, aber sie hat eine unglaubliche innere Kraft und Ruhe. Das macht sie so ausdrucksstark, sie liebt und lebt den Tanz. Und der Tanz liebt sie. Auch wenn Sie damit wahrscheinlich nichts anfangen können.«

Charly setzte gerade zu einer Erwiderung an, als die Tür aufgerissen wurde. Ein schlaksiger Strubbelkopf im weißen Hemd und schwarzer Latzhose musterte erstaunt die beiden Besucher.

»Hallo … wir kennen uns doch?«

Tom reagierte zuerst. »Neulich auf der Ernstfarm? Bei Victor?«

»Ja, genau!« Ein breites Grinsen zog über sein Gesicht. »Willst du mich nicht vorstellen, äh … Mutter?«

»Mein Sohn Aron«, sagte Nora steif, mit geblähten Nüstern. »Persönlicher Assistent von Victor … die Herren von der Polizei kennst du ja offensichtlich schon!«

»Aron – dann ist Steve wohl Ihr Künstlername?«, fragte Charly ironisch.

»Mein zweiter Vorname. Aron Steve.«

»Preile«, ergänzte Nora, »nicht Henderson. Aron ist mein Sohn aus erster Ehe.« Sie deutete auf ein Hochzeitsbild an der Wand, inmitten einer Sammlung schwarz gerahmter Familienfotos und Porträts verschiedener Größen. Ein Farbfoto, dessen Kräfte langsam schwanden, über das sich ein leicht bräunlicher Schleier legte: Der stämmige, breitschultrige Bräutigam mit Dschinghis-Khan-Schnauzer und Backenbart, in Schlaghosen und auf Plateausohlen. Daneben Nora, schon damals mit schwarzer Pferdeschwanzfrisur, mit hellblauem Lidschatten und deutlichem Babybauch unter ihrem ärmellosen weißen Kleid. Charlys Blick wanderte weiter über die Fotosammlung. Der Bräutigam war nicht mehr vertreten, dafür rückte ein kleines Mädchen in den Vordergrund: einzeln ohne Nora. Mit Nora. Mit Nora und einem anderen Mann – »mein zweiter Gatte Colin Henderson, Ballettchoreograf an der Bayerischen Staatsoper«. Mit anderen Kindern bei der Einschulung, im Tutu, mit strahlendem Lächeln auf Spitze posierend.

»Sie haben noch eine Tochter?«

»Hatte.« Schlagartig verdüsterte sich Noras Blick. »Ninotschka … ich meine, Nina. Sie ist … verunglückt.«

»Das tut uns leid, Frau Henderson. Hat sie … hat sie auch getanzt?«

Aron verdrehte stumm die Augen. Falsche Frage vermutlich …

»Getanzt?« Sie lachte unangenehm schrill auf. »Ob sie … getanzt hat? Kommen Sie mal mit, dann zeige ich Ihnen was!«

Ohne eine Antwort abzuwarten, eilte sie in den Flur hinaus und blieb vor der letzten Zimmertür ganz hinten stehen. Sie kramte einen Schlüsselbund aus ihrem grauen Kapuzensweater und schloss auf. Charly bemerkte, dass ihnen auch Aron neugierig gefolgt war.

»Das … ist meine Tochter!« Mit dramatischer Geste wies sie auf ein lebensgroßes Schwarz-Weiß-Poster einer hochkonzentrierten jungen Ballerina. »Ein Jahrhunderttalent«, hauchte sie.

»Ninotschka – Für immer in unsterblicher Liebe.«

Eine kranzlose Schleife zu Füßen des Bildes, links und rechts flankiert von einem Meer künstlicher Blumen in Vasen und Töpfen. Darüber, an der Wand, ein wahrer Wust von Erinnerungsstücken: Zeitungsausschnitte, Fotos, Ballettschuhe, Haargummis, Stulpen, ein Plakat. *»Ballett der Bayerischen Staatsoper – Gala der Nachwuchspreisträger, 17. April, 20:00 Uhr. Solo: Nina Henderson.«*

»Ein Hausaltar.« Mit belegter Stimme sprach Aron aus, was alle dachten. »Das kannte ich ja noch gar nicht.«

Nora ging nicht darauf ein. Sie knipste das Licht aus und schloss die Tür ab.

Wieder gingen sie den langen, hohen Flur entlang Richtung Wohnzimmer. An der Treppe wollte sich Aron mit einem leisen »Wiederschau'n« davonstehlen.

Charly konnte ihn gerade noch zurückhalten. »Moment, Herr Preile, nicht so schnell, wir brauchen Sie noch kurz!« Missmutig trottete Aron mit.

»Wo waren Sie in der Nacht von Samstag auf Sonntag?«

»Im Internet versumpft. Fernsehen ist nicht so mein Ding«, fügte er an und wies mit Daumen auf Nora. »Schon gar nicht zusammen mit ihr auf dem Sofa!«

»Vielleicht bei Victor auf dem Sofa?«, fragte Tom provozierend. »Oder war der Meister auch unterwegs?«

»Der Meister ist ständig unterwegs …« Aron linste verstohlen auf seine weiße Swatch-Armbanduhr. »Er muss ja seine Kalendertournee absolvieren.«

»Kalendertournee?«

»Er fotografiert doch für den nächsten ›Süddeutschen Ballettkalender‹. Ist jetzt ständig auf Achse, München, Nürnberg, Würzburg, jetzt noch Stuttgart, Hof …«

Wieder wich Aron Charlys prüfendem Blick aus, suchte immer wieder Nora, die Tom jetzt in Beschlag genommen hatte.

»Victor gefällt mir gar nicht in der letzten Zeit«, sagte er schließlich. »Fragen Sie mich nicht, warum. Das ist mir neulich schon aufgefallen, als Sie bei uns im Atelier waren. Ganz extreme Stimmungsumschwünge … wahrscheinlich wird der Stress langsam doch für ihn zu viel.«

Nora schaltete eine altertümliche Stehlampe ein. Obwohl die Glocken von St. Augustin, weiter unten am Berg, gerade erst neun Uhr schlugen, verdunkelte die herannahende Regenfront den Himmel immer mehr. Weit hinten, bei Schloss Callenberg, zuckte ein Blitz herab. Mittlerweile war auch das Gespräch zwischen Tom und Nora verstummt. Ungemütliche Stille lastete für einen Moment im Raum.

»Kennen Sie Ann-Sophie Langenau?«, wandte sich Charly wieder an Aron.

»Nur aus der Presse. Und aus ihren«, wieder zeigte er auf Nora, »begeisterten Berichten natürlich.«

»Ist sie so begeistert von ihr?«

Aron winkte geringschätzig ab. »›Dieser tänzerische Ausdruck, in diesen jungen Jahren schon‹«, äffte er die Stimme seiner Mutter nach, »›wie meine Ninotschka!‹ Hast du doch immer gesagt, stimmt's?«

»Das ist … geschmacklos, Aron!« Nora saß kerzengerade, ihre Lippen waren nur noch ein Strich. Wieder zuckte draußen in der Ferne ein Blitz. Wie in einem schwarz-weißen US-Film, dachte Charly. Wir sind doch nur am Coburger Festungsberg … Er nickte Tom kurz zu, der sofort übernahm.

»Frau Henderson, die Eltern sagen, Sie waren Ann-Sophies großes Vorbild und ihre einzige Kontaktperson außer ein paar Schulfreundinnen.«

»Ich weiß nicht, was Sie mir damit unterstellen wollen!«

»Warum denn immer gleich in die Defensive, Frau Henderson? Gibt es dafür einen Grund?«

Charly klinkte sich wieder ein. »Ihrer Erfahrung nach, Frau Henderson – was könnte Ann-Sophie dazu bewegen, plötzlich abzuhauen? Hatte sie irgendein privates Problem, von dem ihre Eltern vielleicht nichts wussten, hat sie Ihnen etwas anvertraut?«

Sie schüttelte energisch den Kopf. »Ann-Sophie hat mir gar nichts anvertraut. Wir hatten keinen privaten Kontakt, ausschließlich künstlerischen.«

Charly überlegte.

»Fiel Ihnen rein künstlerisch etwas auf, tanzte sie in letzter Zeit unkonzentrierter, schlechter … oder umgekehrt, noch ausdrucksstärker als sonst?«

Wieder ein gebieterisches Kopfschütteln. »Gar nicht. Überhaupt nicht.« Draußen war erstes Donnergrollen zu vernehmen.

Charly seufzte. Seine Sitzfläche auf der englischen Ledercouch war endlich angewärmt, die Gesprächsatmosphäre dagegen unverändert frostig. Er entschloss sich zum Frontalangriff.

»Frau Henderson – Kim wurde sadistisch gefesselt und auf brutalste Art und Weise ermordet. Tanja Malischek muss den Rest ihres Lebens im Rollstuhl verbringen. Jetzt verschwindet mit Ann-Sophie Langenau eine Ballerina aus Ihrem engsten Umfeld – und Sie als Insiderin, als beste Kennerin der Szene, geben sich unwissend und ahnungslos, Sie haben keinen Verdacht und keine Idee. Das ist unerträglich, Frau Henderson! Genauso unerträglich wie die Vorstellung, dass sich Ann-Sophie jetzt in der Hand dieses Wahnsinnigen befindet und –«

»Hören Sie auf! Hören Sie sofort auf!«

»Wir fangen gerade erst an, Frau Henderson –«

Ein ohrenbetäubender Donnerschlag ließ alle zusammenfahren. Charly fing sich als Erster wieder.

»Ausgerechnet Ann-Sophie hat er in seiner Gewalt, ein Jahrhunderttalent – wie Ihre Ninotschka!«

Atemlose Stille. Nora war auf ihrem hochlehnigen Stuhl zur Salzsäule erstarrt. Heftiger Regen begann an die Fenster zu prasseln. Wie in Zeitlupe erhob sich die Choreografin, ohne Charly und Tom auch nur eines Blickes zu würdigen.

»Verlassen Sie sofort mein Haus. Ich werde mich bei Ihrem Vorgesetzten über Sie beschweren und Herrn Staatssekretär Vöhringer einschalten. Ich fahre jetzt ohnehin gleich nach München. Aron, begleite die Herren zur Tür!«

»Schade, Frau Henderson, wirklich schade!« Charly steckte sein

Notizbuch wieder ein und stand auf. »*Der Körper hat etwas Heiliges*. Erst recht der lebende Körper von Ann-Sophie Langenau. Bitte rufen Sie uns an, wenn Sie es sich anders überlegen.« Er warf eine Visitenkarte auf die schwere dunkle Anrichte und folgte Aron in den langen Flur.

»Wo ist eigentlich Herr Henze?«

»Der Herr Professor? Hat irgendwelche Termine in Düsseldorf. Kommt am Wochenende wieder ... aber weil Sie mich danach fragen, mir geht schon die ganze Zeit etwas nicht aus dem Kopf, warten Sie bitte mal kurz, das muss ich Ihnen zeigen.« Aron huschte in das Zimmer, vor dem sie gerade standen, und kehrte gleich darauf wieder zurück. Ein absichernder Blick nach hinten Richtung Wohnzimmer, Nora war nicht zu sehen.

»Sie haben vorhin von sadistischer Fesselung gesprochen, schauen Sie sich das hier mal an! Ich habe kürzlich mal bei Henze im Zimmer gestöbert; wir konnten uns noch nie leiden«, fügte er entschuldigend hinzu und drückte Charly verstohlen eine DVD in die Hand. »Davon gibt's übrigens eine ganze Schublade voll.«

Japanische Schriftzeichen.

Zwei nackte junge Frauen.

Beide kunstvoll gefesselt.

Shibari.

»Gefahr im Verzug – wir haben das sofort sichergestellt, Chef!« Charly stellte einen kleinen Karton voller DVDs und CD-ROMs, fein säuberlich durchnummeriert, geordnet und mit ein paar frischen Regentropfen benetzt, auf den Schreibtisch. Interessiert zog Ritter ein Exemplar heraus.

»Unglaublich ... sechsunddreißig Stück ... und alles japanisch ...«

»Vermutlich im Internet bestellt. Tom und Gerald recherchieren schon.«

»Gute Arbeit, Kollegen!« Ritter rieb sich die Hände. »Dann nichts wie ran an den Herrn Professor! Diese aufgeblasene Arroganz!«

»Und dabei den kulturbeflissenen, sensiblen Feingeist spielen.« Löhlein, der immer noch eifrig im Karton wühlte, griff die Vorlage des Chefs begierig auf.

»Henze ist seit Samstag angeblich in Düsseldorf, um irgendwas mit seinen Immobilien zu regeln. Wir haben die Kollegen dort um ein paar ergänzende Infos gebeten.«

»Frisch aus dem Fax!« Schnauzer reichte ihm ein Fernschreiben herüber.

Polizeipräsidium Düsseldorf
Direktion Kriminalität
Kriminalkommissariat 11
Jürgensplatz 5–7
40219 Düsseldorf

… Auskunft für P r o f. D r. H e n z e,
*Claus-Olaf Wilhelm Nikolaus, * 02.09.1954 Grevenbroich*

Keine Vorstrafen, kein KAN-Eintrag

1996–2007 Privatdozent für »Philosophie/Modernes Japan« an der Philosophischen Fakultät der Heinrich-Heine-Universität, Universitätsstr. 1, 40225 Düsseldorf

1991–2004 Vorstandsmitglied der Deutsch-Japanischen Gesellschaft, Graf-Adolf-Str. 49, 40210 Düsseldorf

Wirtschaftliche Verhältnisse: H. ist lt. aktuellem digitalem Grundbuchauszug (AG Düsseldorf 23490/2011/h)
100% Eigentümer des Mietshauses (8 Parteien)
Cranachstr. 23, 40235 Düsseldorf
50% Eigentümer der Gewerbeimmobilie
Dinnendahlstr. 212, 40235 Düsseldorf (Lager für Spedition RheinTrans sowie FitnessClub Bodymaker24)

H. konnte heute nicht im angegebenen Carathotel, Benrather Str. 7a, 40213 Düsseldorf angetroffen werden. Lt. Auskunft des Hotels (Fr. Heesekamp, Tel. 0211-13050) ist Henze noch am Ankunftstag wieder abgereist. H. hatte ein EZ für drei Übernachtungen gebucht sowie einen Platz in der Hoteltiefgarage (Kfz: Jaguar XF, CO-H 1122).
Gesprächsweise soll H. einen »geschäftlichen Notfall« in Fürth angeführt

haben, wo er als stv. Geschäftsführer des »Ballettforum Franken« fungieren soll.

i.A.
Lennet, EKHK

»Wo ist mein Fürther Lieblingskollege? Doll, Dollmann, Dollmannsberger – Werneer! Bring die Kollegen zu Hause mal in Wallung! Observieren, Aufenthalt feststellen, und dann düsen wir zu zweit oder dritt gleich morgen zur Befragung runter …«

»Charly, Telefon! Sofort!«, brüllte Schnauzer dazwischen. »Der Lauers Wolfgang aus Freak City!« Charly schnappte sich den Hörer.

»Ey, Wolfi, was gibt's Neues?«

Lauer gluckste vergnügt. »Setz dich äscht amoll auf dein Bobbes – und dann schbärr deina Löff'l auf!«

»Alder Schbrüchbeud'l – wos iss'n luos?«

»Bist du online? Geh mal auf sportal.de … natürlich Basketball …«

»Verwirrspiel um Bosko Djukic: Der Bamberger Spielmacher ist nicht zur Länderspielreise der Serben nach Moskau erschienen. Der serbische Verband droht jetzt Djukic und den Brose Baskets Konventionalstrafen an. Djukic selbst ist seit dem Spiel gegen den FC Bayern untergetaucht, Bambergs Pressesprecher: ›Wir gehen davon aus, dass Bosko wie vereinbart nach Belgrad geflogen ist, und erwarten ihn am Samstag wieder zurück.‹ Der Manager von Bosko Djukic, Bambergs ehemaliger Meisterspieler Peja Suput, lehnte jeden Kommentar ab.«

»Etz hammer 'na!« Charly ballte triumphierend die Faust. »Schmier schon mal die Daumenschrauben, Wolfi, ein peinliches Verhör nach der Bamberger Halsgerichtsordnung; wann schlagen wir zu?«

10:30 Uhr – SOKO Franken

»Gut, dann sehen wir uns eben jetzt gleich, hier bei uns in der Neustadter Straße, Punkt elf, melden Sie sich unten an der Wache … ja, natürlich, das geht auch am Sonntag, bis gleich, Victor!«

Charly knallte den Hörer auf. »Endlich ist unser Artist mal wieder im Land, höchste Zeit für ein paar Fragen nach seinem Schweinfurt-Alibi – und nach Ann-Sophie!«

»Vic-tor, Vic-tor, Vic-tor … wenn aaner scho Huus'ndürla haaßt«, murmelte Tom und scrollte aufmerksam die neuesten E-Mail-Eingänge herab.

»Er hat ein krankhaft übersteigertes Geltungsbedürfnis.« Charly schüttelte den Kopf und äffte den blasierten Tonfall des Künstlers nach: »Ich würde ja gar zu gerne Ihr dienstliches Ambiente als Inspiration erfahren!«

»Ja, Brunzverreck«, grunzte Gerald, »des kann er ham, da helfen wir ihm doch gern noch ein Stück weiter, von der Inspiration zur Transpiration …«

»Victor, wir haben die Terminkalender von Kim LaYoung und Tanja Malischek verglichen.« Charly stützte sich vor ihm auf den Tisch. Seine Stimme sank auf Flüsterton herab. »Und Sie sind der Einzige, dessen Name in beiden Kalendern eingetragen ist!«

Der Künstler lächelte. Leicht verkniffen, dachte Charly. Victors tiefschwarz gefärbtes Haar stand punkig nach allen Seiten ab, das obligatorische weiße Hemd war heute, genau wie seine spitzen roten Schnürschuhe, aus feinem Veloursleder. Es roch, nein, es stank, entschied Charly insgeheim, es stank wie ein junger Ziegenbock.

»Natürlich, das hätte ich Ihnen doch gleich sagen können, lieber Herr Kommissar. Kim und Tanja sind schließlich beide vorgesehen für den ›Süddeutschen Ballettkalender‹; das waren zwei aufwendige, zwei großartige Fotosessions!«

»Und zwei brutale, mörderische Überfälle – elf Tage später bei Kim, zehn Tage später bei Tanja!« Charly zog seinen Stuhl um die Ecke des Schreibtisches und setzte sich vis-à-vis Victor. »Wo waren Sie Montagnacht zwischen dreiundzwanzig Uhr dreißig und zwei Uhr dreißig, Victor?«

Gekränkt schob Victor beide Hände in die ausgeleierten Hosentaschen seiner schmuddlig-weißen Jeans. »Also mit Verlaub, Herr Kommissar: Mich beschleichen doch langsam ganz unerfreuliche Zweifel an der Qualität Ihrer Arbeit! Jeder Profiler – haben Sie so was überhaupt in Coburg? –, ach, was sage ich, jeder Menschenkenner wird Ihnen auf Anhieb sagen, dass ein feinfühliger, sensibler Künstler niemals ein ... ein blutrünstiger Psychopath sein kann. *Nonsense!*« Er wischte sich einen Speicheltropfen aus dem Mundwinkel.

»Das ist leider kein Alibi, Victor.« Charly zwinkerte ihm süffisant zu. »*By the way*, war nicht sogar Jack the Ripper ein Künstlerkollege, ein gewisser Walter Sickert, seines Zeichens Kunstmaler?«

»Jede kleinbürgerliche Gesellschaft sucht sich ihren Sündenbock«, erregte sich Victor, »und immer unter tatkräftiger Mithilfe ihrer Polizeibüttel ...«

»Vorsicht! Keine Beleidigungen! Ich will Ihr Alibi: Sie hatten jeweils kurz vor der Tat mit beiden Opfern Kontakt, Sie sind gut eins neunzig, Sie legen Make-up auf, und Sie sind Crossdresser!«

Victor lächelte ironisch. »Das scheint Sie ja richtig zu erregen ... Kommissar ...« Erstmals unterließ er das ›Herr‹, sein Tonfall wurde anzüglich: »Kein Wunder, wir wissen doch beide ... gerade in den hohen Polizeirängen gibt es doch begeisterte Damenwäscheträger ...«

»Jetzt reicht's aber!« Löhlein, bisher nur stiller Zuhörer, hieb mit hochrotem Gesicht auf den Tisch. »Schluss mit diesen lauwarmen Provokationen, mit diesen feigen Unterstellungen!«

»Aber ich bitte Sie! Wollen Sie im Ernst behaupten, noch nie etwas von J. Edgar Hoover gehört zu haben?«

Löhlein sank auf seinen Stuhl zurück. »FBI-Hoover?«

»Hundert Punkte!« Victor applaudierte ironisch. »Der legendäre FBI-Chef, der knallharte Kämpfer für Recht und Ordnung. Teilte mit seinem Stellvertreter Tisch und Bett und schlüpfte heimlich gern ins rosarote Tutu!«

»Was hat Hoovers Schlafröckchen mit Ihrem Alibi zu tun? Wo waren Sie Montagnacht zwischen zehn und vier? Wo waren Sie Freitag nach sechzehn Uhr?«

Victor rümpfte die Nase und dachte nach. »Darf ich rauchen?«, fragte er schließlich.

»Erst, wenn Sie ein wasserdichtes Alibi haben!«

Verärgert runzelte Victor die Stirn und bequemte sich dann doch zu einer Antwort. »Freitagnachmittag war ich ganz normal im Atelier. Allein. Und Montagnacht? Nachts habe ich grundsätzlich kein Alibi. Nachts bin ich immer inkognito.«

»Soll heißen?«

Victor biss sich auf die Lippen. Hinter seinen bartlos-blassen Wangen mahlte er mit den Backenzähnen. »Kunst muss schließlich etwas transportieren …«, begann er umständlich. »Kunst muss transformieren … und als Künstler lebe ich das natürlich ganz persönlich aus …«

»Victor war in der Crossdresser-Szene unterwegs, Herr Dr. Stein.« Charly schob dem Oberstaatsanwalt ein Blatt über den Tisch. »Behauptet er zumindest. Allerdings wollte er nicht darüber reden, er bekam da eine ganz merkwürdige Anwandlung. Wir haben ihn dann dazu gebracht, uns aufzuschreiben, wo er Montagnacht überall war. Für Freitag hat er ohnehin kein Alibi.«

Stein runzelte die Stirn und rückte seine Brille zurecht. »Sehr eigenwillige Handschrift. Diese breiten, verschnörkelten g-Schleifen sprechen meist für eine überbetonte Sexualität.«

»Fragt sich nur, ob er das selbst auch weiß«, sagte Charly trocken. Vielleicht will er nur Hobby-Grafologen wie dich beeindrucken …

Stein nuschelte leise Victors Aufstellung herunter:

»Bis 21 Uhr im Atelier
22:45–1:15 Erfurt, TLC (Thüringer Lederclub),
Zeugen: evtl. die rothaarige Bedienung und Gast »Marky« oder »Marquee« aus dem Raum Erfurt, Näheres nicht bekannt
1:15–2:30 Rückfahrt (allein)
2:30–3:30 kreative Phase im Atelier (allein)
3:45 ins Bett gegangen (allein)«

»Klingt recht dünn.«

»Sehe ich auch so. Wenn sich die Bedienung nicht erinnern kann …«

»… und der gute Marky wird sich sowieso nicht finden lassen.«

»Dann hat Victor definitiv kein Alibi!«

Stein nickte zufrieden. »Und damit haben wir, wenn ich es richtig sehe, im Moment drei dringend Tatverdächtige.«

»Genau.« Charly zeigte auf das Täter-Whiteboard, an dem drei schwarz-weiße, auf DIN A4 ausgedruckte Porträts hingen. »Nummer eins«, er streckte seinen Daumen hoch, »Bosko Djukic, der serbische Super-Macho. War in Coburg respektive Dörfles-Esbach am Tag, als Kim ermordet wurde. Hatte also Gelegenheit, aber kein persönliches Motiv wie im Fall Malischek. Zugang zum Landestheater nur denkbar, wenn Kim ihn mit reingenommen hat. Bisher kein Hinweis auf eine persönliche Verbindung der beiden. Anders bei Tanja Malischek: Djukic hasst sie, und wir werden jetzt als Erstes sein Alibi für Schweinfurt abklopfen.«

»Und für die letzten achtundvierzig Stunden!«, mahnte Stein. »Vergessen Sie Ann-Sophie nicht!«

Charly winkte ab. »Sowieso. Djukic hat außerdem, Stichwort: Shibari, einen persönlichen Bezug zu Japan, wo er ein halbes Jahr in Yokohama spielte. Nummer zwei«, der Zeigefinger folgte, »Professor Claus-Olaf Henze, mit engsten Verbindungen zum Ballett einerseits und zu Japan andererseits, nachweislich ein Shibari-Fan.«

»Aus meiner Sicht unsere Nummer eins«, sagte Stein. »Hat sicher Zugriff auf den Schlüssel von Frau Henderson, ist außerdem mit Kim persönlich bekannt.«

Charly verzog das Gesicht. »Andererseits kein Kontakt mit Tanja.« Er rieb sich das Kinn. »Mir fehlt bei Henze auch jeder Hinweis auf ein Motiv. Ein persönliches Motiv für diesen fürchterlichen, tödlichen Hass auf das Ballett …«

»Na, der Nervenkitzel!«, warf Tom Scherzer ein. »Ein satter, reicher Kopfmensch, dem die Herausforderung abgeht. Und hier in Franken wahrscheinlich auch die Anerkennung, der Respekt, den er als Düsseldorfer Professor gewohnt war.«

»Kann sein … für die Nacht des Theatermordes hat er auch kein echtes Alibi, er und Nora haben angeblich geschlafen. Nummer drei«, der Mittelfinger, »ist jedenfalls Victor. Der Einzige, der sich schminkt, der nach meinem Gefühl auch gerne mal die Rollen tauscht und der nachweislich zu beiden Opfern in den letzten Tagen Kontakt hatte.«

»Motiv?«, fragte Stein knapp.

Charly zuckte mit den Achseln.

»Fehlanzeige, unverändert. Wenn ich seine Launen und Stimmungsschwankungen sehe, so plötzlich und unerwartet, das hat ja auch Aron alias Steve erzählt, dann tippe ich übrigens auf eine Hormontherapie: Unser Victor stellt sich vielleicht gerade zur Victoria um.«

Löhlein verzog angewidert das Gesicht. »Dieses Geschwuchtel, dieses widerliche! Ich kann's nicht ausstehen!«

»Solche Therapien machst du nicht zum Spaß, Heinz-Uwe«, sagte Charly ruhig. »Ich hatte in München einen älteren Kollegen, dessen Sohn betroffen war. Da leidest du vorher jahrelang wie ein Hund, bis du einen Arzt und eine Krankenkasse findest, die dir endlich aus deiner falschen Haut heraushelfen.«

Löhlein schüttelte sich. »Und was hat das mit Victors Motiv zu tun?«

»Könnte zumindest motivverstärkend wirken: Wenn die Emotionen extremer ausschlagen, wenn Hemmschwellen vielleicht plötzlich sinken … Wir müssen ihn jedenfalls vorrangig durch den ärztlichen Datenabgleich jagen. Aber zurück zu unseren Top drei.« Charly stand auf und klopfte mit dem Kuli an das Täter-Whiteboard. »Hier ist noch Platz für eine Nummer vier, Freunde!«

Überraschte Stille. »Nora Henderson?«, fragte Heym stirnrunzelnd.

»Genau, könnte eine Umoperierte sein«, murmelte Tom.

Charly grinste. »Knapp vorbei! Nein – aber ihr Sohn, dieser Aron Steve Preile! Steht im Schatten seiner Halbschwester, des vergötterten Jahrhunderttalents Ninotschka, und entwickelt vielleicht eine gewisse … Ballettphobie?«

»Klingt filmreif«, spöttelte Tom. »Nimm immer den mit der schwersten Kindheit, das ist garantiert der Täter. Haut bei uns leider nicht hin; Nora hat mir heute früh bestätigt, dass er in der Tatnacht das Haus nicht verlassen hat. Hat nur den Müll rausgetragen und sonst die ganze Nacht am PC gesessen. Soll schon seit Wochen so gehen.«

Charly dachte nach. »Dann fällt er natürlich erst mal raus aus unserer Liste. Aber bleiben wir noch kurz in der Familie: Was ist eigentlich damals mit Ninotschka alias Nina Henderson passiert? Sollten wir unbedingt mal recherchieren.«

»Zur Sache, Herr Kommissar, das führt uns nicht weiter!« Stein erreichte Betriebstemperatur. »Ann-Sophie Langenau ist seit achtundvierzig Stunden verschwunden, wir haben mit Bosko Djukic,

Claus-Olaf Henze und Victor drei Tatverdächtige und viele Indizien, aber immer noch keine schlüssige Beweisführung!«

Moser, der Pressesprecher, schaltete sich ein: »Ganz kurz nur, von meiner Seite: Der Mediendruck steigt in den letzten Stunden wirklich brutal an! Ein ›perverser Psychopath in Frauenkleidern‹, das allein war ja schon ein Dauer-Orgasmus für die Kameraden von BILD, RTL und SAT1. Aber seit er jetzt auch noch eine sechzehnjährige Jungfrau in seiner Gewalt hat, drehen wirklich alle am Rad. ›Wir wollen Ergebnisse, wo bleibt die nächste Pressekonferenz?‹ Vor zehn Minuten giftet mich ein Nürnberger Redakteur am Telefon an, ob uns denn, ich zitiere wörtlich, ob uns denn die Angst und Unruhe der Menschen wirklich am Arsch vorbeigehen! Wohlgemerkt, kein Boulevard-Fuzzi, kein Freelancer, nein, ein ganz biederer, konservativer Berufsredakteur!«

»Gibt's auch in dieser Branche keine Normalen mehr?«, fragte Charly aggressiv. »Wir machen doch eine PK nicht just for fun! Mach eine Nullachtfuchzehn-Pressemitteilung, ›SOKO auf Hochtouren, über tausend Spuren und Hinweise, inzwischen vierzig Mann rund um die Uhr, achttausend Euro, bitte Telefon und Internet‹. Aus, Öpf'l, amen!«

»Ganz so einfach ist das nicht, Herrmann!« Ritter ergriff die Initiative. »Gibt natürlich keine rechtliche Verpflichtung für uns, eine PK abzuhalten. Aber diese halbe Stunde nimmt doch gewaltig Dampf aus dem Kessel, das macht uns doch allen die Arbeit etwas leichter!«

Stein und Löhlein nickten beifällig.

»Für eine halbe Stunde PK, die geräuschlos Druck rausnehmen soll, brauchen wir, Minimum, zwei Stunden Vorbereitung zu dritt oder zu viert«, konterte Charly. »Also sechs bis acht Mannstunden, die uns bei der Suche nach Ann-Sophie fehlen; nur so zur Erinnerung!«

»Zur professionellen Polizeiarbeit gehört eine professionelle Presse- und Medienarbeit!« Oberlehrer Dr. Stein – jetzt ganz in seinem Element.

Ritter bemühte sich sofort um Deeskalation.

»Herrmann, die SOKO hat unsere …«, er nickte Moser und Stein bestätigungheischend zu, »… absolute Unterstützung, aber wir dürfen unsere Außenwirkung nicht ganz aus den Augen verlieren, wir sollten eine PK ansetzen, ich denke da an morgen, 14 Uhr!«

11:50 Uhr – Coburg, Neustadter Straße, tegut-Parkplatz

Die Sonne war zurück. Das deprimierende Dauergrau war aufgerissen, der regennasse Großparkplatz dampfte in atemraubender Schwüle.

»Servus, Alter.« Bernie Winter, das Hemd weit aufgeknöpft, lehnte genüsslich an seinem blauen »SeCOrity«-Mustang und reckte den Dreitagebart samt schwarzer Ray-Ban-Brille gen Himmel.

»Servus, Bernie.« Charly stellte seinen »Coffee to go«-Becher auf das Dach des Mustang und lehnte sich schweigend daneben.

»Und? Wo drückt der Schuh?«, fragte Bernie schließlich, ohne seine Sonnenanbeter-Position zu verändern. »Oder drückt's in der Hose? Könnte dir zwei nette Au-pairs vorstellen … Brandneu in Coburg. Exotik pur.«

Charly schnaubte abfällig. »Warst wieder geschäftlich unterwegs? Besser gesagt, geschlechtlich unterwegs? Lass mich raten. *Exotik pur* … Thailand und Trinidad?«

»Falsch. Kroatien. Und Kambodscha.«

Die Sonne glitzerte in den Asphaltpfützen.

Schweigend griff Charly nach seinem Kaffeebecher. »Thüringer Lederclub«, sagte er, einer plötzlichen Eingebung folgend.

Bernie musterte ihn erstaunt von der Seite. »Wird das jetzt ein Coming-out?«, frotzelte er. »Wechselst du in deinem Alter noch die Seiten?«

»Was weißt du über den Schuppen?«

»Nur vom Hörensagen. Gay-Club in Erfurt, harte Ledertypen aus dem Thüringer Raum.«

»Keine Transen, Shemales, Ladyboys?«

»Bestimmt nicht. Wollen auch keine Touris und Spanner haben. Härteste Türsteher von ganz Erfurt.«

»Soso … nur vom Hörensagen?«

»SeCOrity war mit in der Verlosung für den Türsteherjob.«

»Und?«

»Nicht schwul genug.«

Ein Fiesta mit Kronacher Nummer parkte neben ihnen ein. Eine pummelige Blondine, mit hochgesteckten Haaren und riesigen schwarzen Creolen, stieg aus und stöckelte betont achtlos an ihnen vorbei zum Supermarkt.

»Werden wir langsam alt, Bernie?«

»Nöö. Die Jungen werden bloß immer langweiliger. Wie laufen die Ermittlungen?«

»Stündlich besser«, grunzte Charly, trank aus und zeigte mit dem leeren Kaffeebecher auf einen hochglanzpolierten Jaguar XF, der gerade an die rote Ampel in der Neustadter Straße heranrollte. »DERX – Airbustechnik aus Coburg« war zwischen den Heckleuchten zu entziffern.

»Jaguar XF. Halt mal die Augen offen, wenn du heute wieder nach Nürnberg fährst. CO-H 1122 suche ich. Bitte sofort rechts ran und bei mir durchklingeln.«

»Wer sitzt am Steuer?«

»Akademiker, Typ Arzt oder Apotheker. Ende fünfzig, groß, hager, Stirnglatze.«

»H 1122 … okay.«

Charly blickte zur Armbanduhr. Zwölf Uhr zehn.

»Muss weiter.« Er versenkte den Becher mit einer gefühlvollen Bogenlampe im nächsten Abfallkorb.

»See you …«

12:25 Uhr – SOKO Franken

»Richter Busch hat unterschrieben, Charly«, verkündete Schnauzer. »Grünes Licht für die Observierungen.«

»Alle drei?«

»Victor, Djukic und Henze. Jeweils vierzehn Tage.«

»Muss reichen. Wenn Henze und Djukic morgen noch nicht aufgetaucht sind, schreiben wir die Aufenthaltsermittlung aus.«

»Kommst du mit rüber in die Finanzamtskantine? Mailänder Schnitzel mit Spaghetti.«

»Gute Idee.«

Charly tackerte fünf Blätter zusammen zum Vernehmungsprotokoll Hans-Viktor Schellenberg alias »Victor«, *12.11.1970 in

München. »Bin gleich so weit. Will nur noch schnell was schauen in Victors Blog … www.victor-coburg.de, warte … hier, neulich, da muss er doch mal in Schweinfurt gewesen sein … ah ja, *›15 bis 18 Uhr Schweinfurt: Die nächste, aufregende Fotosession für den Süddeutschen Ballettkalender. Tanja Malischek, der neue Stern am fränkischen Ballethimmel! Wir treffen uns am Würzburger Mainfrankentheater. Tanja lotst mich nach Schweinfurt (Gott sei Dank – mein Navi ist gerade defekt, und mein persönliches Navi Steve hält auf der Ernstfarm die Stellung). Tolle Motivkontraste, Tanja ganz expressiv an Baum und Treppengeländer; kurze Schrecksekunde, als die Terrassentür herauszufallen droht. Bin tief beeindruckt – herzlichen Dank, liebe Tanja! Perfekte Kalenderstimmung für April oder Oktober!‹*«

»Scheiße! Also wusste jeder, dass man durch die Terrassentür zu ihr kommt!«

»Vorausgesetzt, du weißt, wo sie wohnt … im Telefonbuch steht sie nämlich nicht drin.«

»*Break*! Das Mailänder Schnitzel ruft; hopp, wir gehen!«

»Stopp!«, schrie Tom erregt dazwischen. »Hört euch das mal an; der absolute Hammer! Radioeins.com: *›Soeben wird gemeldet. Die Eltern der verschwundenen 16-jährigen Ann-Sophie Langenau wollen sich um 14 Uhr in einer Pressekonferenz in München direkt an den Entführer wenden. Wir sind natürlich live für Sie dabei, ab 14 Uhr hier auf Radio Eins …‹*«

13:31 Uhr – Irgendwo in Franken

Ann-Sophie wachte auf, weil sie an den Beinen fror.

Verwirrt schaute sie in dem dämmrigen, nur von ein paar Teelichtern erleuchteten Halbdunkel an sich hinab.

Die Hose war weg.

Ihre Beine waren nackt.

Entsetzt bäumte sie sich auf, rüttelte wieder und wieder, wohl zum tausendsten Mal, an den Ledergurten, die ihre Hände und Füße an das alte Bettgestell fixierten. Der ekelhafte Gummigeschmack des roten Ballknebels war nicht ganz so schlimm, wenn man schrie.

Zu schreien versuchte.

Denn nur ein dumpfes, unmenschliches Stöhnen drang hinter ihrem Gummiknebel hervor.

Der Mann im Nebenraum horchte auf. War Ann-Sophie wieder wach? Rücksichtsvoll hatte er ihr, nach vielen Stunden hysterischen Weinens, ein erschöpftes Nickerchen gegönnt. Sie sollte schließlich bei klarem Bewusstsein sein, wenn sie vom Schicksal erfuhr, das auf sie wartete. Ächzend schlüpfte er in seine Pumps.

»Geht's wieder, Kleine?«

Entsetzt sah sie die alptraumhafte Gestalt in der Tür stehen: Rock, Bluse, Perücke … Der Alptraum trat aus dem Halbdunkel. Im Schein der Teelichter erkannte Ann-Sophie das kalkweiße Gesicht, als er einen Stuhl heranzog und sich zu ihr ans Bett setzte. Sie zuckte zusammen, als er mit seinem Zeigefinger über ihren Oberschenkel strich.

»Noch hast du schöne, gute Beine«, sagte die heisere Männerstimme. »Obwohl dir ja schon zwei, drei Trainingstage fehlen … deine Muskeln sind sicher schon ganz unruhig … und frieren. Das ist gar nicht gut für deine Muskeln … und du wolltest doch an die Ballett-Akademie …« Sein Finger stoppte kurz vor ihrer Leistenbeuge. Ann-Sophie schluckte vor Angst.

»Aber du wirst nicht in München tanzen … Du wirst nie mehr tanzen, Ann-Sophie …«

Ann-Sophie begann zu würgen und zu schluchzen.

»Sicher fragst du dich, wo deine Hose ist. Ich habe sie dir weggenommen. Du brauchst keine Hose mehr. Du wirst nie mehr eine Hose brauchen.«

Er wartete, bis ihr heftiges Schluchzen vor Erschöpfung verebbte. »Schschschtt, ganz ruhig, ganz ruhig …« Seine blutroten Lippen verzogen sich zu einer höhnischen Grimasse. *»Ain't it fun when you know you're gonna die young* … Kennst du Guns N'Roses? Nein, du kennst nur Tschaikowsky. Oder Strawinsky. Oder Milhaud. Du kennst nur böses Klavier, du lebst in deiner Traumwelt …« Sein Grinsen war wie weggewischt. »Und du verachtest die normale Welt, du verachtest alle, die nicht so sind, alle, die nicht so sein können wie du … Das werde ich nicht zulassen, so etwas werde ich nie mehr zulassen, hörst du, nie mehr! Drum muss ich dich … zer-stö-ren! Zerstören, bevor du dich selbst endgültig zerstörst und dann viele andere zugrunde richtest …«

Sie roch seinen säuerlichen Atem, angeekelt drehte sie ihren Kopf zur anderen Seite. Er registrierte es nicht und fixierte stattdessen einen imaginären Punkt an der Wand hinter ihr.

»Du sollst ganz langsam, Kleidungsstück für Kleidungsstück, deine … Anmut … und deine Überheblichkeit verlieren. Und du sollst spüren, wie du schwächer wirst und verfällst. Tag für Tag. Stunde um Stunde …« Er krallte sich plötzlich in ihren Oberschenkel, sofort verkrampfte sie sich voller Angst.

»Aber keine Angst, ich habe vorgesorgt … Für die kühlen Nächte kannst du dir was überziehen.« Er rieb sich die Hände. »Sicher hast du gehört, dass man im Brauhof letzte Woche eine Leiche gefunden hat. Diese fünfzigjährige Alkoholikerin, die drei Wochen tot in ihrer Wohnung lag …« Ann-Sophie starrte ihn aus weit aufgerissenen Augen an.

»Ich kam zufällig vorbei und habe dort einen kleinen Plastiksack mitgehen lassen. Mit der Wäsche, die sie die letzten drei Wochen am Körper trug. Du wirst heute Nacht in diese grässlich stinkende, verfaulte Unterwäsche schlüpfen … du wirst spüren und riechen, wie die Verwesung in deinen schönen jungen Körper kriecht … sich langsam in dir breitmacht … und von dir selbst Besitz ergreift …«

Ann-Sophie bäumte sich auf, ihr Kopf zuckte nach hinten, der Hals krümmte sich; er konnte ihr gerade noch rechtzeitig den Knebel lösen.

Klatschend erbrach sie sich auf den Betonfußboden.

13:59 Uhr – SOKO Franken, Lageraum

Die Spannung war zum Schneiden.

Dicht gedrängt standen die sechs Frauen und fünfunddreißig Männer der SOKO um den großen Flachbildschirm. Charly drehte den Plastikdeckel von seiner Colaflasche und lehnte sich an einen Schreibtisch.

Auf dem Bildschirm Bayerisches Fernsehen, der Abspann »Altbayerische Wanderungen, Teil 27: Im Pfaffenwinkel«.

»Und dafür zahlen wir unsere fränkischen Fernsehgebühren«, ereiferte sich Tom, »auch du, Bayernfan Richard!«

Fässla ließ sich nicht aus der Ruhe bringen. »Dafür gibt's ja auch des Studio Franken, Kolleech! Ned vergess'n!«

»Etz hör aber auf! Schau amal nach NRW rauf! Kleiner als dein stolzer Freistaat, aber der WDR hat elf verschiedene Regionalstudios! In Worten, elf! Ich würd ja nix sag'n, wenn unner Studio Franken genug Sendezeit aus München krieg'n tät!«

Ein fülliger Ansager mit Kringellöckchen und im dunklen Anzug erschien im Bild, hinter ihm ein Bild von Ann-Sophie: »Verschwundene Ballerina (16)«.

Charly griff zur Fernbedienung, drückte die Lautstärke hoch.

»Meine Damen und Herren, liebe Zuschauer des Bayerischen Fernsehens, wir bitten um Ihr Verständnis für eine aktuelle Programmänderung. Im Fall der verschwundenen Ballerina Ann-Sophie haben die Eltern überraschend eine Pressekonferenz angekündigt, die in den nächsten Minuten hier in München beginnen wird. Aufgrund des großen öffentlichen Interesses haben wir uns entschieden, unserem Bildungs- und Informationsauftrag in diesem Fall durch eine Live-Übertragung dieser Pressekonferenz nachzukommen. Die ursprünglich vorgesehene Folge unserer beliebten Serie ›Dahoam is dahoam‹ wird zu einem späteren Zeitpunkt ausgestrahlt. Wir schalten jetzt um in die Ballett-Akademie in der Wilhelmstraße.«

Eine alterslose Ansagerin, hochgeschlossen grau, mit staatstragend-ernstem Blick vor einer Tafel »Hochschule für Musik und Theater München – Ballett-Akademie«. Ein paar nichtssagende Sätze, dann schaltete die Kamera in den Presseraum.

An der Stirnseite ein großes Schwarz-Weiß-Foto Ann-Sophies, flankiert vom Logo der Musikhochschule, einer stilisierten Treppe, und dem weißen Schmetterling *»Don't kill butterflies!«*. Davor, hinter großen Namensschildern, »Fr. Langenau«, exotisch-müde Eleganz in Anthrazit; »H. Dr. Langenau«, Fünfeinhalb-Tage-Bart, Sakko, graues Shirt; »Fr. Henderson«, dunkelblau.

Nora eröffnete, scheinbar ruhig und gelassen. Charly registrierte ein minimales Zittern ihrer Stimme, als sie ihr persönliches Schicksal erwähnte: »... ich habe früher selbst eine Tochter, eine hochbegabte junge Tänzerin, verloren ... ich will alles tun, damit Ann-Sophie Langenau möglichst bald wieder zurückkommt, zurück zu ihrer Familie, zurück auf ihre Bühne ...«

Überleitung an Dr. Langenau, der mit seltsam starrem Blick an den »Entführer« appellierte.

»… wir haben nur ein Kind, Ann-Sophie ist unsere einzige Tochter, sie ist ein sanftes, sensibles Mädchen, das keiner Fliege was zuleide tut …« Er kämpfte mit den Tränen, verlor den Faden und fasste sich schließlich abrupt wieder. »Wir akzeptieren jede Bedingung, jede Forderung. Wir werden keine Polizei einschalten …«

Unruhe im Lageraum.

»… bitte geben Sie uns Ann-Sophie zurück!«

Wir müssen den Wortlaut, den gesamten Ablauf haarklein analysieren, dachte Charly und kontrollierte mechanisch das blinkende REC-Symbol des DVD-Players.

Vic Leduc Langenau, Ann-Sophies vietnamesische Stiefmutter, regte sich zum ersten Mal. Sie nippte schweigend an ihrem Wasserglas. Jetzt wandte sich Nora Henderson direkt an den Täter.

»Sie sehen, dass dieser Appell von Ann-Sophies Eltern in keiner Weise mit der Polizei abgestimmt ist. Auch aus diesem Grund sprechen wir heute nicht in Coburg, sondern in München zu Ihnen … Bitte lassen Sie Ann-Sophies Traum wahr werden, hier auf dieser Bühne zu tanzen, als Stipendiatin der Heinz-Bosl-Stiftung! Sie haben die Freiheit dazu, alles steht in Ihrer Macht! … Gewalt … und Tod …«, sie musste sichtbar schlucken, »Gewalt und Tod sind … das Ende jeder Freiheit, sind das Ende dieser Macht … *Don't kill butterflies* … wir bitten Sie, lassen Sie Ann-Sophie frei! Nehmen Sie das Angebot der Eltern an und lassen Sie Ann-Sophie bitte frei …«

»Charly!« Moser stand in der Tür und winkte ihn mit einer zusammengerollten Zeitschrift heran. »Wolfi ist in der Leitung, Djukic ist wieder da! Heute Nachmittag ist trainingsfrei.«

Charly boxte ihn vor die Brust. »Sofort zuschlagen!« Er zeigte auf den Bildschirm. »Aufzeichnung bitte auf meinen Schreibtisch; Schnauzer soll Sprach- und Textprofiler kontaktieren, ich will so schnell wie möglich die komplette Auswertung!«

15:07 Uhr – Bamberg, KPI Schildstraße

EKHK Lauer begrüßte Charly mit triumphierendem Grinsen. »Djukic sitzt schon draußen. Mit Anwältin!«

»Anwältin? Zur Befragung?«

»Sein Berater hat sofort den Verein informiert. Und die Baskets sind halt topprofessionell. Heyder, der Manager, hat gleich beim Chef angerufen.«

»Und?«, fragte Charly misstrauisch.

»Hat ihm volle Kooperation des Vereins zugesichert. Absolute Diskretion erbeten. Und zwanzig Minuten später war Frau Bühler-Cendic da, im Auftrag des Vereins, mit Bosko im Schlepptau.«

»Nicht umgekehrt?«

»Überzeug dich selbst. Spricht fließend Deutsch und Serbokroatisch. Und müsste sich auch auf den Zähnen mal rasieren …«

Bosko Djukic gab sich erstaunlich wortkarg. Das weiße lange Hemd über der Jeans, dazu nagelneue adidas-Sneakers, von Charly auf gefühlte Größe vierundsechzig geschätzt, lümmelte er mit verschränkten Armen auf einem Holzstuhl.

Umso resoluter agierte seine Bamberger Anwältin Kristina Bühler-Cendic. Vier Köpfe kleiner als der Serbe, mit beachtlicher Oberweite und dunklem Haarflaum an den Armen, ging sie gleich energisch in die Offensive und nahm sogar die Belehrung ihres Schützlings persönlich vorweg.

»Damit sind ja die Formalien geklärt«, unterbrach Charly schließlich ihren Redeschwall. »Danke, Frau Bülic-Sender.«

»Bühler-Cendic!«

»Frau Bühler-Cendic natürlich, sorry. Wir halten also fest, dass Sie keinen zusätzlichen Dolmetscher brauchen, Herr Djukic?«

Der Serbe warf ihm einen müde-herablassenden Blick zu. »Habe auf drei Kontinenten gespielt. Brauche keinen Dolmetscher.«

Lauer kontrollierte schweigend das Aufnahmegerät.

»Herr Djukic, Sie waren am letzten Freitag im Raum Coburg. Bitte schildern Sie uns doch mal den zeitlichen Ablauf … wann fuhren Sie damals in Bamberg los?«

Djukic schob sein markantes Kinn noch ein Stück weiter vor. »Weiß nicht genau. Autogrammstunde war um fünfzehn Uhr. War pünktlich dort in Dörfles.«

»Wie lange waren Sie bei Sport-Wohlleben?«

»Vielleicht bis siebzehn Uhr.«

»Und dann?«

»Musste ich noch in HUK-Arena. Kleiner Ballsportabend mit Schulen und Vereinen. Dreier werfen mit Fans.«

»Wie ging's dann weiter?«

»Gar nicht. Bin wieder zurückgefahren.«

»Allein?«

»Natürlich allein.«

»Wann waren Sie wieder in Bamberg?«

Djukic verzog unmutig das Gesicht. »Vielleicht um halb acht … vielleicht auch acht.«

»Wie lange waren Sie noch in Coburg?«

Der Serbe blickte verständnislos zu seiner Anwältin und wieder zu Charly. »Wieso in Coburg? Ich war nur in Halle …«

Charly wechselte die Taktik und schob ihm ein Schwarz-Weiß-Foto zu. Kim LaYoung, unwiderstehlich lachend, im Eingang des Theaterzeltes auf dem BGS-Gelände.

»Kannten Sie sie schon länger?«

Bühler-Cendic ging energisch dazwischen. »Keine Suggestivfragen, Herr Kommissar!«

Djukic grinste anzüglich. »Na, die Lady würde ich aber gern kennenlernen! Haben Sie Telefonnummer?«

Zigarettenpause.

Djukic hatte es vorgezogen, im Büro zu warten. Charly sog tief an seiner Lucky. Vorn, an der Kreuzung Starkenfeldstraße, öffnete ein grauer Opel Astra während der Rotphase gerade sein Verdeck. Zwei Teenager auf dem Rücksitz, kaum älter als Ann-Sophie, schäkerten mit ihrem Fahrer und setzten sich dann dunkle Sonnenbrillen auf. Die Ampel sprang auf Grün. Mit Kavalierstart, direkt vor dem Polizeigebäude, fuhr der Opel weiter Richtung City.

Charly hörte die Tür in seinem Rücken und drehte sich um. Erstaunt sah er Bühler-Cendic zu sich herauskommen. Ungeniert fingerte sie eine rote John Player heraus und ließ sich von ihm Feuer reichen. Auf ihrer Oberlippe zeichnete sich, unter dem Make-up, ein zart nachwachsender dunkler Flaum ab.

»Danke.«

»Gern. Sind Sie öfter hier?«, grinste er.

Sie blies belustigt Rauch aus. »Viel zu selten. Die Baskets sind ein sehr angenehmer Klient. Alles sehr professionell. Aber das ist das erste Mal, dass ich für den Verein zur Kripo muss.«

»Kannten Sie Bosko Djukic schon vorher?«

»Keine privaten Fragen zu Klienten«, parierte sie lächelnd. »Das müssten Sie schon Herrn Djukic selbst fragen. Und hoffen, dass er es Ihnen freiwillig beantwortet.«

»Es wird in seinem eigenen Interesse liegen, uns heute freiwillig über ein paar Dinge aufzuklären …«

»Natürlich hatten Sie ein Motiv, Herr Djukic, Sie wollten es Tanja Malischek heimzahlen! Und Sie hatten die perfekte Gelegenheit dazu! Mit Ihrer Dodge Viper sind Sie auf der A70 locker in dreißig Minuten in Schweinfurt; Sie passen Tanja ab, toben sich brutal aus und fahren dreißig Minuten wieder zurück! Keine neunzig Minuten kostet Sie das!«

»Sie müssen darauf nicht antworten, Bosko … Unterlassen Sie bitte diese billigen Provokationen, Herr Kommissar!«, empörte sich Kristina Bühler-Cendic. »Jetzt weiß ich, warum der Verein mich vorhin alarmiert hat, Sie haben ja keine Fakten, keine Beweise, nicht mal Indizien! Sie arbeiten nur mit Unterstellungen!«

»Wir klopfen nur alles ab, Frau Sender-Bülic …«

»Bühler-Cendic!«

»… und da klingt doch manches verdächtig hohl, Herr Djukic!«

Lauer blendete sich geschickt ein. »Bosko … Herr Djukic, in Ihrem Vertrag gibt es doch sicher eine Klausel über Konventionalstrafen. Geldstrafe oder Vertragsauflösung bei, sagen wir mal, vereinsschädigendem Verhalten.«

Genial, so knacken wir ihn. Charly begriff sofort, worauf Lauer hinauswollte.

Djukic stoppte abrupt sein Kaugummikauen. Misstrauisch beäugte er Lauer. Kristina Bühler-Cendic blickte verständnislos in die Runde.

Charly räusperte sich. »Sie müssen die Befragung nicht durchgängig im Beisein eines Anwalts absolvieren – Frau Bühler-Cendic, berichtigen Sie mich bitte, wenn ich falschliege –, Sie dürfen selbstverständlich auch gerne allein etwas aussagen!«

Djukic kratzte sich am Kopf und überlegte. Schließlich ein kurzes Nicken zu Bühler-Cendic. »Lassen Sie mich mal kurz allein.«

Die Anwältin war wie vom Blitz getroffen. Nach einer Schrecksekunde knallte sie empört ihren silbernen Kugelschreiber auf den Tisch, schoss hoch und rauschte wortlos hinaus. Charly stand auf und schloss leise die Tür hinter ihr.

»Was Sie hier aussagen, bleibt in diesem Zimmer. Zumindest, wenn es nur um vereinsschädigendes Verhalten und nicht um Straftaten geht.« Er setzte sich.

»Wo waren Sie Freitagnacht und Montagnacht?«, fragte er leise.

Der Serbe rutschte unbehaglich auf seinem Stuhl herum und zog schließlich seinen rechten Fuß auf den linken Oberschenkel.

»Habe ein paar Freunde … nein, sind gute Bekannte«, verbesserte er sich rasch, »keine Freunde.«

Charly und Lauer warteten reglos.

»Wir … haben gefeiert. Privat.«

»Privat?«

»Ganz privat. Geschlossene Gesellschaften … na ja, nicht ganz. Am Freitag war's auch ein fünfzigster Geburtstag. Mit Wodka, Champagner, kleiner Pokerrunde und vielen Girls. Sogar ein Stadtrat war dabei. Bis sechs Uhr früh.«

»Wo?«

»Im Puff. In Bamberg, in der Jäckstraße. ›Penthouse‹ und ›FKK Germania‹.«

17:24 Uhr – A 73 Bamberg – Coburg

Bamberger Kreuz, Abfahrt Suhl.

»Scheißkurv'n, verfluchta!«

Mit quietschenden Reifen zwang Charly den übersteuernden Alfa Spider in der engen Kurve wieder auf Kurs. Nichts wie raus auf die schnurgerade A73, Richtung Coburg; Blinker links und Vollgas.

Freak City war abgehakt. Djukic war aus dem Schneider.

Nach langem Zögern hatte der Serbe zwei Zeugen benannt, die sein Gangbang-Alibi für die Schweinfurter Tatnacht stützten. Auch sein mysteriöses Abtauchen in den letzten Tagen war jetzt geklärt. Nach dem Sieg im Bayern-Spiel war er, an anderer Stelle, in »spontaner kleiner Privatparty« versumpft und hatte den Flug

Nürnberg–Belgrad verpasst. Anschließend ein vertraulich bezeugter Totalabsturz in kleinster Runde.

Djukic hatte reinen Tisch gemacht. Ein regelrechter Befreiungsschlag unter sechs Augen. Für die Kollegen vom Glücksspiel gab es plötzlich ein paar hochinteressante Hinweise abzuarbeiten. Am Schluss eine erleichterte, fast freundschaftliche Verabschiedung des Serben von Charly und Lauer, gefolgt von einem wesentlich kühleren Händedruck mit Kristina Bühler-Cendic draußen im Flur.

Ein Verdächtiger weniger.

Charly seufzte missmutig und wechselte kurz die Spur, um einen Sonneberger Cayenne passieren zu lassen.

Wo war Ann-Sophie?

Es konnte kein Zufall sein, dass binnen weniger Tage drei Tänzerinnen in der Region ermordet, schwer verletzt oder spurlos verschwunden waren. Der Zusammenhang war offensichtlich. Es musste sich um denselben Täter handeln. Um den »Ballerina-Mörder«, den »Shibari-Killer«, das »Psycho-Monster«: Er hatte Kim und Tanja am Tatort zurückgelassen, er suchte bewusst seine ganz spezielle Inszenierung mit der exotischen Fesselung. Kein schamhaftes oder reumütiges Verstecken der Opfer.

Im Gegenteil.

Die offene Inszenierung am Tatort war für den »Psycho-Killer« Ausdruck seiner Überlegenheit. Sie berauschte ihn, sie verlieh ihm Macht, sie gehörte untrennbar zur Performance. Zwingender Bestandteil damit auch für einen völlig unwahrscheinlichen Trittbrettfahrer.

Wäre Ann-Sophie tot, hätte der Täter sie nicht versteckt. Er würde sich sofort damit brüsten, er hätte sie uns längst finden lassen, grübelte Charly und umklammerte das Drei-Speichen-Lenkrad immer fester.

Sie lebt noch. Sie muss noch leben. Wir haben immer noch eine Chance.

Links flog die riesige Pferdsfelder Koppel vorbei; vorn rechts, über dem Felsplateau des Staffelbergs, ballten sich schon wieder finstere Wolkenhaufen zusammen. Die Stippvisite des Spätsommers hatte nur wenige Stunden gedauert. Charlys Magen knurrte lauter als die Zwei-Liter-Maschine seines Alfa Romeo. Seit gestern Abend nur Kaffee, gefühlte zwölf Tassen, in sämtlichen Milch- und Zuckervariationen, dazu vorhin ein zierliches Bamberger Hörnchen in Lauers Büro.

Siebzehn Uhr einundvierzig. Abzweigung Lichtenfels.

Kurz entschlossen setzte er den Blinker. Ein schneller Abstecher in das »Bellini« am Marktplatz, zu Mustafa. Jetzt ein paar Crostini mit Sardellen …

»… und ein Teller Spaghetti mit Shrimps und dazu, wie früher, einen ganz einfachen Lambrusco! Mensch, war des gut jetzt!«, schwärmte Charly seinem Stellvertreter, einem sichtlich blassen Tom Scherzer, vor. Gemeinsam standen sie auf der Lichtenfelser Mainbrücke und genossen kurz den Ausblick über den Main hinüber, zur majestätischen Eleganz der Klosterkirche auf dem Banzer Berg.

Tom hatte sich per Handy zu einem kurzen Übergabegespräch mit Charly verabredet, um sich für vierundzwanzig Stunden auszuklinken und in Erlangen um seine Mutter zu kümmern, die am Mittag vom Fahrrad gestürzt war.

»Sie ist halt doch schon einundachtzig«, sagte er leise. »Selbst wenn das jetzt mit dem Oberschenkelhalsbruch wieder wird; du weißt, was das bedeutet …«

»Alten- und Pflegeheim …«

Am Flugplatz des Lichtenfelser Aero-Clubs, ein Stück unterhalb des Mains, hob gerade eine kleine Cessna ab. Langsam, aber unbeirrt zog sie nach oben, immer weiter, kämpfte sich tapfer der dunkelgrauen Wolkendecke entgegen.

»Alt werden ist scheiße.«

»Aber ned alt wer'n is aa ka Lösung.«

Charly dachte wieder an Ann-Sophie. Er starrte hinab, in den scheinbar harmlos und träge dahinfließenden Main, und suchte unbewusst Kontakt aufzunehmen: Lautlos schwebte seine Spucke hinab; unschuldig weiß und schwerelos tanzte sie durch die Luft.

Im nächsten Augenblick klatschte sie auf der Wasseroberfläche auf.

Wurde gnadenlos zerrissen.

Zerfetzt.

Ausgelöscht.

19:15 Uhr – Irgendwo in Franken

»Riders on the storm, into this house we're born, into this world we're thrown …«, leierte der alte Kassettenrekorder in der Ecke.

Ein lästiges Augenbrauenhaar, weiß und spitz ragte es hervor – heraus damit! Ein blitzartiges Zupfen mit der Pinzette, befriedigt musterte er den eliminierten Störenfried und strich sich dann über die weiche schwarze Braue. *»… Riders on the storm«*, sang er leise mit und trat einen Schritt zurück. Kokett warf er den Kopf in den Nacken … nein, viel zu hastig, gleich noch mal … nein, anmutiger, noch einmal … jaaa, genau so! Befriedigt posierte er, jetzt mit bordeauxrotem Schmollmund.

Was für ein Bild! Schönheit in Perfektion, schier zum Greifen nah – und doch so unerreichbar: Seine erwartungsvoll ausgestreckten Finger stießen auf die kalte Oberfläche des Spiegels, zart und behutsam erst, dann wütend, aggressiv; breit und fett schmierten sie rücksichtslos, immer schneller, wie im Fieberwahn, kreuz und quer über das eigene Spiegelbild.

Keuchend vor Anstrengung hielt er schließlich inne. Verwirrt, mit offenem Mund, starrte er auf sein Werk, ein Labyrinth aus fetten weißen Cremespuren.

Er sah sich um.

Ann-Sophies Hose, akkurat gefaltet, hing noch über der Stuhllehne. Wütend riss er sie herunter, wie ein Besessener begann er, damit den Spiegel zu bearbeiten.

Ein plötzlicher Hustenanfall nebenan.

Er linste vorsichtig durch den offenen Türspalt ins Halbdunkel.

Coburgs große Balletthoffnung … nackte weiße Beine … die Füße und Hände straff mit Ledergurten fixiert … der Mund weit aufgespreizt durch den roten Fetisch-Knebel … *Das Jahrhunderttalent* … die langen Haare, die er ihr geöffnet hatte, klebten verschwitzt und verheult im Gesicht, erschöpft hatte sie ihren Kopf zur Seite gedreht.

»Na, behagt dir wohl mein Räucherstäbchen nicht? Ts, ts, ts«, er schüttelte seinen blonden Lockenkopf, »hab ich doch speziell für dich ausgesucht!« Er griff nach dem Päckchen. »Hör doch nur: *›Bergamotte, Zedernholz und Weihrauch wirken erhebend und klärend, lassen neues Licht und Leichtigkeit in die Gedanken fließen. Ein beru-*

higender Effekt auf angespannte Nerven, hilfreich bei Schlaflosigkeit und geistiger Überforderung …«

Ann-Sophie drehte den Kopf wieder zur Wand. Vom Knebel gedämpft begann sie erneut zu husten. Ärgerlich schleuderte er die Packung Räucherstäbchen in die Ecke.

»Undankbares Geschöpf! Du wirst dich nach diesem Duft zurücksehnen … du wirst ganz andere Gerüche erleiden … du wirst bald selbst nur noch Gestank sein!« Er öffnete den alten Schrank und holte etwas heraus.

Ein großer raschelnder Plastiksack.

19:57 Uhr – SOKO Franken

»Danke. Du weißt halt, was Männer brauchen.« Charly zwinkerte Barbara zu, als sie ihm eine Dose Red Bull auf den Tisch stellte.

»Ja mei – ihr seids hoid aa sehr einfach g'strickt«, gab sie ungerührt zurück und schaltete ihren Laptop aus. »Brauchst du mi heid no?«

Er schüttelte den Kopf. »Aber lass dein Handy an. Für … eventuelle Notfälle.«

Sie lachte leise. »Arcadia Hotel. Ketschendorfer Straße 86«, flüsterte sie ihm vergnügt zu. »Ciao, bis morgen!«

»Ja, bis morgen«, seufzte er.

Heftiger Regen prasselte plötzlich an die Fensterscheiben. Er ließ seinen Blick über die verwaisten Schreibtische schweifen. Papierstapel, Ausdrucke, gelbe Klebezettel an Bildschirmen und Telefonen, vollgekritzelte Schreibunterlagen. Wasserflaschen verschiedenster Marken und Restfüllhöhen. Eine halb leere Packung WASA-Knäcke bei Barbara. Fünf Schokoriegel bei Tom, dazu der HARIBO-Eimer der SOKO, um dessen Standort regelmäßig erzürnte Kleinfehden ausbrachen. Die Kaffeemaschine, die wieder niemand sauber gemacht hatte. Und, unsichtbar über allem, jene ureigene Mischung aus Anspannung, Frust und Konzentration, der permanenten, zwanghaften Suche nach dem übersehenen Puzzleteil, nach dem genialen Geistesblitz, der schlagartig alles logisch zusammenfügen konnte …

Am Whiteboard und an den großen Stellwänden die Tatkomplexe, intern abgekürzt mit »LTC« für Landestheater Coburg und »SW« für Schweinfurt. Daneben seit Samstag der dritte Abschnitt »ANN-SOPHIE«.

Der doppelte Overkill und jetzt das mysteriöse Verschwinden einer dritten Ballerina. Wie die Faust aufs Auge dazu die abgegriffene Fotokopie auf Barbaras Schreibtisch, eine Handreichung des BKA zur Fallanalyse. Barbara hatte die Schlüsselsätze mit gelbem Leuchtstift markiert: »Der Modus Operandi des Täters, ein dynamisches und veränderbares Verhaltensmuster, das erlernt wird. Er entwickelt sich fortlaufend dadurch weiter, dass der Täter an Erfahrung und Selbstvertrauen gewinnt.«

Genauso musste es sein. Genau das schürte die Hoffnung, Ann-Sophie noch zu retten. Nachdenklich blieb Charly vor der großen Franken-Karte stehen.

Wo war Ann-Sophie?

Zwei rote Tatortfähnchen »Mord« und »Mordversuch«; Coburg im Norden und, südwestlich davon, Schweinfurt. Gab es einen dritten Punkt auf der Karte, der zu den beiden anderen passte?

Ergaben sie zusammen das Muster eines Tanzschritts?

Gab es einen »Ballerina-Code«?

Und wo war Henze, der akademische Shibari-Liebhaber? »In Fürth noch nicht eingetroffen«, so die letzte Meldung um neunzehn Uhr fünfunddreißig, »auch Nora Henderson aktuell nicht erreichbar«.

Gelächter draußen auf der Treppe.

»… no, und dei Chef?«

»Hod blueß geguggd wie a Wöschdbrödla – und is gleich widder naus!«

Erneut schallendes Gelächter. Vermutlich irgendwelche Kollegen der »Trachtengruppe«, der uniformierten Spätschicht; Lichtjahre entfernt von der Arbeit der SOKO …

Charly öffnete die Red-Bull-Dose. Es zischte kurz, bevor er ansetzte. Vergiss die Mondphasen nicht, fuhr es ihm plötzlich durch den Kopf. Ein alter Hinweis seines einstigen Chefs beim PP München, Polizeidirektor Josef-Othmar Ferschl. Friede seiner Asche.

Doch zwischen Kim und Tanja lagen ganze drei Tage. Ein Mondkalender mochte beim Blumengießen oder Haareschneiden helfen, hier ganz sicher nicht. Charly nahm wieder einen tiefen Schluck aus der Dose.

Wo war der rote Faden, vom Overkill an Kim LaYoung über den Beinahe-Overkill an Tanja Malischek bis zum Verschwinden von Ann-Sophie Langenau?

Die Eckpunkte des Täterprofils standen unverrückbar fest: Männlich, fünfundzwanzig bis fünfundvierzig Jahre, mit hohen Absätzen circa einen Meter neunzig groß, sportlich schlank, Vorliebe für weibliche Kleidung. Oder war es gar keine Vorliebe – war es vielmehr Hass? Spiegelte sich in der Verkleidung schon der Hass auf seine Opfer wider, auf diese idealtypischen Verkörperungen femininer Anmut?

Charly kratzte sich am Hinterkopf. Ein interessanter psychologischer Ansatz für Barbara, aber leider ohne jede praktische Bedeutung für die Suche nach Ann-Sophie. Missmutig fuhr er das EPS-Web-Programm in seinem Laptop hoch und zoomte auf das große Zeitraster:

Mord	*Kim LaYoung*	*11.9.*
Versuchter Mord	*Tanja Malischek*	*14.9.*
Verschwinden	*Ann-Sophie Langenau*	*18.9.*

Vielleicht musste man das Pferd von hinten aufzäumen. Ann-Sophie fiel aus dem Rahmen, Ann-Sophie könnte der Schlüssel sein … Er zog das Menu hoch, überlegte kurz und klickte willkürlich auf den Ordner »Victor«.

Letzte erstellte Datei: Auszug Terminkalender

Montag 31.8.	*Kalender-Fotosession Kim*
Freitag 4.9.	*Kalender-Fotosession Tanja*

Charly öffnete das Zeitraster in der Parallelansicht. Die Fototermine lagen weiter auseinander als die Tatzeitpunkte.

Keine Parallelen.

Keine Rückschlüsse möglich auf den Zeitpunkt einer eventuellen Ermordung von Ann-Sophie.

Er starrte auf den Bildschirm und nagte an seiner Unterlippe. Sein Bauchgefühl, zumindest das dienstliche, trog ihn nur selten:

Es *musste* einen zeitlichen Zusammenhang geben, der den Ermittlungen weiterhalf, er war sich absolut sicher. *Time is on my side …*

Vom Fototermin bis zum Mord waren es bei Kim elf Tage. Bei Tanja zehn Tage – wieder keine Parallele. Ann-Sophie war nicht von Victor fotografiert worden. Wäre der Tag ihres Verschwindens ein Fototermin gewesen, überlegte er, und würde man die Reihe »Zwölf Tage – Elf Tage« mit »Zehn Tage« fortsetzen, dann käme man auf den 28. September als Todestag und hätte …

Käme. Hätte. *Hätte, täte, tüte* – der Konjunktiv, der ewige Fluch des Kriminalisten …

Charly schwirrte der Kopf. Schluss jetzt mit schwachsinnigen Zahlenspielereien und »Pferd von hinten aufzäumen«! Der Blick musste nach vorn gehen: War es nicht viel wahrscheinlicher, dass der Wahnsinnige nach maximaler Aufmerksamkeit gierte? Dass er sich auf nächsten Samstag fokussierte, den Tag der verschobenen Coburger Theaterpremiere?

Verschoben … verschieben … Verschiebung … Ein vager, unbestimmter Gedanke stieg in ihm hoch. Er griff zum Handy.

»Barbara? … Sorry, nur ganz kurz noch, zur Psychologie des Täters; ja, du weißt schon … Stichwort: Verschiebung … Verschiebung oder Chiffrierung einer Tat. Da gibt's doch eine ganz bekannte Abhandlung, wo finde ich die auf die Schnelle?« Er kramte nach seinem Kugelschreiber. »Bei Harbort, ah ja, da wär ich zur Not noch selbst draufgekommen, und wo genau … warte … ›Kriminalistik‹, Jahrgang 99 oder 2000 …«

Auf dem Bildschirm erschien: *»Neue E-Mail Facebook: Du hast Nachricht von Corinna.«*

»Kann sein, dass ich kurz vor einem Durchbruch stehe«, lachte er. »Aber das vertiefen wir morgen früh mal, ich muss jetzt erst noch ein paar Mails abarbeiten. Schlaf schneller, Miss Bavaria, bis morgen!« Er legte auf und öffnete die neueste E-Mail:

»hi charly,
da war doch neulich was mit einem spontanen kaffee, gilt deine einladung noch? Die rennsteig-datscha hat nen wasserrohrbruch, ich fahr jetzt heim und könnte in ner stunde in coburg sein …
lg, Corinna«

Er drückte auf »Antworten«.

»hey Corinna,
22:00 in der Bar Celona, ich wart auf dich. Fahr ins parkhaus zinkenwehr, is breiter und heller als parkhaus mauer.
c u – charly«

20:41 Uhr – Irgendwo in Franken

Er raschelte mit dem fest verklebten schwarzen Müllsack, schwenkte ihn triumphierend vor ihrem Gesicht.

»Tod und Verwesung! Die Wäsche einer halb verwesten Leiche wartet auf dich!«

Angeekelt drehte sie ihren Kopf zur Seite.

Sie fror entsetzlich. Er hatte ihr auch noch das Oberteil, ihr weißes Lieblingssweatshirt, ausgezogen. Ihr Kiefer war weit aufgespreizt vom viel zu großen roten Hartgummiknebel, der Schmerz zog jetzt schon bis in den Nacken. »Die Muskeln müssen warm bleiben«, warnend gellte die Trainerstimme durch ihren Hinterkopf, »haltet euren Körper warm … Die Füße sind wie Hände …«

Doch Füße wie Hände waren unerbittlich fixiert, mit hässlichen braunen Lederriemen. Ihre Füße, gewöhnt an ständige Wärme und Pflege, schienen zu erstarren … oder waren sie schon taub? Ein neuerlicher Stich der Angst, kurz und heiß zuckte er durch ihren völlig erschöpften und verkrampften, nur noch mit Slip und Sport-BH bekleideten Mädchenkörper.

Absterbende Gliedmaßen, ein Tod auf Raten …

Stilettos klackerten auf dem alten Betonfußboden. Aus den Augenwinkeln sah sie, wie er in seinen Frauenkleidern hinausstöckelte. Eine Schranktür knarzte im Nebenraum, dann begann der Kassettenrekorder wieder zu leiern. Immer wieder derselbe Song, inzwischen kannte sie ihn auswendig: Erst Gewitterregen und Donner, dann die sadistisch gelangweilte Männerstimme: *»Riders on the storm …«* Sie kannte den Sänger nicht, vielleicht war es dieser perverse Psychopath selbst … Mit einem Buch, dessen Titel sie nicht entziffern konnte, kam er zurück und setzte sich wieder neben sie.

»So, Kleine. Interessiert es dich, wie es hier mit dir weitergeht?«

Ann-Sophie nickte schwach. Sie sah das dilettantische dicke Make-up, das unter seinem rechten Auge zu bröckeln begann. Seine rot glänzenden Lippen grinsten breit.

»Überspringen wir die ungemütlichen nächsten Stunden hier, schauen wir doch ein paar Tage voraus.« Er schlug das Buch auf und hielt es seitlich etwas näher an die Teelichter hinter ihm. »Du hast seit Freitag nur ein paar Tropfen Wasser bekommen … in wenigen Tagen wirst du tot sein. Natürlich erlebst du zuvor noch bei vollem Bewusstsein, wie deine kostbaren, hochtalentierten … ar-ro-gan-ten … Ballerinafüßchen langsam absterben …« Er hielt inne und weidete sich an dem neu aufflackernden Schluchzen, das leise hinter ihrem Knebel hervordrang.

Genüsslich fuhr er fort.

»Gehen wir davon aus, dass du spätestens Freitag oder Samstag hier verdurstet bist. Schade, da wolltest du doch zur Premiere ins Landestheater! Und dann die Koffer packen, für deinen Umzug nach München! Lesen wir doch mal nach, was dein Körper gerade macht, wenn deine Tanzkolleginnen am Montag ganz aufgeregt ihr Zimmer in München beziehen … ah ja, hier, ist das nicht appetitlich: ›*Etwa ein bis zwei Tage nach dem Tod beginnt eine schmutzig grüne Verfärbung der Bauchdecke, die sich langsam über den gesamten Körper ausbreitet.*‹ Du bekommst die sogenannte Grünfäulnis. Deine Augäpfel werden weich …« Er schlug die Beine übereinander und zupfte seinen dunklen Rock zurecht. »Jetzt kneifst du deine Augen zu, dabei würdest du dir am liebsten die Ohren zuhalten, stimmt's?«

Angeregt fuhr er fort.

»Ein paar Tage später. Deine Kolleginnen, die Stipendiatinnen der Heinz-Bosl-Stiftung, haben ihre ersten Übungsstunden hinter sich. Sie sind ausgepowert, aber glücklich. Wenn sie wüssten, dass dein Körper zur selben Zeit schon viel weiter ist, ich zitiere wieder aus diesem hochinteressanten Fachbuch: ›*Der ganze Körper ist jetzt dunkelgrün. Das Gesicht ist aufgedunsen, der Leib von Fäulnisgasen stark aufgetrieben. Die Oberhaut lässt sich jetzt fetzig oder zigarettenpapierartig abstreifen, die Haare leicht ausziehen*‹ … Hallooo, wer wird denn da gleich in Ohnmacht fallen …!«

22:52 Uhr – Coburg, Bar Celona

Charly rührte seinen Espresso um und schaute interessiert zu, wie Corinna mit der kleinen Gabel ihren katalanischen Gemüsespieß abstreifte und abzupfte.

Sie war erstaunlich elegant gekleidet. Nicht das von Charly insgeheim erwartete Räuberzivil, keine Turnschuhe und ausgeleierten Jeans als feierabendlicher Kontrast zur Berufskleidung Schnürstiefel und Lederkorsage: Im olivfarbenen Kostüm, dunklen Feinstrumpfhosen und Pumps mit maßvollen Absätzen saß sie ihm gegenüber am kleinen Zweiertisch. Gepflegtes, dezentes Make-up; ganz die seriöse, selbstbewusste Geschäftsfrau.

»Da hast du dich also aus reiner Langeweile gemeldet?«

»Natürlich … mangels besserer Alternativen«, erwiderte sie ironisch.

Ihre schönen vollen Lippen, die ihn vor über dreißig Jahren, in wilden pubertären Jugendphantasien, immer wieder zum Wahnsinn getrieben hatten, lächelten. Hinreißend. Professionell, vielleicht sogar automatisch, aber immer noch unwiderstehlich. Ihre blauen Augen dagegen waren, wie neulich, unverändert und anscheinend endgültig – erloschen: Er suchte sie im Kerzenlicht immer wieder neu und fand doch keine treffendere Beschreibung …

Doch die Uhr tickte.

Es gab keinen Grund mehr, länger ein dubioses Inkognito aufrechtzuerhalten. Jede noch so belanglos erscheinende Information konnte weiterhelfen.

Er zog die Zeitung vom freien Nebentisch und schlug vor Corinna den Lokalteil auf.

»›*Don't kill butterflies*‹: Coburger Ballettgala in gedrückter Stimmung«. Auf dem Foto die Macher, neben Nora noch Victor, Professor Claus-Olaf Henze und weitere kulturbeflissene Lokalprominenz.

»Kennst du jemanden darauf?«

»Warum sollte ich?« Seelenruhig zog sie mit der Gabel das letzte Stückchen Paprika von ihrem Spieß, ohne das Bild eines Blickes zu würdigen.

»Corinna, bitte! Das hier ist kein schwachsinniges Krimi-Dinner – ich suche Ann-Sophie Langenau! Also verarsch mich bitte nicht! Hat sich einer von denen mal bei euch blicken lassen und vielleicht nach Shibari erkundigt?«

»Also, wer hat denn mit dem Verarschen angefangen? ›Krimi-Autor‹, das war ja wohl 'ne selten dämliche Masche neulich! Harry hat gleich gesagt, mit dir stimmt was nicht.« Sie warf den Kopf in den Nacken und blickte ihn herausfordernd an. »Und nach dem Bericht über eure Pressekonferenz in Schweinfurt neulich war mir dann alles klar. Aber ich hab nix gegen Bullen, Charly. Erst recht nicht gegen den … ›fränkischen Super-Cop‹! Der noch dazu aus derselben Disco kommt wie ich …« Sie lächelte ihm zu und hob ihr Sherryglas. Dann beugte sie sich über die Zeitung und deutete nach kurzem Suchen auf ein Gesicht: »Die Gestalt kenne ich. War ab und zu in der Datscha. Und hat sogar mal nach Shibari gefragt.«

Charly starrte reglos auf das Bild.

Auf Corinnas silbergrün lackierten Fingernagel und das Gesicht darüber.

»Zahlen, bitte!«, rief er heiser. »Tut mir leid, Corinna, muss unbedingt noch mal ins Büro … komm, ich begleite dich noch schnell ins Parkhaus …«

Ihre kurzen schnellen Schritte hallten durch das gähnend leere Parkdeck im Parkhaus Zinkenwehr.

»Ist mir ja schon ewig nicht mehr passiert.« Corinna schüttelte amüsiert den Kopf.

»Was?«

»Dass einer mich beschützen will«, lachte sie. »Wenn du tagaus, tagein nur solche Würstchen um dich hast wie ich …«

»Glaub mir, das Gefühl kenn ich auch«, grinste Charly. »Aber du hast doch noch Harry?«

»Harry? Das ist doch nur … der … der Würstchenkoch! Der kocht die Würstchen alle ab …«

»… und kann gar nicht genug davon kriegen, verstehe.«

Die Blinker eines schwarzen Škoda Fabia jaulten leise auf. »Hey, sogar getönte Scheiben?«

»Steig ein, ich nehm dich mit. Wo stehst du mit deinem Wagen?«

»Sag ich dir gleich …« Charly öffnete die Tür und ließ sich auf den Beifahrersitz fallen, während Corinna geschmeidig hinter das Lenkrad glitt.

»Riecht ja noch richtig neu.« Interessiert schaltete er die Hi-Fi-Anlage ein und zuckte zusammen, als ein ohrenbetäubender Bass loswummerte: *Baa da ba dam – ba dam – ba dam.*

»She's a super freak, super freak«, keuchte eine schwarze Männerstimme, *»she's super-freaky, yow …«*

»Ey, das ist doch Rick James! 80 oder 81, stimmt's?«

Corinna strich sich eine Haarsträhne hinter ihr Ohr und lächelte versonnen. »War schon eine geile Zeit damals, oder?«

»Schade, dass wir uns damals nie so nah waren …«

Sie antwortete nicht. Auf ihrer Windschutzscheibe waren Regenschlieren angetrocknet. Direkt davor drohten schwarze Lettern von der grauen Betonwand: *»Bitte nicht rückwärts einparken!«*

»Na und?« Trotzig, scheinbar unbeteiligt, schaute sie nach vorn. »Die glücklichsten Momente hast du sowieso nie in echt. Nur deine Phantasien machen dich wirklich high. Und bleiben.«

»Und trotzdem wollen wir unsere Phantasien ausleben, wollen alles für sie riskieren.« Ohne zu überlegen, spontan, nein, dreißig Jahre zu spät, griff er nach Corinnas Oberschenkel.

Eine winzige Ewigkeit lang schien sein Herzschlag auszusetzen. Bis er ungläubig spürte, wie sie näher kam, ihre Hand in seinen Nacken schob und seinen Kopf zu sich heranzog: Wie betäubt sah er ihre weißen Zähne aufblitzen, spürte schon den Atem ihres Lächelns auf seinem Mund, schloss die Augen – und riss sie verstört wieder auf, als sie im allerletzten Moment dem Kuss auswich und lediglich Wange an Wange legte.

Scham und Ärger schossen hoch in ihm – *du Schwachkopf, du Idiot, sie ist nur eine Nutte, sie küsst nicht auf den Mund!* –, als im nächsten Moment ihre Hand in seinen Schritt glitt und ihn sanft zu massieren begann.

»Entspann dich einfach …«, wisperte sie ihm ins Ohr und öffnete dabei zielstrebig seinen Gürtel, »du hast doch so lang darauf gewartet …«

Sein Handy vibrierte.

Aus dem Augenwinkel sah er *»Anruf Bernie«,* ärgerlich drückte er weg, um sich gierig fallen zu lassen, um sich ganz ihren warmen, wissenden Händen hinzugeben … und um in wild wachsender Lust zu spüren, wie sich rauschhafter Triumph und tiefstes Ausgeliefertsein wechselseitig immer höher jagten … Sein Blick verlor sich im schwarzen Autohimmel, er schloss die Augen … Und der schwarze Funksänger aus L.A., der schon Jahre zuvor an Drogen krepiert war, dröhnte dumpf und unverdrossen durch das mitternächtliche Parkdeck im fränkischen Coburg.

»… it's such a freaky scene, the girl is pretty kinky, the girl's a super freak, super freak, yeeeaaahhh …!«

Fünfzehn Minuten später trieb Charly den Alfa Spider bei Gelb über die leere Anger-Kreuzung, vorbei an Coburgs heimlichem neuem Wahrzeichen, dem faszinierenden Farbspiel der Glasfassade der Städtischen Werke SÜC. Aufgekratzt trommelte er auf das Drei-Speichen-Sportlenkrad.

Endlich spüre ich's mal wieder – das »SOKO-High«! Der seltene Glücksmoment in Dauerstressphasen; jener euphorische Kick, wenn sich der Ermittlungsnebel plötzlich lichtete und alles ins Rollen kam: Djukic war aussortiert, Victor stand unter Überwachung, Shibari war zugeordnet … und Bernie Winter hatte vor dreißig Minuten auf die Mailbox gesprochen:

»H 1122, silbergrauer Jaguar, steht in Hirschaid auf Hotelparkplatz, du weißt schon … gleich neben Möbel-Neubert, dieses praktische Seitenspringer-Motel für die Hausfrauen aus Bamberg, Forchheim, Erlangen … die als Alibi dann schnell noch'n Sack neue Teelichter im Möbelhaus mitnehmen … (kurzes dreckiges Lachen) … aber gut, zurück zum Thema, ich wollte noch was über deinen Jaguarfahrer recherchieren, hab an der Rezeption behauptet, ich hätte sein Auto angefahren … aber er is dann nicht ans Telefon und nicht an die Tür … eingecheckt isser als Horst Heinze, seit gestern auf Doppelzimmer zwo vier, in Begleitung einer jungen, langhaarigen Frau Serena, Se-re-na … (verschluckt sich fast vor Lachen) … dachte immer, das is 'ne Damenbinde … Na ja, auf jeden Fall, er hat bis übermorgen gebucht, und wegen des Blechschadens hab ich mich als Verursacher Karl-Heinz Herrmann, Neustadter Straße 1 in Coburg, ausgegeben … der wird sich sicher bald bei dir melden! Also, Servus, Alder, piss bald!«

Charly grinste und hielt an der roten Ampel vor der ARAL-Tankstelle. Null Uhr fünfzehn.

Er überlegte. Fünfzig Kilometer Frankenschnellweg bis Hirschaid waren jetzt, um diese Zeit, vielleicht eine motorsportliche Verlockung, aber kriminalistisch gesehen pure Zeitverschwendung. Also zurück ins Büro. Henze unter Überwachung stellen, Corinnas Hinweis festhalten und kurz noch diesen Fachartikel zur »Verschiebung« und »Chiffrierung« nachlesen. Er fühlte sich hellwach und topfit; dank Corinna und Barbara war auch eine ganz persönliche monatelange Durststrecke endlich vorbei. Wie wertvoll doch ein ausgeglichener Hormonhaushalt war für die eigene Belastbarkeit, sicher gab es auch hierzu schon diverse Fachaufsätze …

Die Ampel sprang auf Grün.

Charly beschloss, mit einem Links-Turn auf der leeren Kreuzung zu wenden. Ein einziges Auto war abzuwarten, langsam zog der Wagen vorbei. Für einen kurzen Moment war das müde, geistesabwesende Gesicht des Fahrers zu erkennen.

Verblüfft schaute ihm Charly hinterher. Was machte ausgerechnet dieser allzu gute Bekannte hier, um diese Zeit? Sollte es ein Wink des Schicksals sein, die perfekte Abrundung eines erfolgreichen Tages? Kurz entschlossen hängte er sich, mit fünfzig Metern Sicherheitsabstand, hinter den Wagen.

Nein, kein Wink des Schicksals.

Keine neuen Erkenntnisse.

Der Mann war schlicht und einfach heimgefahren und hatte seinen Wagen in die Garage gestellt. Charly wollte noch seinen Gang ins Haus abwarten, um in der stillen Straße dann selbst wieder unauffällig zu starten.

Nichts rührte sich. Ob der Typ in der Garage eingeschlafen war?

Endlich, ein Schatten kam aus der Garage heraus. Er schloss das Tor und ging zum unbeleuchteten Haus hinüber. Charly hatte Daumen und Zeigefinger schon am Zündschlüssel, als der Schatten plötzlich seine Richtung änderte: Von der Haustür weg, am Haus entlang, um die Ecke in den parkähnlichen Garten. Der dünne Lichtkegel einer Taschenlampe flammte auf und wies den Weg: Leicht hangaufwärts, zu ein paar großen dunklen Bäumen.

Was macht der Typ um halb ein Uhr nachts in dieser Wildnis?

Charly kniff die Augen zusammen.

Der Lichtkegel fiel jetzt zwischen den Bäumen auf zugewachsenes altes Gemäuer. Eine Tür, an der er sich kurz zu schaffen machte, sie dann öffnete und dahinter verschwand.

Das kenn ich doch … Hatten wir da nicht mal kurz unsere Instrumente eingestellt? Damals, 1978, die Instrumente unserer legendären Schülerband, »Einstein's Brain And Jimi's Guitar«!

Im Mondlicht lag der Garten hell und friedlich vor ihm.

Das kann ich mir schnell mal selbst anschauen, beschloss er spontan. Dafür brauchen wir nicht erst einen Durchsuchungsbeschluss. Charly zog den Zündschlüssel ab und schob ihn in die Hosentasche seiner Jeans. Mechanisches Abklopfen, Handy und Waffe waren am Mann; Hund gibt's hier keinen, und körperlich macht der mir sowieso nichts vor …

Unternehmungslustig stieg er aus und drückte die Tür leise ins Schloss. Kurzes Sichern nach allen Seiten, dann huschte er über die Straße und zwängte sich geschickt zwischen zwei Sträuchern hindurch in den Garten. Ein paar schnelle Schritte auf Gras bis zur Hauswand. Alle Jalousien waren heruntergelassen, die alte Villa schlummerte wie im Dornröschenschlaf.

Er drückte sich an der Hauswand entlang nach hinten. Die Wiese lag vor ihm, gut zwanzig Meter im Mondschein bis zu den großen dunklen Bäumen.

Nichts war zu hören, alles war ruhig und still.

Im Edgar-Wallace-Film müsste jetzt ein Käuzchen schreien, dachte er noch vage und spurtete los.

Leicht und locker erreichte er die Bäume. Ein kurzes Lauschen – nichts. Vorsichtig schlich er weiter, ein paar Meter noch, über einen kleinen, unangenehm morastigen Weg.

Endlich. Ganz versteckt und eingewachsen, ein alter Pavillon, massiv aus Sandstein und Klinker erbaut. Charly erkannte es sofort wieder, »das alte Waschhaus«, wie es die Großmutter seines damaligen Schlagzeugers immer genannt hatte. Sie war dann im September 1978 an der Kaufhof-Kreuzung überfahren worden, der Traum vom eigenen Übungsraum war über Nacht geplatzt. Kurz darauf hatte sich die Band aufgelöst …

Charly schlich näher heran. Die alten Fensterläden hingen schief in den Angeln und schlossen nicht mehr richtig. Die Scheiben, seit Jahrzehnten nicht mehr geputzt, waren offensichtlich von innen verhängt. Kein Lichtschein drang heraus.

Genug Platz wäre drin, um jemanden gefangen zu halten, dachte Charly. Allerdings nicht über einen längeren Zeitraum. Kein Klo, kein Wasser, hier kann er keine regelmäßige Versorgung organisieren, ohne dass es auffällt. *Natascha Kampusch zwo* ist hier nicht machbar …

Ein Blitz schlug ein in seinen Hinterkopf.

Lautlos stürzte Charly ins Dunkel.

Dienstag

09:10 Uhr – SOKO Franken

»Verflucht noch mal, wo bleibt denn Charly heute?« Löhlein streckte schon zum vierten Mal den Kopf zur Tür herein. »Stein sitzt schon seit zehn Minuten beim Chef, und unser Super-Cop lässt sich einfach nicht blicken!«

»Ich probier's seit einer halben Stunde, Heinz-Uwe!« Heym hielt sein Handy hoch. »Zu Hause geht er nicht ran, auf Handy nur AB!«

»Do kann was ned pass'n, des is do gar ned sei Art, oder?« Barbara warf ihren Stift hin und runzelte besorgt die Stirn. »Wos hod er denn heit im Terminkalender steh'n?«

»Nix weiter, hab grad nachg'schaut. Neunnull Lage, zehn bis zwölf Vorbereitung PK, vierzehnnull PK. Ganz normal alles.« Nachdenklich griff Schnauzer zu seinem Schnurrbartkämmchen und durchpflügte damit seinen Tom Selleck.

Löhlein hämmerte mit der Faust seitlich gegen den Türrahmen.

»Und Tom kommt auch erst heute Mittag wieder … da passt ja wieder alles! Nee, Kollegen, so was geht einfach nicht, Charly wächst die ganze Sache eindeutig über den Kopf!« Er winkte Antlkofer zu sich heran. »Barbara, da müssen wir zwei jetzt improvisieren: Komm mit rüber, nimm deine Unterlagen mit!«

***

»Nein, Chef! Auch seine Schwester in Weißenburg weiß nicht, wo er steckt!« Selbst Schnauzer war jetzt unüberhörbar nervös. »Hetz und Ötter waren eben am Ölberg an seiner Wohnungstür. Keiner zu Hause. Auch sein Alfa steht nicht dort.«

Ritter blickte wieder auf seine breite Fliegeruhr. »Erstens sofort zur Fahndung ausschreiben«, entschied er. »Als gestohlen. Der Wagen ist ja auffällig genug. Zweitens neue Informationen sofort, ich wiederhole, so-fort, an mich! Drittens Scherzer zurückrufen – bis dahin übernimmt Kollege Löhlein die SOKO-Leitung!«

»Und die PK heute Mittag?«, fragte Moser.

»Findet natürlich statt. Die Medienvertreter sind eingeladen, und auch ein SOKO-Leiter kann mal kurzfristig ausfallen. Bitte um elf zur Vorbesprechung bei mir«, er zeigte in die Runde, »Kollegin Antlkofer, Kollege Löhlein und Kollege Moser. Kollege Scherzer sowieso. Alles klar so weit? Bis dann!«

Energischen Schrittes verließ er den Raum, um in der Tür abrupt stehen zu bleiben und sich noch einmal umzudrehen.

»Eins fällt mir da noch ein: Wie steht's mit seinem Exkollegen Bernie Winter? Haben die beiden nicht noch ab und zu Kontakt? Vielleicht weiß er was, rufen Sie doch den SeCOrity-Schlawiner gleich mal an!«

***

Sphärische Klänge drangen an Charlys Ohr, Geklimper wie aus weiter Ferne, seltsam schwebend über Sturm und Regen; ein Mann, der merkwürdig unbeteiligt zu singen begann … ist das nicht Jim Morrison … 68 oder so … die Doors … auf *»L.A. Woman«*?

Die Spiralnebel tief in seinen Hirnwindungen begannen sich zu lichten, langsam und schmerzhaft begann er zu erwachen – oder glitt er gerade erst hinüber in einen unsagbar grässlichen Alptraum?

Er saß in einem dunklen Kämmerchen auf dem kalten Fußboden – und war gefesselt! Im Sitzen gefesselt, die Arme mit Handschellen hinter einem Stützbalken zusammengeführt. Schmerzhaft schnitten die Holzkanten in seine Unterarme ein. Doch noch viel unangenehmer war die würgende Kälte an seinem Hals – eine Kette, es mussten schmiedeeiserne Kettenglieder sein, die seinen Hals an den Pfosten zogen und ihm kaum noch Luft zum Atmen ließen …

Und plötzlich, im Gegenlicht des Nebenraums, ein unheimliches, gespenstisches Bild: eine große Frau in riesigen Pumps, dunklem Rock und Strümpfen, weißer Bluse und einer blonden Perücke. Affektiert und unbeholfen zugleich tänzelte sie in der offenen Tür zu den Klängen der Musik. Das kalkweiße Gesicht starrte unverwandt zu ihm herüber, breite rote Lippen flüsterten leise den Text mit.

»Riders on the storm, there's a killer on the road.«
Charly erwachte in einem Horrorfilm.

***

»Na endlich, Bernie!« Erleichtert klemmte Löhlein den Hörer zwischen Kinn und Schulter. »Du bist ja in deiner eigenen Firma noch schwerer zu erreichen als damals bei uns! Warte, ich schalte hier mal gleich auf Lautsprecher; wir sind gerade im Lageraum hier in der SOKO.«

Bernie gähnte laut und ungeniert. »Was soll denn die Nummer jetzt, Heinz-Uwe? Akute Personalnot? Brauchst du ein paar zuverlässige, kompetente Sicherheitskräfte von mir?«

»Später, Bernie, wir haben jetzt wirklich keine Zeit für Späßchen! Ist Charly gerade bei dir?«

»Charly? Nee, den hab ich zuletzt gestern Mittag gesehen. Ganz kurz nur, auf dem tegut-Parkplatz in der Bamberger.«

»Danach nicht mehr?«, fragte Löhlein enttäuscht. »Gestern Abend vielleicht?«

Bernie lachte auf. »Jetzt sag bloß, der SOKO-Chef höchstpersönlich ist verschwunden! … Na klar, und dein erster Gedanke ist da natürlich *Back to Jack! … Back to Jack Daniels* … die zwei Saufkumpane von früher sind wieder mal abgestürzt, jetzt verstehe ich. Also pass mal auf, du Heinz …«, er raschelte im Hintergrund, »… so, hier ist meine letzte Nachricht von Charly, empfangen heute, nullsiebzehn: ›Danke – wir stürmen Hirschaid!‹«

Ritters kantiges Gesicht schien wie aus Stein gemeißelt. Reglos warteten alle auf seine Reaktion.

»Geben Sie mir die PI Spezialeinheiten Nordbayern«, sagte er langsam. »Ich will in einer Stunde das SEK in Hirschaid haben.«

»Und die PK?«, fragte Tom Scherzer vorsichtig.

»Ziehen wir jetzt ganz normal durch! Und anschließend legen wir unserem Shibari-Freund das Handwerk.«

»PK SOKO Franken« stand auf dem großen Schild neben der Tür. Über sechzig Journalisten saßen oder standen dicht gedrängt im Presseraum. Für viele ein Déjà-vu – zwei Jahre waren vergangen, seit der Serienmörder Nik the Ripper die Medien hier weit über

die Region hinaus in Atem gehalten hatte. Und doch war diesmal etwas anders, den Insidern von Coburger Tageblatt und Neuer Presse fiel es sofort auf: Kommissar Charly Herrmann fehlte.

»… ist heute leider krankheitsbedingt ausgefallen«, versuchte Ritter gleich zu Beginn die drohenden Nachfragen im Keim zu ersticken.

Löhlein, wie gewohnt detailfreudig und staubtrocken: »Die SOKO Franken wurde weiter aufgestockt, es sind also mittlerweile sechsundvierzig Kolleginnen und Kollegen, die, Stand heute, elf Uhr, über dreitausend Hinweise entgegengenommen, überprüft, ausgewertet und abgearbeitet haben. Hinzu kommen über siebenhundert Befragungen und persönliche Überprüfungen, auch psychisch oft unter schwierigsten Bedingungen, beispielsweise in der, äh, Travestie- und, äh, Crossdresser-Szene, in ganz Nordbayern und Südthüringen …«

Ein Gluckser im Raum. »Verdeckte Ermittler, wa?«

Gelächter.

Löhlein umklammerte seinen Bleistift und fuhr, schneller und lauter jetzt, fort.

»Nach aktuellem Ermittlungsstand müssen wir weiter davon ausgehen, dass es derselbe Täter ist, der Kim LaYoung ermordet, Tanja Malischek lebensgefährlich verletzt und Ann-Sophie Langenau jetzt entführt hat. Ich betone ausdrücklich«, er nickte wie zur Bekräftigung nach links und rechts in den Raum, »… betone ausdrücklich, dass wir in ständigem Kontakt mit dem Bundeskriminalamt stehen und selbstverständlich in enger Abstimmung mit dem Bayerischen Landeskriminalamt, dem Polizeipräsidium Oberfranken und«, er hob den Bleistift, »und mit Unterstützung des Polizeipräsidiums München, Abteilung Operative Fallanalyse, agieren!«

In der Fragerunde dominierten wie üblich die Schreiber der überregionalen Boulevardpresse. Ein jugendlich-schmächtiger Brillenträger mit lichtem Haarschopf ging, mit norddeutschem Akzent, sofort in die Offensive.

»Jörn Balke, Abendzeitung. Bei allem Respekt, Herr Hauptkommissar, aber was Sie uns heute präsentieren, ist doch trockenste Statistik; tun Sie mal Butter bei die Fische! Was hat Ihre Fallanalyse denn ganz konkret erbracht? Fürs Täterprofil, für den Täterkreis?«

Löhlein räusperte sich und setzte umständlich zur Antwort an, als der AZ-Reporter wichtigtuerisch nachschob: »Ich meine, es kann doch heutzutage jeder im Internet nachlesen, dass es beispielsweise diese Kreishypothese gibt; nimm einfach zwei Tatorte als Endpunkte eines Kreises, dann muss der Mörder innerhalb dieses Kreises sitzen … was heißt so etwas zum Beispiel für unseren Fall?«

Ein kurzer Blickkontakt zwischen Antlkofer und Löhlein, dann ergriff die Münchner Polizeipsychologin das Wort.

»Dann wissen Sie sicher auch, dass diese ›Kreishypothese‹ aus dem Großbritannien der frühen Achtziger stammt und in dieser Form gar nicht mehr angewendet wird, Herr Balke«, konterte sie kühl. »Für uns sind die Statistiken des BKA maßgeblich. In neunzig Prozent aller Fälle bundesweit liegen der Ort des Täter-Opfer-Kontakts und der Ankerpunkt, also der Lebensmittelpunkt des Täters, höchstens zwanzig Kilometer auseinander. Luftlinie, wohlgemerkt.«

Leichte Unruhe im Saal. Der Chefreporter der Neuen Presse überlegte laut: »Das heißt für Ann-Sophie, Kontaktort war Coburg, also sitzt der Täter …«

»… irgendwo zwischen Eisfeld, Sonneberg, Bad Staffelstein und Ebern«, vollendete Löhlein, »ganz genau! Und irgendwo dort versteckt er auch Ann-Sophie.«

Vielleicht aber auch ein Stück weiter in Hirschaid …

***

Charly wusste nicht mehr, ob Nässe und Kälte von außen oder von innen kamen. An den großen Holzpfosten gefesselt, saß er seit Stunden auf eiskaltem Steinboden. Stechender Schmerz zuckte immer wieder durch seinen Unterleib, pochte in den Hoden und zog hinauf in seinen völlig verkrampften, steifen Rücken.

Vergeblich mühte er sich, dem Brennen eines vermeintlichen Harndrangs nachzugeben. Schon lange hatte sich seine prall gefüllte Blase entleert, hatte Slip und Jeans durchtränkt mit körperwarmem Urin, der jetzt nur noch kalte, stinkende Nässe war. Kalt wie der Würgegriff der eisernen Kette an seinem Hals. Und Stunden schien es her, seit der Transvestit in den Raum getänzelt war und ihm mit einem höhnischen Lächeln ruckartig das Panzerklebeband vom Mund gerissen hatte.

»Muss das sein«, keuchte Charly und leckte sich die aufgerissenen, blutenden Lippen.

»Na, Kommissar?«, fragte die falsche Frau mit ihrer Männerstimme spöttisch.

Aus dem Nebenraum drang plötzlich aufgeregtes Stöhnen, wie dumpfe Hilfeschreie.

»Ann-Sophie!«, krächzte Charly heiser, »Kommissar Herrmann hier, meine Kollegen sind gleich da!«

Der Transvestit wieherte vor Lachen. »Der war gut, Herr Kommissar«, prustete er und tastete nach seiner leicht verrutschten Brust. »Hey, du sitzt angekettet in deiner eigenen Pisse, ich habe deine Dienstwaffe, und dein Handy habe ich heute früh höchstpersönlich künstlerisch bearbeitet, mit Farbe, Feuer und dem großen Hammer, ›*Communication Breakdown*‹ heißt meine kleine Installation …«

»Phantasielos«, murmelte Charly. Das Auto, schoss es ihm gleich darauf durch den Kopf, mein Alfa …

Die falsche Frau schien seine Gedanken zu lesen. »Und dein schwarzer Bolide steht seit heute Nacht auf dem Großparkplatz Ketschenanger. Niemand weiß also, wo du während der letzten Stunden deines erbärmlichen Schnüfflerlebens dahinvegetierst und gemeinsam mit Ann-Sophie verfaulst. Mensch, das eröffnet mir ja wunderbarste Optionen«, aufgeregt legte er die Hand auf seinen Mund, zuckte, um sein Make-up nicht zu verwischen, im letzten Moment wieder zurück, »was für ein Gesamtkunstwerk!«

Voller Vorfreude trippelte er, stilettoklackernd, kreuz und quer durch den Raum. »Der tote Kommissar, in meinem eigenen Travestie-Outfit … in der Hand noch die warme Pistole, mit der er seine kleine Ballerina erlöst hat! Und sich dann heldenhaft selbst gerichtet hat! Wowowow …!«

13:55 Uhr – Hirschaid, Industriestraße, Center Hotel Drive Inn.

Ein weißer VW-Bus mit getönten Scheiben rollte im Schritttempo über den Hotelparkplatz und hielt schließlich unmittelbar neben dem Eingang. Dort hatte sich ein unscheinbares, zwangloses Rauchergrüppchen um den Standascher versammelt: Löhlein, Gerald Heym und Tom Scherzer.

Fünf Fensterputzer in dunkelblauen Arbeitsoveralls stiegen aus, luden Stehleitern und gelbe Plastikeimer aus. Ein kurzer Blickwechsel des Kapos mit Tom Scherzer, eine halblaute, kryptische Frage: »Butterfly?«

»Butterfly. Zwovier, zweiter Stock.«

Zwei Fensterputzer begaben sich gemächlich Richtung Hintereingang. Die anderen drei trugen ihre Utensilien ins Hotel hinein.

»Genial getarnt«, grinste Heym und strich sich über seine Elvis-Koteletten.

»Aber die Leitern.« Löhlein blickte den dreien skeptisch hinterher. »Stehen doch nur im Weg rum!«

»Sollen sie doch auch. Stell beide in den Flur, eine links, eine rechts vom Zimmer – schon sind alle Fluchtwege dicht!«

Tom griff mechanisch zum Handy, kontrollierte zum x-ten Mal das Display. »Immer noch nichts … Mensch, das gibt's doch gar nicht … Wo steckt Charly bloß?« Missmutig kickte er einen Kieselstein an der Hauswand entlang.

»Sschtt!«, zischte Löhlein. »Jetzt halt doch mal die Klappe! Kann jeden Moment pas…«

Ein dumpfer Schlag im Inneren des Hotels. Angespannt lauschten sie.

Kurze Befehle wurden gebellt, ein, zwei dünne Schreckensrufe waren zu vernehmen.

Dann Stille.

Plötzlich Getöse und Geklapper, wie eine umstürzende Stehleiter, schon polterten Schritte auf der Treppe.

»Auf geht's, weiter, weiter!«

14:05 Uhr – Hirschaid, Industriestraße, OMV-Tankstelle

Dieter Braasch, freier Mitarbeiter von Coburger Tageblatt und Neue Presse, starrte missmutig auf die Zapfsäule. Unaufhaltsam schnurrten die Zählwerke nach oben. 38 Liter, 39, 40, 41 … 62 Euro, 63, 64, 65 …

Ein ebenso teurer wie überflüssiger Ausflug nach Hirschaid, dachte er verdrossen. Drei Möbelhäuser haben wir in Rödental – aber nein, Renate musste unbedingt noch fünfundsechzig Kilometer weiter, »mir könnten doch aa noch zem Neubert!«.

Seit zwei Stunden war sie jetzt verschollen, in den unendlichen Weiten von XXXL Neubert und mömax, gleich hinter der Tankstelle. Und alles wegen zweier lumpiger kleiner Badregale … 72, 73, 74 Euro, immer noch kein Ende in Sicht. Sein Blick wanderte hinüber zum Center Hotel Drive Inn.

Er stutzte.

War das dort drüben, neben dem Eingang, nicht ein Coburger Gesicht? Er kniff die Augen zusammen. Zu weit weg. Kurz entschlossen riss er die Autotür auf und schnappte sich die Kamera, die immer griffbereit auf dem Rücksitz lag. Ein schneller Zoom … tatsächlich!

Dort stand Heinz-Uwe Löhlein, seines Zeichens Erster Hauptkommissar der Coburger Kripo, zusammen mit zwei anderen Männern. Löhlein vom Tennisclub Weiß-Rot, erst neulich hatte er ihn beim Ehrungsabend des Vereins mit auf dem Foto. Erstaunlich, dass er trotz der fieberhaften Suche nach Ann-Sophie und dem »Psycho-Killer« Zeit fand, hier in Hirschaid ein Pläuschchen zu halten …

Gerade wollte Braasch die Kamera wieder absetzen, als schlagartig Bewegung in die Szene kam: Wie auf Kommando zuckten Löhlein und Freunde zwei Schritte zurück, aus dem Hoteleingang stolperte ein Mann, weiße Unterhose, schwarze Socken; käsweiß, dachte Dieter Braasch spöttisch, und dann: Dich kenn ich doch, reflexartig löste er aus, Professor Henze vom Kunstverein!, einmal, zweimal, neben ihm plötzlich eine schlanke junge Frau, lange schwarze Haare, Asiatin, nein, Asiate, der Morgenmantel klaffte auf, nein – beides!

Wie in Trance schoss Braasch, die Zapfsäule und das erboste Gehupe des Golffahrers hinter sich ignorierend, ein Foto nach dem anderen.

Athletische junge Männer in dunklen Arbeitsoveralls und schwarzen Stiefeln eskortierten das halb nackte Paar zu einem VW-Bus mit getönten Scheiben, stießen es förmlich hinein, Löhlein und Co kamen dazu … Die Fotoserie meines Lebens, dachte

Dieter Braasch atemlos, die Fotoserie meines Lebens … als Paparazzo hätte ich jetzt ausgesorgt …!

14:35 Uhr – Bamberg, KPI Schildstraße

»Unglaublich … unglaublich … einfach unglaublich …« Professor Claus-Olaf Henze saß zusammengesunken auf seinem Stuhl. Teilnahmslos, mit offenem Mund, starrte er auf den Schreibtisch, wo Wolfgang Lauer gerade eine Plastiktüte mit Henzes Habseligkeiten aus dem Hotelzimmer ausleerte: Brieftasche, Personalausweis, Jaguar-Schlüsselmäppchen, Schlüsselbund, ein prall gefüllter Kulturbeutel, zwei Aspirin, eine ungeöffnete 15er-Packung Billy Boy B^2 Sicheres Gefühl, ein angebrochene Blister-Packung der Firma Pfizer.

»Professor Henze, bitte konzentrieren Sie sich! Was wissen Sie über den Mord an Kim LaYoung und den Überfall auf Tanja Malischek? Wo ist Ann-Sophie?«

Henze hob den Kopf und blickte verständnislos von Lauer zu Löhlein. »Wie … ich verstehe nicht …«

»Hören Sie endlich mit dieser miesen kleinen Show auf!«, erregte sich Löhlein. »Sagen Sie uns lieber, wo Sie in den letzten achtundvierzig Stunden gesteckt haben!«

»Hier … im Hotel. Verstehen Sie … ich … ich fühlte mich nicht gut …«

»Wer kann das bestätigen?«

Henze schloss die Augen und schüttelte immer wieder ungläubig den Kopf. Sein schütteres blondes Haar klebte auf der hohen Stirn.

»Wenn Sie dem Hotel nicht glauben … höchstens der Masseur … Herr Nam Pung Yhol hat mich mehrfach aufgesucht … für medizinische Massagen …« Seine Stimme brach ab.

»Sie meinen den kleinen Thai-Stricher, die Transe Serena im Büro nebenan?«, provozierte Löhlein. »Möchte bloß wissen, wer da vor dem Hotel vorhin fotografiert hat … sah aus wie der dicke Braasch vom Tageblatt.«

»Tageblatt«, hauchte Henze entsetzt, »Tageblatt! … Sie … Sie müssen das unterbinden, ich habe ein Recht am eigenen Bild. Und ich will unverzüglich einen Anwalt sprechen!«

»Dürfen Sie.« Lauer lehnte sich bequem zurück und verschränkte die Arme. »Aber bis er da ist, brauchen wir Sie in einer ganz anderen Funktion – als Japan-Experten.«

Henzes Züge entspannten sich etwas. Nur seine langen weißen Finger kneteten weiter unaufhörlich eine Büroklammer.

Gerald Heym schaltete sich ein; freundlich, fast begütigend. »Herr Professor Henze, Ihre Meinung als Experte, was können Sie uns sagen über – Shibari?«

Schlagartig verdüsterte sich Henzes Miene wieder. Ein kurzes, nervöses Räuspern, bevor er umständlich zu dozieren begann.

»Shibari, ja, genau … Shibari ist, genau genommen, ein, im weitesten Sinne, eine Art altjapanisches Kulturgut. Eine kunstvolle Fesselungsart, die zurückgeht auf das Hojôjutsu, auf eine militärische Fesselung und Überwältigung von Gefangenen, wie sie teilweise heute noch von der japanischen Polizei praktiziert wird …«

Henze war jetzt ganz in seinem Element, schien Anlass und Umgebung völlig zu vergessen. Lauer und Löhlein wechselten einen vielsagenden Blick.

»Genug!« Lauer zog etwas Flaches aus der Innentasche seiner Jacke und knallte es mitten auf den Schreibtisch.

Eine japanische Shibari-DVD. Aus Henzes Privatsammlung.

»Sie sind Insider, Sie kennen Shibari, Sie kennen die Ballett-Szene! Wer hat Kim und Tanja auf dem Gewissen? Wo steckt Ann-Sophie? Sind Sie der *Shibari-Killer*, Henze, sind Sie der *Psychopath in Frauenkleidern*?«

15:10 Uhr – Coburg, SOKO Franken

Antlkofer kaute nachdenklich auf ihrem Kuli herum. *Mit dem würd ich jetzt auch gern tauschen* … Schnauzer, der sie aus den Augenwinkeln heimlich beobachtete, verfiel in wüste Sekundenphantasien. Hastig krallte er nach dem nächstbesten Papier auf seinem Schreibtisch, als Barbara plötzlich aufschaute.

»Du, i hob jetzt gschwind no recherchiert, wos mit dieser Henderson-Tochter damals passiert is …«

»Ach … das Münchner Jahrhunderttalent?«, fragte Schnauzer mit leisem Spott. »Diese Ninotschka?«

»Genau. Des hod doch aa den Charly interessiert, wie die gestorben ist.«

»Und? Drogen? Magersucht?«

»Weder noch. Sie stürzt in einer Novembernacht halb nackt vom Balkon der elterlichen Wohnung. Vierzehnter Stock, sofort tot. Kein Abschiedsbrief. Und das Wichtigste: Sie war allein in der Wohnung.«

»Seltsam. Letzte SMS, E-Mails?«

»Alles gecheckt. Alles negativ.«

»Dann muss doch …«

Die Tür flog auf, Ritter stürmte herein, knallte die Tür gleich hinter sich wieder zu.

»Neueste Entwicklung, Kollegen: Wir haben den schwarzen Alfa gefunden! Langguth hat gerade angerufen, mitten auf dem Großparkplatz Ketschenanger.«

»Und Charly?«

»Weit und breit keine Spur. Der Wagen ist abgeschlossen, äußerlich völlig unauffällig, bis auf zwei Knöllchen von den kommunalen Verkehrsüberwacherinnen. Volkhardt und seine Spurensicherer vom K7 sind schon unterwegs.« Er blickte auf seine breite Fliegeruhr. »Das war das eine. Zweitens, Henze wird in Bamberg immer noch verhört, ich warte minütlich auf Löhleins Rückruf. Bitte halten Sie sich bereit – wir machen gleich im Anschluss große Lagebesprechung. Drittens«, er senkte die Stimme zu bedrohlichem Flüstern, »die Kollegen in Stuttgart haben Scheiße gebaut, ganz große Scheiße! Die Überwachung ist vor einer Stunde abgerissen – Victor und die Stuttgarter Ballerina sind spurlos verschwunden!«

***

Schweißperlen rannen ihm über die Schläfen, blieben im Augenwinkel hängen. Erschöpft presste Charly die Lider zusammen.

»Konzentrier dich«, krächzte er mit ausgedörrtem Mund und versuchte fieberhaft, seinen stoßweisen Atem zu beruhigen. Immer heftiger wüteten die Krämpfe in seinem Unterleib. Und immer schwächer und hoffnungsloser hörte er Ann-Sophie schluchzen.

Wann kommt die Drecksau endlich wieder, blinder Hass blitzte in ihm auf … und wann finden die Kollegen endlich meine Spur … Dr. Sven Langenau ist die falsche Spur, obwohl ihn Corinna auf dem Bild erkannt hat, obwohl er nach Shibari gefragt hat … hoffentlich verschwenden die Kollegen nicht wertvolle Zeit damit …

Barbara!, schoss es ihm urplötzlich durch den Kopf, Antlkofer musste sich doch an seinen letzten Anruf erinnern, verzweifelt klammerte er sich an dem Gedanken fest, Antlkofer war die einzige Chance für ihn und Ann-Sophie …

***

»Ja … nein … I woaß ned … I ruf di nacherd moi zruck … ciao … Officer.« Mit ausdruckloser Miene drückte Barbara Antlkofer die rote Taste und schob ihr Handy unter interessierten Blicken der Kollegen zurück in ihre Tasche. »I kimm ja scho …«

Sie schnappte sich ihre Unterlagen und folgte den anderen in den Lageraum.

Allgemeines Stühlerücken, kurzes Begrüßungsnicken zu Oberstaatsanwalt Dr. Stein, den Ritter gerade im Flüsterton informierte. Der längst zur Gewohnheit gewordene Vesteblick vermittelte heute nur trügerische Ruhe und Sicherheit.

Dr. Steins Lippen waren zu einem bleistiftdünnen Strich zusammengepresst, seine Augen nur noch schmale Schlitze.

»Das ist ein unerträglicher Ermittlungsstand, meine Damen und Herren. Um es auf den Punkt zu bringen: katastrophal, einfach nur katastrophal! Die Uhr tickt, wir haben noch sechsundneunzig Stunden bis zur Theaterpremiere, und wir treten bei der Suche nach Ann-Sophie Langenau immer noch auf der Stelle! Die bayerische Staatsregierung defiliert am Samstag in unser Landestheater, und wir werden von diesem Wahnsinnigen sogar noch öffentlich vorgeführt und lassen uns den SOKO-Leiter unter dem, mit Verlaub, unter dem eigenen … Arsch wegziehen!«

Seine Hände zitterten vor Wut, abrupt verschränkte er die Arme. »Ich erwarte endlich Ergebnisse, die diesen Namen auch verdienen! Sie sind die Elitebeamten der fränkischen Kriminalpolizei …«, Steins Blick schweifte in die Runde, er schien den Faden zu verlieren, blieb an Barbara Antlkofer hängen, »… und, nicht zu vergessen, des Polizeipräsidiums München! Es ist doch ein Unding«, wandte er sich an seinen Nebenmann, einen finster dreinblickenden Polizeidirektor Frank Ritter, »dass die Überwachung von diesem Victor einfach mir nix, dir nix abreißt! Ein Tatverdächtiger und ein potenzielles Opfer tauchen vor unseren Augen einfach ab, da fehlen einem doch die Worte!«

Ritter, mit leichten Schatten unter den Augen, reagierte deutlich dünnhäutiger als in den letzten Tagen.

»Das kann ich jetzt so nicht stehen lassen, Herr Oberstaatsanwalt! Die SOKO Franken arbeitet professionell und hoch motiviert, auch unter extremster Belastung! Es wurden in kürzester Zeit konkrete Ergebnisse geliefert, allein in den letzten vierundzwanzig Stunden: erstens der Kreis der Tatverdächtigen weiter eingeengt, Stichwort: Bosko Djukic, zweitens ein weiterer Verdächtiger aufgespürt, Professor Henze, der zur Stunde immer noch in Bamberg verhört wird. Drittens heute Vormittag große Hausdurchsuchung auf der Ernstfarm – Walther, wenn Sie unseren Kreis hier kurz aus erster Hand informieren würden?«

»Wir waren heute früh von acht bis elf Uhr fünfzehn auf der Ernstfarm, durchsucht wurden sämtliche Wohn- und Geschäftsräume, die auf den Namen Hans-Victor Schellenberg angemietet sind, einschließlich Werkstatt, Atelier und Lager.«

»Ergebnis?«

»Negativ. Wohnung und Lager waren in unbeschreiblichem Zustand, fast messiehaft. Wir haben stundenlang alles durchwühlt und auf den Kopf gestellt. Kein Versteck, keine Hinweise auf Entführungen oder Shibari. Die PC-Auswertung dauert noch an, sie läuft über die Kollegen von der regionalen Beweissicherung und Auswertung. Victor selbst war nicht vor Ort, wir haben ihn telefonisch kurz nach acht in Stuttgart erreicht.«

»Da stand Victors Überwachung noch?«, unterbrach ihn Stein. »Wann genau ist der Kontakt in Stuttgart abgerissen?«

»Dreizehn Uhr«, sagte Ritter.

»Okay. Wie reagierte er auf die Nachricht von der Hausdurchsuchung?«

»Merkwürdig. Er lachte immer wieder, recht gekünstelt, dann fluchte er wieder, mehr zu sich selbst. Klang irgendwie …«,

Schmidt rang nach einem passenden Wort, »… irgendwie schizophren«

»Wie sind Sie dann hineingekommen?«

»Victor hat seinen Assistenten, einen gewissen Aron Preile, telefonisch bevollmächtigt. Preile war acht Uhr fünfundvierzig vor Ort, hat uns aufgeschlossen und bis zum Schluss begleitet.«

»'tschuldigung«, klinkte sich Barbara ein. »Hat sich dieser Aron auffällig benommen? Welchen Eindruck hatten Sie von ihm?«

Schmidt überlegt kurz. »Am Anfang ziemlich nervös. Hatte angeblich nur zwei Stunden geschlafen und hat sich ständig im Gesicht gekratzt, er hat da einen ziemlich hässlichen Ausschlag. Dann ist er aber zu großer Form aufgelaufen«, grinste er, »er hat uns extra einen Karton mit Ballettschuhen gezeigt: Wir haben sie sofort der Spurensicherung übergeben, die Dinger sind aber richtig alt und modrig, teilweise schon stockfleckig.«

»Und zu Victor gab's nur diesen einen Anfangskontakt?«

»Ja. Aron Preile hat um elf Uhr fünfzehn nur seine Mailbox erreicht.«

»Da ist doch irgendwas oberfaul«, sagte Stein. »Die Durchsuchung der Ernstfarm scheint ihn überhaupt nicht zu stören, und kurz darauf taucht er mitsamt seiner Stuttgarter Ballerina komplett ab!«

»Höchste Priorität!« Ritter kritzelte etwas auf seinen Block. »Lassen Sie uns die Kollegen in Stuttgart sofort mit einbinden«, wandte er sich an Stein. »Werde telefonisch sofort vorinformieren.« Stein nickte. »Victor zur Fahndung ausschreiben, persönliches Umfeld der Tänzerin befragen, Hinweise auf aktuellen Aufenthalt ermitteln …«

Das Telefon in der Ecke des Lageraums klingelte und zog sofort sämtliche Blicke auf sich. Ritter stand auf.

»Ja? Moser, was gibt's? … Scherzer aus Bamberg? Natürlich, sofort durchstellen!« Sein breiter Finger presste ungeduldig das schmale Lautsprecherknöpfchen.

»Ja, Scherzer, wir hören Sie alle, ich habe scharf gestellt, Sie sind jetzt live in der großen Lagebesprechung!«

Hintergrundrauschen, ein unterdrücktes Niesen – oder war es ein Lacher? –, dann Tom Scherzer:

»Wir haben Henze gerade ins Klinikum Bamberg bringen lassen: Kreislaufkollaps, Verdacht auf Schock … nachdem wir ihn zu dritt eine Stunde in der Mangel hatten«, fügte er trocken an.

Ein paar beifällige Tischklopfer, sogar ein halblauter Bravoruf im Lageraum, von Ritter sofort ärgerlich unterbunden.

Tom Scherzer fuhr fort: »Fakt ist, der Professor hat natürlich einen Japan-Tick, er gibt auch zu, dass er eine Vorliebe für diese Shibari-Fesselungen hat und sexuell ein, äh … na ja, eine Art Doppelleben führt. In Coburg seine Lebensgefährtin Nora Henderson, auf seinen Geschäftsreisen mietet er sich diesen thailändischen Ladyboy, den er als seine Frau Serena ausgibt … Aber damit ist der Mann auch restlos ausgefüllt, Kollegen. Unser Eindruck heute ganz klar: Henze ist ein akademischer Schlaffi, er hat zwar ein paar ausgefallene Phantasien, aber dem fehlt jeder aggressive, hasserfüllte Wesenszug, dem reichen gängige sexuelle Praktiken mit ausgefallenem Partner Schrägstrich Partnerin … um's mal so auszudrücken.«

»Alibis?«, fragte Stein kurz.

»Überprüft: Er ist von Düsseldorf direkt hierhergefahren und hat sich seither im Hotel vergnügt. Wir konnten diverse Stärkungsmittel sicherstellen, eine genaue Liste hat Kollege Heinz-Uwe Löhlein äußerst gründlich angefertigt …«

Ritter ging rasch dazwischen. »Also kommt Henze weder für Ann-Sophie noch für Charly in Frage.«

»So isses … Für Kim und Tanja hat ihn ja schon Nora entlastet.«

»Also bleibt uns nur noch Victor«, stellte Stein fest. »Halt – was hat Henze übrigens zu den DVDs gesagt, die wir bei ihm sichergestellt haben?«

»War regelrecht geschockt. Hat immer wieder beteuert, dass nicht mal Nora davon weiß. Wir sollen doch Aron Preile fragen, warum der sich so dafür interessiert … so, wir haben jetzt die A73 erreicht, die Verbindung wird gleich schlechter … sind in dreißig Minuten zurück, Chef.«

»Over!« Ritter legte auf, einige grinsten.

»Aron Preile …« Stein legte seine Stirn in Falten. »Der Assistent von Victor … kann es sein, dass hier ein eingespieltes Team am Werk ist?«

Überraschte Stille. Draußen dröhnten zwei schwere Lkws auf der Neustadter Straße vorbei.

Antlkofer meldete sich zu Wort. »Durchaus denkbar. Und solange Victor nicht greifbar ist, sollten wir uns Aron näher anschauen. Er ist dreiundzwanzig, Sohn der berühmten Nora Henderson und steht in München vermutlich jahrelang im Schatten seiner hochbegabten Schwester. Der Schwester, die dann mit siebzehn unter ungeklärten Umständen vom Balkon im vierzehnten Stock fällt.« Sie malte eine schwarze Zeitachse auf das Whiteboard. »Und jetzt diese hasserfüllten Mordanschläge gegen Tänzerinnen in Coburg und Schweinfurt, kaum dass Aron aus München gekommen und wieder bei seiner Mutter eingezogen ist. Wenn Aron, so wie es aussieht, zufällig auf Henzes DVDs gestoßen ist, war Shibari für ihn natürlich das perfekte Ablenkungsmanöver, um unseren Verdacht auf Henze zu lenken.«

Sie setzte sich wieder und griff nach einem Computerausdruck.

»Lassen Sie mich kurz etwas zitieren: ›Die Tötungshandlung ist geprägt von extremer Gewalt, zum Beispiel durch ›Übertöten‹, und kein lustvoller Akt, sondern Ergebnis ungebremster aggressiver Impulse. Charakteristisch ist oft die fehlende Tatplanung, der Täter glaubt sich erniedrigt oder provoziert oder lässt sich bei latenter Tatbereitschaft und günstiger Tatgelegenheit spontan zum Tötungsakt animieren.‹«

»Ist das jetzt ein Fallgutachten zu Kim oder Tanja?«

»Eben nicht! Es passt zwar eins zu eins, aber dieses Zitat stammt von dem bekannten Kriminalisten Stephan Harbort und beschreibt den *chiffrierten Matrizid* – einen Mord, bei dem der Täter eine Person deshalb umbringt, weil sie ihn an die verhasste eigene Mutter erinnert. Meist ist der Mörder ein Außenseiter mit psychosozialen Defiziten aus einer frühgestörten Mutter-Kind-Beziehung. Er verschiebt sein unbewältigtes, feindseliges Gefühl von der dominanten Mutter auf eine andere, meist ältere Frau.« Barbara ließ das Blatt sinken. »In unserem Fall verschiebt der Täter allerdings nicht auf irgendeine ältere Person, sondern auf Ballettprotagonistinnen: auf ehrgeizige, perfekte Balletttänzerinnen, die ihn an seine ballettbesessene Mutter erinnern. Was aber leider nichts ändert an der extrem hohen Wiederholungsgefahr; gerade wegen dieser Verschiebung: ›Der eigentliche, innere Konflikt des Täters besteht fort und bricht unter Druck erneut aus.‹«

Totenstille im Lageraum. Bis Stein anerkennend zweimal applaudierte.

»Respekt, Frau Dr. Antlkofer! Das könnte der Durchbruch sein für die Ermittlungen!«

»Nicht mein Verdienst«, wehrte Barbara sofort ab. »Das war der Geistesblitz eines Kollegen.«

»Na, jetzt sind wir aber gespannt.«

»Charly Herrmann. Sein letzter Anruf gestern Abend.«

***

Ann-Sophies Wimmern wurde leiser und verkümmerte zu stoßweisem Ächzen; Zunge, Gaumen und Rachen waren völlig ausgetrocknet und brannten wie Höllenfeuer. Heftiger Kopfschmerz quälte sie. Bilder stiegen in ihr hoch, langsam und unaufhörlich, wie Bläschen im Mineralwasser … Bilder von früher, längst vergessen … *im Kuckucksnest, im Scheuerfelder Kindergarten, auf der Schaukel mit ihrer besten Freundin Emily, aus vollem Hals singend, ihr Lieblingslied, das ihr jetzt schon nicht mehr einfiel … Die pinkfarbene Schultüte … das allererste Training bei Ramona und Dominique Scholz, die Delle in Mamas rotem Golf beim Abholen … Training, Aufwärmen, Dehnen, an die Stange …* wo sind meine Füße jetzt … ich kann sie nicht mehr spüren, ich kann sie nicht bewegen … *macht doch nichts, Ann-Sophie, sagt Oma, weil ich hingefallen bin … es macht doch alles nichts … alles so tief und schwarz und doch so sanft … und das macht mich stark … meine Stärke kommt von ganz tief innen drin, sagt Nora immer … das kann ich ned verlieren …* Du kannst mich fesseln, wie du willst, solange ich dich noch hasse, lebe ich! Die Tür ging auf … ich werde gerettet, die müssen mich doch finden, Hilfe … Nein. Das ist er. Er geht nur an den Schrank …

***

Wütend riss er die alte Schranktür auf. Die Hausdurchsuchung auf der Ernstfarm hatte seinen Zeitplan völlig durcheinandergebracht. Zwei wertvolle Stunden fehlten ihm schon. Zwei Stunden, fest eingeplant und herbeigesehnt für die tiefe Befriedigung, die ihn überkam beim Anblick des zunehmenden erbärmlichen Verfalls seiner Opfer … aus dem ihm unglaubliche Kraft und Stärke zuwuchsen …

Er zuckte zusammen, als die Creme seine wundgekratzten Wangen berührte. Aus der kleinen Hautirritation war ein heftiger allergischer Ausschlag geworden. Das ständige An- und Abschminken der letzten Tage, forderte es seinen Preis?

Gereizt überflog er die Inhaltsstoffe … jetzt war wirklich nicht die Zeit, um sich bei Müller oder Rossmann zwischen Kosmetikregalen herumzudrücken … nicht als Mann und erst recht nicht als Frau … jetzt, wo alle Welt hysterisch Ausschau hielt … Er biss die Zähne zusammen und verstrich hastig die Creme auf den wunden Stellen. *Reiß dich zusammen!*, gellte es durch seinen Kopf. *Stell dich nicht so an und hör auf zu heulen … die Mädchen lachen ja schon über dich … schau Romy an, schau Ines an … Encore une fois!* Kalt und unerbittlich setzte das Klavier, das mörderische Klavier ein …

»Nein! Aufhören, Schluss!« Hektisch zog er den alten Rekorder zu sich herüber und drückte mit zitternden Fingern auf Play. Sanfter akustischer Regen setzte ein, das Vorspiel der Doors entspannte ihn, er schnaufte kurz durch.

Endlich – das Lächeln kehrte zurück, sein unvergleichliches rot glänzendes Lächeln … Er schloss die Augen, liebkoste sein langes blondes Haar, bevor er sich von seinem Spiegelbild widerstrebend löste, das unscheinbare braune Fachbuch aufschlug und laut dozierend den Nebenraum betrat:

»›Der Insektenbefall an der frischen Leiche‹ … Mahlzeit, Herr Kommissar! Jetzt riecht's aber wirklich schon unangenehm, Sie haben doch noch ein paar Tage vor sich … und unsere kleine Ann-Sophie erst … wo ist dein Ausdruck, deine Anmut, deine Perfektion … nur noch ein stinkendes Bündel … voll Schwachheit, Schweiß und Schmerzen …«

Reglos starrte sie ihn aus fiebrig glänzenden Augen an, ein kurzes Zucken, als er seine Hand in ihren Schritt legte, »… nur noch ein, zwei Tage, dann hast du's geschafft … und sie warten schon auf dich, um auf dir herumzukrabbeln und dich endlich in Besitz zu nehmen: ›Schon nach wenigen Minuten legen sie winzige Eier in Augenwinkel, Nasenlöcher und Mund, besiedeln jede offene

Wunde … schnell schlüpfen daraus Maden, die sich durch Haut und Organe fressen … den Schmeißfliegen folgen Käse- und Latrinenfliegen …«

***

»Ja, Sie haben mich richtig verstanden, Kollege Duschek! Wir brauchen heute noch einmal ein SEK!« Ritter hielt den Hörer mit eiserner Faust umklammert.

Sein Gesprächspartner im PP Mittelfranken am Nürnberger Jakobsplatz, Polizeidirektor Karl Duschek von der PI Spezialeinheiten Nordbayern, zeigte sich wenig beeindruckt.

»Also, Kollege Ritter, bei allem Respekt – jetzt haben wir vor drei Stunden erst eine Riesenshow abgezogen, nur um ein harmloses Schwulen- oder meinetwegen Transenpärchen aufzuschrecken, was steht denn jetzt im Raum? Hod noch aaner sein Kuldurbeudl im Hotel lienggelassen? Nix für ungut, Kollech, aber ich maan – des sin doch alles Steuergelder!«

Ritters Griff um den Hörer wurde noch fester, sein Tonfall fast beschwörend. »Unbestritten, Kollege Duschek, unbestritten! Und Ihr Einsatz heute Nachmittag in Hirschaid war keineswegs für die Katz! Die Uhr tickt, wir müssen Ann-Sophie Langenau finden, und dieser Henze, den das SEK heute rausgeholt hat, hat uns einen entscheidenden Tipp gegeben. Der mutmaßliche Entführer kann sich nach unseren Erkenntnissen nur in einer großen alten Villa – kennen Sie sich in Coburg aus? Ein bisschen? – am Festungsberg aufhalten.«

»Und dort hält er auch die Ann-Sophie gefangen?« Duschek blieb skeptisch. »Sind Sie sicher?«

Ritter wand sich. »Wir haben sein gesamtes Umfeld kontrolliert, er hat keinen Zweitwohnsitz oder privaten Unterschlupf. Auch die Hausdurchsuchung am Arbeitsplatz, der hervorragende Verstecke geboten hätte, war negativ. Ann-Sophie kann aus unserer Sicht nur in dem großen alten Kasten sein.«

»Wer wohnt dort noch?«

»Seine Mutter und dieser Henze. Beide sind willensstark, bisweilen etwas lebensfremd und häufig außer Haus.« Kurzes Schweigen am andern Ende.

»Also gut, Kollege.« Duschek gab sich einen Ruck. »Mei klaane Nichte, die Kimberly, geht schließlich auch ganz stolz ins Ballett … Also was habt ihr konkret vor?«

Ritters Miene entspannte sich, ebenso sein Griff um den Telefonhörer. »SEK-Unterstützung und kombinierter Einsatz … Moment, wann ist heute Sonnenuntergang … achtzehn neunundfünfzig … also neunzehn dreißig Festnahme von Aron Steve Preile, Hausdurchsuchung und Befreiung der Geiseln.«

»Neunzehn dreißig? Dann brauch ich sofort per E-Mail einen Fünfhunderter-Lageplan, die Personalien aller Bewohner und möglichst aktuelle Fotos, auch von Ann-Sophie. Moment … Sie sagen Geiseln? Haben wir mehrere?«

»Könnte sein … *top secret*, Kollege, höchste Stufe: Seit gestern Nacht ist unser SOKO-Leiter, Kriminalkommissar Charly Herrmann, spurlos verschwunden!«

»Kein Blutbad«, bekräftigte Dr. Stein zum wiederholten Mal, »ich will kein Blutbad in Coburg haben, auf keiner Seite!«

»Warum sollte es ein Blutbad geben?« Ritter, der den Einsatz regelrecht herbeisehnte, war jetzt wie aufgedreht. »Kollege Scherzer wird den Einsatz professionell leiten, Seite an Seite mit einem SEK-Mann. Weitere Kommandokräfte sind getarnt im Rückraum, alle Fluchtwege sind dicht.«

Stein rümpfte die Nase. »Scherzer, wie schätzen Sie Nora Henderson ein? Sie hatten doch schon persönlichen Kontakt.« Tom nickte. »Charly und ich waren ja erst bei ihr. Sie hat kein Interesse an Kooperation mit uns, das zeigt auch ihre eigenmächtig angezettelte Pressekonferenz in München.«

»Oh ja, allein dieses unsägliche Angebot an den Entführer, alles ohne Polizei zu lösen!«

»Sie bleibt, zumindest aus einsatztaktischer Sicht, eine unberechenbare Größe. Ihre Sturheit und ihr eiserner Wille sind ja hinlänglich bekannt.«

»Könnte sie … Mitwisserin sein … oder Täterin?« Steins Frage schlug ein wie eine Bombe. Entsetzte Stille.

Tom wehrte ab.

»Ausgeschlossen! Welchen Grund sollte diese Ballettbesessene haben, dieses Riesentalent Ann-Sophie, ihre potenzielle Nachfolgerin in München, vor die Hunde gehen zu lassen? Das ist doch absurd!«

»Nicht unbedingt«, sagte Barbara langsam. »Nora ist nicht nur ballettbesessen, sie ist vor allem ninotschkabesessen. Wenn dieser Wahn dazu führt, dass sie in Ann-Sophies Talent eine Bedrohung sieht für die ewige Ausnahmestellung ihrer eigenen Tochter …« Sie ließ ihren Satz unvollendet.

Stein trommelte nervös mit den Fingern auf der Tischplatte. »Ich sehe schon die BILD-Schlagzeile: ›Coburg: Haus des Grauens!‹ Stellen Sie sicher, dass die Sache absolut professionell und sauber abläuft! Kein Blutbad, kein Haus des Grauens!«

19:30 Uhr – Coburg, Am Festungsberg

»Jetzt!« Der Sekundenzeiger sprang auf die Zwölf. Im Rückspiegel sah Tom Scherzer noch den weißen Mercedes Sprinter »Europcar« rechts ranfahren, dann schwang er sich gemeinsam mit Axel Lanko vom SEK aus dem grauen BMW. Zügig gingen sie auf das massive Portal der alten Klinkervilla zu. Erst jetzt schlug die Turmuhr von St. Augustin zweimal.

»Henderson/Henze«. Tom drückte zweimal. Ein klassischer Gong ertönte im Hausinneren. Lanko musterte unauffällig die Fassade. Keine verdächtige Bewegung, nichts regte sich an den Vorhängen der großen Sprossenfenster.

Plötzlich Getrappel im Haus; schnelle Schritte auf einer Holztreppe. Ein Riegel wurde zurückgeschoben, die Tür schwang auf: Nora Henderson, kühl und misstrauisch.

»Herr Scherzer?«

»Jawoll, das ist mein Kollege Lanko.«

Tom zog ein graues Papier aus seiner Innentasche. »Frau Henderson, wir haben einen Durchsuchungsbeschluss.«

Nora straffte sich. Mit spitzen Fingern nahm sie das Papier entgegen und studierte es.

Gründlich. Sehr gründlich.

Wann gab's das zuletzt, dachte Tom flüchtig, die liest wirklich jeden einzelnen Satz, jeden Paragrafen. Sein Blick wanderte durch den Raum.

Eine kniehohe Vase mit japanischen Kirschblütenzweigen. Künstlicher, leicht verstaubter Retro-Chic der Fünfziger. Ein blauer Scherenschnitt, vermutlich von Matisse, der Rücken einer Tänzerin. Und über allem ein winziger Rest von Stickigkeit und Mief …

»Ist das alles?« Nora reichte ihm mit Frost in der Stimme den Durchsuchungsbeschluss zurück. »Glauben Sie wirklich, dass Ann-Sophie hier, in meinem Haus, gefangen gehalten wird? Das ist unerhört, das empfinde ich als tiefe persönliche Kränkung!«

»Wo ist Ihr Sohn, Frau Henderson? Wir müssen dringend noch mit Aron sprechen.«

»Aron meldet sich nicht bei mir ab. Ich habe lediglich gehört, dass er vorhin zur Haustür raus ist.«

»Wann?«

»Vielleicht vor einer Stunde, gegen halb sieben.«

»Gut, dann fangen wir eben ohne ihn an … Hol deine Leute rein, Axel!«

***

Die High Heels klapperten über den Steinfußboden. Nervtötend gleichmäßig. Hin … und her … und hin … und her …

Er genießt es, dachte Charly. Das ist keine Nervosität, der stolziert wie ein Pfau auf und ab … der gefällt sich im Spiegel … auf seiner Bühne hier, in seinem kleinen Königreich. Er genießt seine Sicherheit und Macht … über sich, über seine gefühlte Identität … und über uns. Über Leben und Tod. Die Macht, uns hier drin langsam verfaulen zu lassen, daraus zieht er seine Kraft und Befriedigung, wie ein sadistischer Vampir! Verzweifelt versuchte er, sich zeitlich zu orientieren: Wie lange saß er selbst schon hier, festgekettet auf nassem, kaltem Steinfußboden … und wie lange schon Ann-Sophie? Wie lange hatte Ann-Sophie schon kein Wasser mehr getrunken? Doch dein Sadismus braucht Zeit, du Drecksau, und genau das ist unsere Chance … die Chance, dass uns die Kollegen finden … mich und Ann-Sophie … ich hör sie gar nicht mehr!

»Ann-Sophie!«, presste er mit größter Anstrengung hinter seinem Klebeband hervor. Abrupt stoppte das Absatzgeklacker im

Nebenraum, um gleich darauf stakkatoartig auf Charly zuzustürmen.

»Was willst du?«

Blitzartig war die falsche Blondine bei ihm und zog mit einem lüsternen Ruck das Klebeband von Charlys frisch verkrusteten Lippen. Er stöhnte auf, Tränen schossen ihm in die zusammengekniffenen Augen.

Jetzt nur keinen Fehler machen … halt ihn bei Laune …

»Oohh, zwei Tränchen? Unser SOKO-Chef hat immer noch zu viel Flüssigkeit im Körper … ts, ts, ts … aber nicht mehr lange!«

Charly stockte der Atem. Der Transvestit richtete eine Pistole mitten auf sein Gesicht.

Eine schwarze Heckler & Koch P7.

Charlys Dienstwaffe.

Entsichert.

***

»Keller negativ.«

»Erdgeschoss und erster Stock negativ.«

»Dachboden auch negativ!«

»Scheiße!« Tom biss sich auf die Unterlippe. Keine Spur von Ann-Sophie und Charly. Es war zwanzig Uhr vierunddreißig.

»Axel?«

Der SEK-Hüne rieb sich den Nacken. »Zeig mir noch mal den Plan.«

Wortlos reichte ihm Tom das Klemmbrett und deutete mit dem Kuli auf ein kleines graues Quadrat am Rand.

»Lass uns sicherheitshalber noch dahinten reinschauen.«

»An der Grundstücksgrenze da? Ist sicher nur ein Gartenhaus oder Schuppen.«

»Fragen wir doch mal die Hausherrin … Frau Henderson? Hallo? … Frau Henderson …?«

***

»Na, Bulle? Weißt du, wie sich das anfühlt? Was für ein geiles Gefühl das ist?«

Lässig wedelte er mit der Pistole vor Charlys Gesicht hin und her.

Sie ist entsichert, der ist wahnsinnig …

Vorsichtig versuchte Charly, seinen Kopf seitlich etwas zu verschieben, aus der Gefahrenzone heraus.

Jetzt nur keinen Fehler machen … es könnte der letzte sein …

»Ja, das weiß ich. Es ist Macht. Jetzt haben Sie endlich die absolute Macht … jetzt …«

»Jetzt? Wieso erst jetzt?« Verständnislos starrte er Charly an. »Ich hatte schon als Baby Macht! Ich habe eine beginnende Weltkarriere zerstört, durch meine bloße Existenz! Und das hab ich mir jeden Tag anhören müssen, immer wieder neu …« Er flüsterte nur noch, die Pistole war herabgesunken, sein Blick verschwamm in der Ferne. Eine Träne schimmerte in den blauen, mit Lidschatten plump und dick umrandeten Augen.

Gespenstisch, dachte Charly.

Was für eine gespenstische Karikatur einer Frau, die nie eine sein wird …

Aber er musste friedlich bleiben … jetzt nur nicht versehentlich provozieren …

»Sie haben wahnsinnig …«, begann Charly.

»Waas?« Sofort riss sein Gegenüber die Pistole wieder hoch. »Wer ist wahnsinnig?«

»Nein, nein … ich meine, Sie haben unglaublich viel durchgemacht als Kind … Sie haben sicher …« Charly brach ab und musste husten.

Sofort presste sich die Eisenkette gegen seinen Hals, verstärkte noch den würgenden Husten. Der Transvestit hielt ihm kurz eine halb volle Wasserflasche an den Mund.

Gierig wie ein Hund schlabberte Charly, dazwischen immer wieder krampfhaft hustend, mit der Zunge nach ein paar zusätzlichen Tropfen lauwarmen Wassers. Endlich beruhigte sich der Hustenreiz.

»Sie haben sicher sehr viel durchgemacht als Kind … und Sie haben wahrscheinlich noch viel mehr Stärke gebraucht als die meisten anderen Menschen …«

Der Weißgeschminkte zog die Augenbrauen hoch, schwieg aber. Verblüfft musterte er Charly, der behutsam weitersprach.

»Lassen Sie Ann-Sophie frei! Sie haben Ihre Macht und Ihre Stärke demonstriert, zeigen Sie jetzt Ihre Größe: Geben Sie ihr Wasser und lassen Sie die Kleine frei!«

Der Transvestit schaute ihn aus großen blauen Augen an. Still und gedankenverloren strich er über den mattschwarzen Lauf der Heckler & Koch.

»Wie soll das jetzt noch gehen?«, fragte er leise.

Krachend sprang die Tür auf.

Charly erkannte sofort die schwarz gekleidete Gestalt.

Nora.

Einen Wimpernschlag lang schien sie die Fassung zu verlieren, stützte sich kurz am Türrahmen ab, ihr Blick ruhte entsetzt auf der Frau, die ihr Sohn war; der Sohn, der jetzt aus seiner Schockstarre erwachte, Nora hereinriss, zu Boden stieß und die Tür wieder zuwarf.

Sie fuhr sich über den Mund, sah ungläubig auf das Blut an ihrer Hand und dann wieder auf die grell geschminkte Gestalt, die schwitzend, mit verrutschter Perücke, vor ihr stand und mit zitternder Hand die Pistole gegen sie erhob.

Vorsichtig stand sie wieder auf, ohne ihren Blick von seinem Gesicht zu nehmen.

Die ist noch verrückter als er, dachte Charly atemlos, der hat den Finger schon am Abzug, und sie geht auf ihn los.

Ein angstvolles Stöhnen plötzlich aus Richtung Ann-Sophie.

»Ich hasse dich«, stieß Aron hervor, »ich hasse dich!«

Die Pistole zeigte jetzt direkt auf Noras Herz.

»Nein«, zischte Nora, »dein Hass ... ist Selbsthass! Du hasst dich selbst und deine gescheiterte Existenz. Was hast du nur angerichtet? Schau dich doch bloß im Spiegel an! Und bring einmal in deinem verpfuschten Leben etwas ordentlich zu Ende«, schrie sie, »räum dich weg, bevor die Bullen es tun! Du hast nicht nur die anderen gefesselt, du hast dich selbst gefesselt! Dein Hass ist nur noch Selbsthass!!«

In den Sekundenbruchteil atemloser Stille platzte ein ohrenbetäubendes Krachen.

Aron hatte abgedrückt.

Warm und feucht spritzte etwas auf Charlys Gesicht, verwirrt registrierte er, dass Nora immer noch stand. Aron war es, der plötzlich auf dem Boden lag, in seinem blonden Hinterkopf gähnte ein grässliches rotes Loch.

Angeekelt versuchte Charly, mit trockenem Mund auszuspucken, spürte widerliche kleine Splitter zäh und hartnäckig an seinen Zähnen kleben … und fiel endlich hinab in tiefe, gnädige Nacht …

Freitag

09:10 Uhr – SOKO Franken

»Bist ouber noch aweng blass üm die Nous'nspitz'n, Charly«, dröhnte Fässla zur Begrüßung. »Ze weng Kristallweizen in deina Infusiona? Und die soung fei, du host dich zwaa Douch aweng ausgeruht in dam Gartenhäusla druom om Festungsbarch!«

Charly grinste gequält. »Naa, des war doch nur a Seminar, des war Fortbildung … *Die Opferperspektive in der kriminalistischen Praxis …«*

Lächelnd klatschte er die johlenden SOKO-Kollegen ab; Schulterklopfen, Umarmungen, Küsschen der Kolleginnen. Sogar Sektgläser samt Befüllung hatte Moser schnell organisiert. Es war der Moment tiefster Befriedigung – ein großer, spektakulärer Fall war gelöst, alle Spannung abgefallen. Die SOKO Franken hatte ihren Nimbus gewahrt.

»Was würdet ihr bloß ohne die Frauen machen?«, fragte Barbara spitzbübisch von der Seite.

»Wieso?«

»Na, eigentlich war's ja eine Frau, die den Fall gelöst hat: Nora Henderson.«

»Stimmt genau … mit weiblicher Intuition und viel mütterlichem Einfühlungsvermögen!« Charly lachte sarkastisch und zog Barbara an sich heran. »Tom sagt, dass du den entscheidenden Hinweis zum Festungsberg gegeben hast … *chiffrierter Matrizid* … danke!«

Sie erwiderte sein Wangenküsschen. »Nix zu danken, war ganz allein deine Idee!«

»Was für ein tödlicher Hass auf die eigene Mutter«, sinnierte Charly, »und auf die eigene Schwester …«

»Und sein Stiefvater, dieser Kanadier Colin Henderson, war doch Ballettchoreograf?«

»Eben. Colin Henderson, der Kanadier, war Ballettchoreograf an der Bayerischen Staatsoper München. Die ganze Sippschaft ballettbesessen, was für ein Overkill … was für ein doppelter *Ballerina-Overkill* des Aron Steve Preile …!«

Ritter schob sich heran; Zeitungen unter dem Arm, Löhlein und Moser im Schlepptau.

»Herrmann, na endlich! Gratulation, schön, dass Sie wieder auf dem Damm sind!«

Charly winkte ab. »Viel wichtiger ist doch, dass Ann-Sophie keine bleibenden Schäden davongetragen hat. Sie wird wahrscheinlich heute schon aus dem Klinikum entlassen.«

»Erstens, der Intendant war gerade bei mir, hat sich persönlich bedankt für die rasche Aufklärung des Falles – gebe ich hiermit direkt an Sie weiter! Zweitens, es gibt exklusive Premierenplätze, Herrmann: erster Rang Mitte, Reihe zwei; Sie sitzen mit Begleitung direkt neben Staatssekretär Gerd Vöhringer!«

»Was?« Charly starrte den Polizeichef fassungslos an. »Neben dem scheinheiligen schwäbischen Krapfeng'sicht? Nur über meine Leiche, Chef!«

»Etz hör halt auf, scho widder rumzustänkern«, kritisierte ihn Löhlein. »Dafür hat jetzt wirklich keiner Verständnis!«

»Ich hör auf, wann ich will«, wütete Charly. »Ich habe zwar nur Platzziffer 1465, aber ich habe zwei Tage aufrecht und ehrlich in meiner eigenen Scheiße gesessen! Ich setze mich garantiert nicht neben Leute, die für ihre Karriere freiwillig in fremde Körperöffnungen gekrochen sind!«

»Jetzt kommen Sie aber wieder runter, Herrmann«, beschwichtigte ihn Ritter, »die halbe bayerische Staatsregierung rückt schließlich an, wir sind geladen zum Staatsempfang im Schloss Ehrenburg morgen um achtzehn Uhr! Anschließend defilieren wir mit der ganzen Gesellschaft zu Fuß über den Schlossplatz in die große Premiere!« Er rieb sich die Hände. »Ich geb Ihnen jetzt Ihre zwei Karten … hier, machen Sie damit, was Sie wollen; ich bin sicher, Sie finden eine elegante Lösung!«

Samstag

18:00 Uhr – Coburg, Schloss Ehrenburg

Der Schlossplatz war herausgeputzt mit nagelneuen bunten Fahnen vor Theater, Arkaden und dem Schloss. Mit Genugtuung registrierte Charly zwischen Schwarz-Rot-Gold, Weiß-Blau und dem Coburger Schwarz-Gelb auch den rotweißen fränkischen Rechen. An der Studiobühne Reithalle warb ein großes Transparent

»mundus.vult.decipi.
modernes tanztheater von nora henderson
ab 11. oktober«

So weit reicht auch mein Schul-Latein noch, dachte Charly: *Mundus vult decipi* – die Welt will betrogen sein.

Er hielt auf den Ehrenhof des Schlosses zu, in dem die schweren dunklen 7er BMW und Audi A8 mit ihren Dienstkennzeichen parkten: BYL 3-1, der Ministerpräsident. BYL 4-1, der Innenminister. BYL 4-2, das musste Vöhringer sein. Ein einsamer Chauffeur, die halb gerauchte Zigarette in den Mundwinkel geklemmt, zog sich neben der offenen Fahrertür gerade ein dunkles Jackett über. Aus dem Autoradio drang eine bekannte Stimme – Bosko Djukic. Überrascht blieb Charly stehen.

»… wir Sportler wollen ein Zeichen setzen: gegen die Gewalt an Mädchen und Frauen! Helfen Sie mit, besuchen Sie unser Benefizspiel für die Frauenhäuser in Bamberg und Coburg …«, schmachtete der Serbe mit unverwechselbarem Klitschko-Timbre.

Mundus vult decipi. Das Leben ging weiter, als ob nichts geschehen wäre.

Die Zugangskontrolle: Als Anzugträger getarnt, der unvermeidlich stählerne Blick blieb indigniert auf Charlys Schulterklappe hängen.

»Stört mich auch, Kollege«, sagte Charly freundlich. »Nur ein Stern – aber bei mir steht der für die SOKO-Leitung.«

Sein Gegenüber murmelte, leicht irritiert, etwas Unverständliches, hakte ihn auf der Gästeliste ab und gab den Weg frei in das

Gewimmel und Gewusel aus Anzügen und Abendroben aller farblichen Schattierungen.

Knärzende schwarze Lackschuhe neben turmhohen Damenabsätzen, glitzernder Schmuck an Hals und Ohren, perfekt sitzende, hie und da regelrecht festbetonierte Frisurkreationen. Dezente Parfümaromen kamen, gingen, wiederholten und vermischten sich.

Urplötzlich ein Stich in Charlys Magengrube: Direkt vor ihm ein platinblonder Hinterkopf, Aron zum Verwechseln ähnlich … nein, es war die Gattin eines bekannten Coburger Unternehmers … auch sie stand letzte Woche noch auf der Gästeliste von »Victors Atelierfest«, heute präsentierte sie ihr stolzes Dekolleté im staatstragend-seriösen Rahmen …

»Möchten Sie etwas trinken?«, strahlte ihn eine junge Liza Minelli mit ihrem Sekttablett an.

»Kristallweizen? Nein? Kleines Pils? Auch nicht … Na, dann nehme ich den Orangensaft, danke …«

Nora Henderson – hochgeschlossen, schwarz, aufrechter denn je, beim Kamerateam des Studio Franken des Bayerischen Fernsehens. Neugierig spitzte Charly die Ohren.

»… Ann-Sophie hat Schlimmes durchlitten, aber sie hat es überstanden. Einem Talent wie ihr wird das unglaubliche Kraft und Stärke verleihen. Wenn sie diese Erfahrung in München richtig verarbeitet, wird sie zur Weltklasse aufsteigen, davon bin ich fest überzeugt!«

Angewidert drehte Charly ab. Leichte Unruhe plötzlich bei den Sicherheitsbeamten im Saal, verstohlene Griffe an den kleinen Knopf im Ohr. Der große Zampano konnte nicht mehr weit sein … Durch die Glasscheibe der Saaltür sah er ihn mit telegenem Lächeln heranschreiten, den größten Schaumschläger seit Erfindung des Cappuccinos, dachte Charly belustigt.

Die Gattin am Arm, im Gefolge Innenminister Zirngibl und Ritters Studienfreund, Staatssekretär Gerd Vöhringer; ein kurzer Zwischenstopp, tatsächlich, Shakehands mit Frank Ritter und sogar dem eilfertig umherscharwenzelnden Heinz-Uwe Löhlein.

»… selbstverständlich, Herr Ministerpräsident … Herr Doktor … mit großer Freude, Herr Ministerpräsident …«

»Und so freut es mich ganz besonders, liebe Frau Henderson, dass ich als Ministerpräsident diesen Staatsempfang heute nutzen darf, um meiner angenehmsten Amtspflicht nachzukommen – mich zu bedanken! Bei Ihnen, liebe Frau Henderson, für Ihre jahrzehntelangen herausragenden Verdienste um die Kunst des Balletttanzes in Coburg, in München, hier in unserem Freistaat …«

Salbungsvolle Routine, professionelles Politiker-Pathos. Charly schaltete automatisch auf Durchzug, nur noch einzelne Satzfetzen drangen zu ihm durch.

»… ist es doch gerade Ihre sensible künstlerische Einfühlsamkeit auf allerhöchstem Niveau, liebe Frau Henderson … Dank und Anerkennung des Freistaates Bayern … darf ich Sie heute für Ihre großen Verdienste mit dem Bayerischen Maximiliansorden auszeichnen!«

Im Blitzlichtgewitter des Riesensaals von Schloss Ehrenburg applaudierten dreihundertneunundneunzig geladene Gäste des Staatsempfangs, wie Charly, mit gefalteten Händen in die Runde blickend, interessiert feststellte. *Sensible künstlerische Einfühlsamkeit auf allerhöchstem Niveau … mundus vult decipi …*

Die frisch dekorierte Nora Henderson tupfte sich ein unsichtbares Tränchen aus dem Augenwinkel. Professor Claus-Olaf Henze, in Frack und Fliege wie aus dem Ei gepellt, empfing Nora an ihrem Platz mit fürsorglich-liebevoller Umarmung. Erneutes Blitzlichtgewitter.

»Was für ein schönes Paar!«, freute sich eine kleine silberhaarige Frau direkt vor Charly.

Der Mann neben ihr nickte zustimmend. »Der kommt nächstes Jahr sicher in den Stadtrat! Kriegt Platz zwei oder drei auf unserer Liste.«

Ein Fraktionsvorsitzender bedankte sich jetzt überschwänglich beim Ministerpräsidenten »für die großartige Unterstützung des Freistaats bei der Sanierung des Landestheaters … zweiundzwanzig Millionen vom Freistaat, nur acht Millionen von der Stadt …« Für ein Staatstheater, dachte Charly, muss die Stadt selbst Millionen zahlen. Während der Freistaat gleichzeitig für hundert Millionen ein neues Ägyptisches Museum in München errichtet … Es reichte.

Charly orientierte sich nach hinten. Die Gelegenheit war günstig, keine knarrenden neuen Schuhe und höchstens zehn Schritte bis zum Ausgang.

Von hinten zupfte ihn jemand am Ärmel. Löhlein – verstohlen reckte er den Daumen nach oben.

»Diesmal klappt's bestimmt mit der Beförderung … sehr gutes Gefühl!«, flüsterte er.

»Freut mich … für dich, Heinz-Uwe!«

Nichts wie raus hier.

Und wie aus dem Nichts war plötzlich Barbara Antlkofer neben ihm und schlüpfte auf Zehenspitzen mit hinaus.

»Gell, du hast auch nur drauf gewartet?«, fragte er.

Sie lächelte ihm verschmitzt zu. »Scho …«

Er atmete tief durch. Endlich wieder frische Luft.

Am Reitstall blähte ein laues Lüftchen »mundus.vult.decipi. modernes tanztheater von nora henderson …« auf.

Charly schaute auf die Uhr. »Noch vierzig Minuten bis zur Premiere. Komm, wir gehn die Treppe hoch auf die Arkaden.«

Wortlos hakte sie sich bei ihm ein.

Der Schlossplatz begann sich vor dem Landestheater bereits mit Autos zu füllen, eingewiesen von neongelb gewandeten Verkehrskadetten.

»Hey, Papa!« Valerie kam strahlend auf ihn zu. Er drückte sie innig. »Hey, Töchterla … Geht's dir gut?«

»Alles okay. Endlich wieder!«

Hinter Valerie stand das *All American Girl* aus New Jersey – Joyce, fröhlich und unbekümmert, ganz so, als ob nie etwas gewesen wäre.

»Hi, Charly!« Küsschen links, Küsschen rechts.

»Hi, Joyce«, brachte er mit leicht belegter Stimme hervor und fingerte nach dem Kuvert in der Innentasche seines Sakkos. »Hier. Ihr sitzt zwischen Staatssekretär Vöhringer und der Brennnesseltee-Brigitte aus dem Reformhaus.«

»Hä?«

»Na, die Lebensgefährtin von unserem Heinz-Uwe … Ach ja, noch was: Lass am besten Joyce neben Vöhringer sitzen!«

»Wieso?«

»Der sitzt im Verwaltungsrat des Amerikahauses … hat sicher noch irgendeine Stelle frei.«

Joyce warf den Kopf in den Nacken und lachte. »Danke, Charly … Dann hast du aber einen Wunsch frei«, zwinkerte sie ihm ungeniert zu. »Bis später …«

Mundus vult decipi.

»Schau dir die zwei da drüben an, ich werd verrückt!«

Er zeigte auf ein Pärchen, das gerade aus einem schwarzen Škoda Fabia stieg.

Corinna – und Bernie Winter, im seidig-schwarz schimmernden Showanzug, mit schmaler Krawatte und Stiefeletten.

»Is des ned dei oider Spez'l?«

»Freilich! Und meine platonische Jugendliebe Corinna aus Lichtenfels … jetzt professionelle Domina in Thüringen. Schau dir nur ihre unschuldig-weiße Robe an. Das ist heute ganz großes Kino, Barbara!«

Gemeinsam stiegen sie die Steintreppe hinauf zu den Arkaden, einer kleinen Aussichtsplattform am Rand, hinter der sich der Hofgarten bis hinauf zur Veste erstreckte.

»Und du willst es also mit deinem Officer noch mal versuchen?«

Sie zögerte nur kurz.

»Ja … Wir ham fast zwoa Stunden telefoniert gestern. I gib eahm no a letzte Chance.«

Charly stützte sich auf die Sandsteinbrüstung. Unmerklich senkte sich die Dämmerung über Coburg, die Lichter auf dem Schlossplatz gingen an. Das große neoklassizistische Ensemble aus Schloss Ehrenburg, Palais Edinburgh und dem Landestheater erstrahlte in festlichem Glanz. Selbst Barbara war sichtlich beeindruckt.

»Wow, da fehlt ja nur noch die Veste … Sieht man die von hier unten?« Suchend drehte sie sich um. »Nein … schade!«

»Man muss die Veste nicht ständig sehen. Es reicht, wenn man sie im Herzen trägt.«

Ein verspäteter, kleiner weißer Schmetterling hob verstört von der Sandsteinbrüstung ab. Zart und zerbrechlich tanzte er lautlos nach oben, in die Abenddämmerung hinein.

Barbara rückte auf Tuchfühlung, drängte sich eng an ihn heran.

Gimme shelter …

Sie flüsterte ihm etwas ins Ohr.

»Ja«, sagte Charly sarkastisch, »ich dich auch … Und jetzt komm. Ich will endlich echtes Theater sehen. Großes Theater. Coburger Theater!«

ENDE

Is a dream a lie,
if it don't come true
or is it something worse?
(Bruce Springsteen – The River)

Soundtrack

»Todesfessel« entstand von Oktober 2010 bis März 2012 unter dem Arbeitstitel »Ballerina Overkill« und massivem Einfluss folgender akustischer Stimulanzen:

Rolling Stones »Gimme Shelter«
The Doors »Riders on the Storm«
Bruce Springsteen »The Rising«
Diesel »Sausalito Summernight«
Rolling Stones »Faraway Eyes«
Guns N'Roses »November Rain«
Tokyo »Tokyo«
Guns N'Roses »Don't Cry«
Gotthard »Need to Believe«
Rick James »Super Freak«
Red Baron »Just Seventeen«
David Bowie »Starman«
Gotthard »Heaven«

Danke

Herrn EPHK Markus Reißenberger (Pressesprecher der Polizei Coburg) und Herrn PHM Joachim Gehrig (Ermittler der Bundespolizei Würzburg, Revier Aschaffenburg) für ihre kompetente und geduldige Beantwortung unzähliger Fragen. Eventuelle Fehler oder Ungenauigkeiten liegen ausschließlich in meiner Verantwortung.

Wolfgang Heyder (Geschäftsführer und Manager der Brose Baskets Bamberg) für äußerst interessante Einblicke in Alltag und Spielbetrieb der Nummer 1 des deutschen Basketballs.

Bodo Busse (Intendant des Landestheaters Coburg), Steffen Westphal (Inspizient), Tara Yipp (Ballettmeisterin), Eriko Ampuku (Tänzerin), Adrian Stock (Tänzer) und dem gesamten Ballettensemble unter seinem Direktor Mark McClain sowie Silke Spitzenpfeil und ARTE für wertvolle Informationen und unvergessliche Eindrücke aus Theater und Ballett: Möge »Todesfessel (Ballerina Overkill)« deshalb, trotz seines Psychothriller-Blickwinkels, auch als ganz spezielle Hommage empfunden werden an die gewaltige, unzerstörbare Kraft und Faszination des Tanzes!

Viele weitere wertvolle Einblicke verdanke ich herausragenden Veröffentlichungen von Stephan Harbort vom Polizeipräsidium Düsseldorf (u.a. »Das Serienmörder-Prinzip«), Axel Petermann, Tatortanalytiker der Kripo Bremen (»Auf der Spur des Bösen«), Michael Tsokos, Leiter der Rechtsmedizin an der Charité Berlin (»Dem Tod auf der Spur«), dem Bundeskriminalamt Wiesbaden (www.bka.de), dem »Arbeitskreis Transsexualismus in NRW« und dem (grauenhaft anschaulich bebilderten) Lehrbuch »Todesermittlung. Befundaufnahme & Spurensicherung« von Martin Grassberger und Harald Schmid.

»Café M« für den dauerhaft angenehmen, immer wieder neu inspirierenden Rahmen.

Tammy, Cora und Renée – *Live your dream!*

Irmgard Clausen (Buchhandlung Riemann), Karin Schlecht (Kongresshaus Coburg), Rolf Beyersdorf (SAMBACO) und Wolfgang Friedrich (Konzertagentur Friedrich) für viele professionelle, kreative Impulse.

Thomas Liebmann (Alfisti und exzellenter Alfa-Spider-Kenner) für die beeindruckende City-Tour und seinen »crashfreien Crash-Kurs« in Sachen Alfa Spider.

Marion Göbel, Schonungen (Location Guide Schweinfurt)

Elke A. Füllgraf, Raubling bei Rosenheim (oberbayerische Synchronisation für Barbara Antlkofer)

Karin Rippstein, Lichtenfels *(Final Writing Assistance)*

Der Autor wurde frisiert von *Rosi* (Bad Staffelstein).